Gillian Hunter - New York City Days

Als Kiki La Coquette ist Kathryn Dearing gefeierter Star einer Burlesque-Show. Dabei hatte sie sich nur ein Jahr zuvor ihr Leben noch ganz anders vorgestellt. Ihr Traum war es immer gewesen, als Balletttänzerin erfolgreich zu werden, Anthony Cunningham zu heiraten und eine Familie mit ihm zu gründen. Aber sie musste ihren Traum vom klassischen Tanz schweren Herzens aufgeben. Und nicht nur den. Denn als sie sich für eine Karriere als Burlesque-Tänzerin entschied, löste Anthony Cunningham ihre Verlobung. Für ihn als Detective der New Yorker Polizei war es inakzeptabel, dass seine Frau sich in aufreizenden Shows anderen Männern präsentiert.
Ihre Wege kreuzen sich erneut, als Kathryn von einer Tournee nach New York zurückkehrt. In New York City werden seit mehreren Monaten Anschläge auf Burlesque-Tänzerinnen verübt. Und der Täter hat es nun auch auf sie abgesehen. Um für Kathryns Schutz zu sorgen, engagiert ihr Manager eine Sicherheitsfirma, die keinem Geringeren als dem Ex-Cop Anthony Cunningham gehört …

Gillian Hunter

# NEW YORK CITY
*Days*

Roman

**Latos-Verlag**
**Calbe/Saale**

Lektorat: Nicole Döhling, Plauen
Umschlaggestaltung: Grittany Design, Berlin / Nicole Döhling, Plauen
Titelbild: © Igor Stepovik – Fotolia.com
Bildmaterial Umschlagrückseite: Foto Credit: **www.foto-franz.com**
Weitere verwendete Bildmaterialien:
THE SINDERELLAS Banner: Foto Credit: www.foto-franz.com / Mit freundlicher Genehmigung von SCHUBERT MUSIC AGENCY
THE SINDERELLAS Logo: Mit freundlicher Genehmigung von SCHUBERT MUSIC AGENCY / Warner Music Germany

Satz: Latos-Verlag, Calbe/Saale

**Druck und Bindung: PRESSEL Digitaldruck, Remshalden**

1. Auflage 03/2015

ISBN: 978-3-943308-72-3

**www.latos-verlag.de**

Für N.O.

# Prolog

Kathryn klemmte eine lose Strähne mit einer Haarnadel unter dem strengen Knoten an ihrem Hinterkopf fest und betrachtete den Inhalt der Vitrine, vor der sie stehen geblieben war. Auf mehreren Ebenen standen Pokale von gewonnenen Wettbewerben. Und wann immer sie zum Training kam, verlor sie sich für einen Augenblick im Anblick der Auszeichnungen, die die Tanzschülerinnen und -schüler in den vergangenen Jahren errungen hatten. Ein einziger der auf Hochglanz polierten Pokale war von ihr in einem Wettbewerb gewonnen worden. Und das war mittlerweile mehr als fünf Jahre her. Mit 24 nahm sie kaum noch an Wettbewerben teil. Wenn doch, blieb ihr der Sieg aus unerfindlichen Gründen ständig versagt.

Sie seufzte leise und warf einen letzten sehnsüchtigen Blick auf *ihren* Pokal, auf dem auf der Spitze eine zerbrechliche Balletttänzerin in einer Pirouette erstarrt war. Dann wandte sie sich ab und lief den von kaltem Neonlicht erhellten Gang entlang und auf die offen stehende Tür des Tanzsaals zu. Mitten in der Bewegung hielt sie inne, als sie die aufgebrachte Stimme ihrer Tanzlehrerin Mariella hörte.

„Wann willst du ihr endlich die Wahrheit sagen? Sie wird niemals als Ballerina auf der großen Bühne stehen, egal, wie sehr sie darauf hofft. Du weißt es, ich weiß es, nur Kathryn glaubt noch immer daran, dass einer der Talentsucher sie nehmen wird.“

„Ich bringe es einfach nicht übers Herz, ihr jegliche Hoffnung zu nehmen“, erwiderte Monique niedergeschlagen.

Vor zehn Jahren hatten die Zwillingsschwestern die Akademie für klassischen und modernen Tanz eröffnet, nachdem sie sich aus dem Rampenlicht als Primaballerinas zurückgezogen hatten. Und genauso lange trainierte sie unter der Obhut der beiden Frauen, die seit dem Tod ihrer Mutter sie wie das eigene Kind behandelten. Beide hatten sie stets darin bestärkt, dass sie in die Fußstapfen ihrer Mutter würde treten können – die erfolgreiche und über die Landesgrenzen hinaus bekannte Primaballerina Kristen Dearing.

Kathryn blinzelte die Tränen weg, die ihr in die Augen geschossen waren, und schluckte schwer. Sie hatte es geahnt. Zwar hatte sie die Hoffnung niemals aufgegeben, aber sie vermutete schon seit geraumer Zeit, dass ihr Traum unerfüllt bleiben würde. Egal, wie hart sie trainierte. Tausende Wiederholungen jeder noch so kleinen Übung, die zum Einmaleins des klassischen Tanzes gehörte - Arabesque, Attitude, Cambré, Plié, Passé, Pirouetten … Sie waren alle umsonst gewesen. Kathryn war ihrem Traum mit den unzähligen Trainingseinheiten nicht einen Millimeter näher gekommen.

„Wenn du es nicht kannst, dann werde ich es tun. Das kann so nicht weitergehen. Sie hat schon wieder ihr Trainingspensum erhöht, dass ihre Füße trotz Auspolsterung dauerhaft wund sind. Würde sie auch nur die geringste Chance haben, könnte ich damit leben. Aber nicht unter diesen Umständen." Mariellas Stimme klang entschieden und weckte Kathryn aus ihrer Starre. Ja, es war Zeit, Klartext zu reden. Sie wollte die Wahrheit, auch wenn sie schmerzhaft sein würde. Entschlossen straffte sie sich, lief weiter auf die Tür zu und schob sie mit einer Hand auf.

„Warum habe ich keine Chance?", fragte sie leise, ohne jeglichen Vorwurf in der Stimme und sah von

Mariella zu Monique, während sie langsam durch den verspiegelten Tanzsaal und auf sie zu lief. Ihre Tanzlehrerinnen blickten sich betroffen an, ehe sie sich Kathryn zuwandten. „Ich trainiere so hart wie jeder andere, vielleicht sogar härter als alle anderen. Und ich bin gut, sehr gut sogar. Trotzdem wurde ich immer wieder von den Talentsuchern übergangen. Keiner von ihnen hat mir je einen zweiten Blick geschenkt. Warum?“

„Kathryn, Kleines …“ Mariella kam ihr entgegen, strich ihr liebevoll über die Wange und seufzte. „Du bist wundervoll. Das Tanzen liegt dir im Blut, wie schon deiner Mutter. Aber …“

„Was ist es, das mich als Ballerina inakzeptabel macht?“ Erneut stiegen ihr Tränen in die Augen. Kathryn musste es wissen, um es akzeptieren oder eventuell etwas dagegen unternehmen zu können. Flehentlich sah sie von Mariella zu Monique, die ihrer Schwester bis ins kleinste Detail glich. Beide trugen ihre hellblonden Haare zu einem modischen Bob geschnitten, der sie jünger als 50 Jahre wirken ließ. Sie besaßen die gleiche zierliche Figur und bewegten sich mit einer Anmut, wie sie nur Balletttänzerinnen anhaftete.

Monique nahm ihren Arm und zog sie näher zu den Spiegeln. Dann nahm sie ihr die Flasche Wasser aus der Hand und stellte sie auf dem Boden ab. Nachdem sie ihr das Handtuch von ihren Schultern gezogen und über die Stange gelegt hatte, trat sie hinter Kathryn und fing an, den strengen Haarknoten zu lösen.

„Es ist nicht dein Tanz an sich, der dich disqualifiziert. Die Talentsucher haben einen Blick für Schwächen. Und es ist ihnen nicht verborgen geblieben, dass du schwache Knöchel hast. Sie sind weniger belastbar und werden es immer sein. Da kannst du noch so viel trainieren.“ Monique fuhr mit beiden Händen durch ihr sanft gelocktes Haar und strich die rabenschwarzen Strähnen über ihre Schultern nach vorne. „Und dann ist da noch deine Ausstrahlung, die für eine Ballerina vollkommen untypisch ist.“

„Aber macht nicht gerade sie mich zu etwas Besonderem? Meine Ausstrahlung? Gerade das sollte doch …“

„Leider nicht“, sagte Mariella bedauernd, trat neben sie und ließ ihre schmalen Finger sanft durch Kathryns Haare gleiten. „Sie wollen zerbrechliche, durchscheinend wirkende, zarte Ballerinas, die mit ausdrucksstarken Auftritten dem klassischen Tanz Eleganz verleihen.“

„Und ich habe nicht nur zu schwache Knöchel, sondern bin ihnen auch noch zu …“ Kathryn schluckte hörbar und wagte nicht, ihren Verdacht auszusprechen. Ihr Blick wanderte über ihr Spiegelbild, verweilte kurz auf ihren Hüften, die weiblicher waren als bei anderen Balletttänzerinnen, und glitt weiter hoch zu ihren Brüsten, die sich deutlich unter ihrem grauen Shirt abzeichneten. „Sie sind der Meinung, ich sei zu …“

„An gewissen Stellen zu voluminös“, unterbrach Mariella sie mit einem Augenzwinkern.

„Du meinst fett.“

„Niemals, Kleines“, widersprach Mariella und schüttelte vehement den Kopf. „Du bist nur weiblicher gerundet als der Rest von den sonst … flachbrüstigen und schmalhüftigen Ballerinas.“

Monique legte ihr von hinten die Hände an die Wangen und richtete Kathryns Blick erneut auf den Spiegel aus und damit auf sich selbst. „Schau genau hin. An dir ist nichts Zerbrechliches oder Durchscheinendes. Du bist unglaublich stark. Eine wunderschöne, aufregende Frau. In deinen Augen lodert ein Feuer, wild, unbändig und … exotisch. Noch etwas, das die Talentsucher stört. Sie befürchten, wenn sie dich auswählen, dass sie damit eine Veränderung im klassischen Tanz ins Rollen bringen könnten. Die bestehenden Werte würden hinfällig werden, also halten sie starr an den altbekannten Auswahlkriterien fest."

„Aber das kann ich doch ändern."

„Du wirst dich niemals so verstellen können, dass du in das gewünschte Schema passt. Denn wenn es ginge, hättest du dich längst angepasst und dein wahres Ich in den Hintergrund gedrängt."

Kathryn legte den Kopf schief und betrachtete traurig ihr Spiegelbild. „Ich wollte immer so sein wie Mom. Eine ätherische Schönheit, die mit ihrem gefühlvollen Tanz Massen in ihren Bann zu schlagen und zu begeistern vermochte."

„Du bist wunderschön wie deine Mutter …" Mariella kicherte mädchenhaft und zupfte verspielt an einer ihrer Locken. „Wunderschön wie deine Mutter und heißblütig wie dein Vater. Eine interessante … nein … eine hochexplosive Mischung."

Ein leises Lachen entschlüpfte ihr, das sie nicht zurückhalten konnte. Dann wurde sie wieder ernst, wandte sich vom Spiegel ab und sah Mariella an. „Du hast gesagt, das Tanzen liegt mir im Blut. Aber wenn meine Knöchel zu schwach sind, ich nicht in das gewünschte Schema passe … dann bleibt mir nichts mehr." Entmutigt ließ sie die Schultern sinken, drehte sich erneut zum Spiegel um und legte eine Hand auf die Stange. Ihre Fingerspitzen glitten sanft über das glatte Holz und ein trauriges Lächeln spielte um ihre Lippen. „Ich kann nicht einfach aufhören zu tanzen."

„Das musst du doch auch gar nicht, Kleines. Nur ist es eben nicht das Ballett, dem du dich widmen solltest. Und wenn du ehrlich zu dir selbst bist, dann weißt du genau das schon seit Langem. Du hast nur so verbissen weitergemacht, weil deine Mutter es sich für dich gewünscht hat."

Als Monique neben ihr einen tiefen Seufzer ausstieß, blickte Kathryn schuldbewusst auf. Im Gesicht der Älteren war jedoch keinerlei Vorwurf erkennbar.

„Ja, Kristen hat gehofft, du würdest in ihre Fußstapfen treten. Dass du glücklich bist, hat sie sich aber noch viel mehr gewünscht", sagte Monique lächelnd, während sie sie über den Spiegel musterte. „Du musst also kein schlechtes Gewissen haben, wenn du dich für etwas anderes entscheidest. Etwas, das tatsächlich zu dir passt, das dich ausfüllt, dir Spaß macht und bei dem deine exotische Ausstrahlung sogar von Vorteil wäre."

„Und was soll das sein?" Kathryn lachte leise und schüttelte den Kopf. Dann hob sie ihre Arme über den Kopf und schwang aufreizend die Hüften. „Bauchtanz vielleicht?"

„Das wäre eine Möglichkeit." Mariella zog die Stirn kraus und tippte sich mit einem Finger an die gespitzten Lippen. „Deine Bewegungen sind unglaublich sinnlich, gleichzeitig frech und herausfordernd, wenn du DU bist." Sie sah zu ihrer Schwester und lächelte schelmisch.

„Oh nein! Du denkst nicht an das, was ich gerade glaube, woran du denkst." Mit weit aufgerissenen Augen schüttelte Monique hektisch den Kopf.

„Und ob. Mit ein klein wenig Übung wäre unsere Prinzessin hier der Star in Viktors neuer Show. Es wäre perfekt." Sie wandte sich Kathryn zu und erkundigte sich mit einem süffisanten Lächeln: „Gefällt es Tony eigentlich, wenn du für ihn an der Pole Stange in eurem Schlafzimmer tanzt?"

Kathryn blinzelte verwirrt. „Woher weißt du davon?"

„Ich habe sie durch die geöffnete Schlafzimmertür gesehen, als ich das letzte Mal bei euch zu Besuch war. Also … gefällt es ihm?"

„Ja."

„Und dir?"

„Es macht mir Spaß, ja." Ein Schmunzeln stahl sich auf ihr Gesicht. „Es macht mir sogar eine Menge Spaß. Willst du mir etwa vorschlagen, mich als Pole Dancerin vor mehr Publikum zu versuchen?"

„Nicht als Pole Dancerin in irgendeinem heruntergekommenen Schuppen. Ich meine eine Show, wie man sie in der Art bisher nur in Las Vegas kennt – groß, aufregend, exotisch. Und die es demnächst hier in New York geben wird." Mariella breitete die Arme aus, wackelte übertrieben mit den Hüften und schenkte ihnen einen Luftkuss, der Kathryn herzhaft lachen und Monique den Kopf schütteln ließ.

„Du willst sie nicht wirklich zu Viktor schleifen, um ihn zu überzeugen, dass er eine ehemalige Ballerina in seine erotische Tanzshow steckt?"

Mariella winkte ab. „Als ob ich unseren kleinen Bruder überreden müsste. Er hat Kathryn längst gesehen, als er uns vor einer Woche besucht hat, und er war hingerissen von ihr." Dann kniff sie die Augen zu Schlitzen zusammen und betrachtete ihre Schwester argwöhnisch. „Was wolltest du denn für Kathryn? Sie zur Tanzlehrerin in der Akademie machen, so dass sie sich ihr Leben lang würde fragen müssen, ob es da draußen noch etwas anderes, noch mehr für sie hätte geben können?"

Monique verschränkte die Arme vor der Brust und schnaufte missmutig. Kathryn lachte leise und gab ihr einen versöhnlichen Kuss auf die Wange.

„Warum lassen wir uns nicht beide von Mariella zu Viktor schleifen und schauen uns an, was er geplant hat?“, schlug sie vor, während sie das Handtuch von der Stange nahm und es sich locker über die Schulter hängte. „Ich hätte kein Problem damit, wenn es sich um eine erotische Show handelt. So lange es keine billige Stripshow ist, bei der ich mir auf der Bühne nur die Klamotten vom Leib reißen soll.“

„Es ist so viel mehr als das“, geriet Mariella ins Schwärmen. Sie hakte sich bei ihr unter und führte sie zur Tür des Tanzsaals, während Monique ihnen mit verkniffenem Gesicht folgte. „Es ist Theater, Tanz, Gesang – frech, frivol und exotisch. Genau wie du es bist, Kleines.“

„Und es ist doch nur eine billige Stripshow“, grummelte Monique missmutig in ihrem Rücken.

„Ist es nicht“, widersprach Mariella und warf ihrer Schwester einen missbilligenden Blick über die Schulter zu. „Es ist *Burlesque*.“

# 1. Kapitel

1 Jahr später

Viktor stellte seine Kaffeetasse auf einen der Tische direkt bei der Bühne ab und nahm Platz. Wann immer er Zeit dafür fand, beobachtete er die Proben, um sich ein Bild von den Fortschritten machen zu können. Es ging in die heiße Phase, denn in gerade einmal zwei Wochen würde das *Godess* zum ersten Mal seine Pforten für Gäste öffnen - endlich. Und da mussten die Auftritte sitzen.

„Los geht's, Ladies!" Der Choreograf Steven James, ein muskulöser Hüne von einem Mann, klatschte in die Hände und stieg die wenigen Stufen zur Bühne hoch. „Die Pause ist zu Ende, noch einmal von vorn", wies er die drei Tänzerinnen an, die mit ausgestreckten Beinen auf der untersten Stufe der beweglichen Treppe saßen, die bei Nichtgebrauch in den hinteren, für die Gäste unsichtbaren Teil der Bühne gefahren werden konnte. Er strich sich mit einer Hand das schulterlange dunkelblonde Haar aus dem Gesicht und baute sich mit in den Hüften gestemmten Händen vor den Frauen auf.

„Bei dir will ich dieses Mal mehr Feuer in den Augen sehen, Bridget. Du bist Kathryns Zweitbesetzung und musst die verführerische Sexgöttin genauso echt rüberbringen wie sie. Wenn du die Treppe runterkommst, spiel mit deinen Haaren, lass deine Finger hindurchgleiten und streiche dann mit den Händen an deinem Körper herab. Wenn der Saal voll ist, muss jeder einzelne Kerl am liebsten auf die Bühne stürmen und sich dir zu Füßen werfen wollen."

„Ich habe schon Probleme mit den Absätzen, die sind wahnsinnig hoch. Keine Ahnung, wie Kathryn so sicher auf ihnen die Treppe runterkommt. Und dann noch dabei mit den Haaren spielen? Du verlangst Unmögliches von mir.“ Bridget zupfte an einer Locke der schwarzen Langhaarperücke auf ihrem Kopf und sah mit gerötetem Gesicht betrübt zum Choreografen auf.

„Du schaffst das, Kleines“, munterte Steven sie mit einem Lächeln auf. „Ich bin mir absolut sicher, dass du deiner Rolle gerecht werden wirst.“

„Könntest du es denn? Auf Mörderabsätzen die Treppe runtersteigen, dabei mit einer wilden Lockenmähne spielen und gleichzeitig noch sexy und nicht unsicher aussehen?“

„Glaubst du etwa, ich würde es nicht schaffen?“ Steven legte den Kopf schief und kniff die Augen zusammen, während er auf seinen Schützling, der trotz High Heels fast einen Kopf kleiner als er selbst war, gespielt böse hinunterstarrte. Viktor verkniff sich ein Lachen, nippte an seinem Kaffee und war sich ziemlich sicher, dass Steven Bridgets Herausforderung annehmen würde. Der Choreograf verlangte von den Tänzerinnen nicht weniger, als wozu er selbst imstande war.

„Eigentlich glaube ich nur, dass ich mir eine längere Pause verschaffen könnte, indem ich dich dazu bringe, uns das Gegenteil zu beweisen.“

Als Steven nach der Perücke verlangte, verzog sich Viktors Mund zu einem breiten Grinsen. Die Mädchen hatten ihren Tanztrainer genauso im Griff wie er sie.

„Oh mein Gott! Wenn er in den High Heels diese Treppe mit ordentlich Hüftschwung runterwackelt, dann stürme ich da hoch und schleppe ihn in meine Garderobe.“ Layla ließ sich in ihrem eng anliegenden, silbernen Paillettenkleid in einer geschmeidigen Bewegung auf den Stuhl neben Viktor sinken. Mit einer Hand fächelte sie sich hektisch Luft zu und mit der anderen schob sie sich eine blasslila Locke aus dem Gesicht. Ihre Augen klebten an Steven, der gerade in High Heels schlüpfte und leichtfüßig die Treppe hinauflief. „Kathryns schwarze Wallemähne, dazu diese muskulösen Oberschenkel und ein Arsch, mit dem er locker Nüsse knacken kann …“, geriet sie ins Schwärmen und entlockte Viktor ein leises Lachen. „Früher oder später gehört der Kerl mir. Den vernasch ich mit Haut und Haaren.“

„Und wenn du ihn in deine Garderobe geschleppt hast. Wann soll ich die Cops rufen? Wenn er schreit oder du?“ Sein flapsiger Kommentar brachte Viktor einen empörten Schlag gegen die Schulter ein.

„Niemals die Cops rufen, wenn du Schreie aus meiner Garderobe hörst. Du willst uns doch wohl nicht den Spaß verderben?“

Sie richteten ihre Blicke wieder auf die Bühne, als die Musik einsetzte und Steven begann, die Stufen herabzusteigen. Zielsicher traf er jede einzelne Stufe, strich mit seinen schlanken Fingern durch die schwarzen Locken und streichelte in aufreizender Weise über seinen Körper, während er zu keiner Zeit den Blick vom leeren Saal abwandte. Zumindest würde es auf den unbedarften Zuschauer so wirken. In Wirklichkeit orientierte sich Steven mit jeder Bewegung seines Kopfes neu und meisterte auf diese Weise den Abstieg problemlos.

„Und jetzt du, Bridget.“ Er setzte der normalerweise blonden Tänzerin die Perücke auf den Kopf, zupfte sie zurecht und verpasste ihr einen Klaps auf den Hintern. „Ab nach oben und zeig uns, was für eine anbetungswürdige Bitch du sein kannst.“

Mit einem zufriedenen Nicken beobachtete Viktor, wie Bridget die Treppe hinauflief, auf der obersten Stufe kurz innehielt, sich straffte und dann den Abstieg mit Bravour hinter sich brachte. Jeder Schritt saß, ihre Bewegungen waren herrlich sexy und der Sexgöttin würdig, die sie verkörpern sollte. Perfekt.

Als Bridget die unterste Stufe mit einem strahlenden Lächeln erreichte, begann das Kopflicht über ihr zu flackern. Sie setzte ihren Fuß auf die Bühne, warf die langen Locken über die Schultern zurück, stemmte die Hände in die Hüften und sah mit feurigem Blick in die Runde. Irritiert wandte sie sich von ihren wenigen Zuschauern ab und richtete den Blick nach oben, als erst ein lautes Knirschen und dann ein langgezogenes metallenes Quietschen zu hören war. Alarmiert sprang Viktor von seinem Stuhl auf, lief auf die Bühne zu und nahm mit jedem Schritt jeweils zwei Stufen der Treppe. Funken sprühten von der Decke und er brüllte eine Warnung, aber Bridget blieb wie erstarrt auf der Stelle stehen. Im nächsten Augenblick stürzte eine mit mehreren Scheinwerfern bestückte Traverse nach unten und begrub sie unter sich.

* * *

ERÖFFNUNG DES *GODESS* STEHT UNTER SCHLECHTEM STERN, prangte in blutroter Schrift auf der ersten Seite eines einschlägigen Klatschblattes über einem Bild seines Clubs, vor dem ein Leichenwagen und mehrere Polizeifahrzeuge standen. Viktor presste die Lippen zu einem dünnen Strich zusammen, schüttelte den Kopf und warf einen Blick auf den Zeitungsstapel, den seine Assistentin eben erst auf seinem Schreibtisch abgelegt hatte. Er blätterte zum doppelseitigen Artikel und schnaubte missmutig. Zwei Seiten? Das war neu. Bisher hatte die Medienmeute den Vorfällen im *Godess* maximal eine halbe Seite zugestanden. Wie es schien, zog der Showclub mit der baldigen Eröffnung und den sich häufenden Unfällen, die keine zu sein schienen, immer mehr unerwünschte Aufmerksamkeit auf sich.

„*Ein mysteriöser Unfall mit Todesfolge im New Yorker Showclub* Godess *macht dem Inhaber Viktor Nowak schwer zu schaffen*", lautete der einführende Satz des Artikels. Viktor rieb sich mit der Hand über die Stirn und zog eine Grimasse. Wenn der Verfasser des Artikels wüsste, wie recht er hatte. Nicht genug, dass er nach Bridgets bedauerlichem Unfall bei der Probe vor einer Woche die Polizei tagelang als Dauergast im Haus gehabt hatte. Nein, an diesem Morgen hatten auch noch drei seiner Tänzerinnen das Handtuch geworfen und fristlos gekündigt, weil ihnen die unglückseligen Vorfälle der letzten Monate Angst einjagten. Wie viele mochten noch folgen? Er hoffte, wenigstens den Rest der Truppe zum Bleiben überreden zu können. Und dann musste er umgehend für Nachschub an Tänzerinnen sorgen, sonst stünde der Erfolg seines Vorhabens, auf das er insgesamt mehr als zwei Jahre hingearbeitet hatte, tatsächlich auf der Kippe.

„*Nachdem sich in den letzten Monaten mehrere glimpflich verlaufende Unfälle ereignet hatten, kam es vor einer Woche zu einem Zwischenfall, bei dem eine Burlesque-Tänzerin tödlich verunglückte. Die 24-jährige Bridget S. – besser bekannt als Spicy Le Minou - war die Zweitbesetzung für Kiki La Coquette, dem Star der* Godess of Sin *Revue – dem wohl aufsehenerregendsten Show Act des Clubs. Obwohl es den Anschein hat, dass Bridget S. bei einem bedauerns-*

*werten Unfall ums Leben gekommen ist, halten die Ermittlungen der Polizei an ...“*

„Verdammte Scheiße“, fluchte Viktor und klappte die Zeitung zusammen, ohne den Artikel zu Ende gelesen zu haben, und schob sie zur Seite. Er wusste auch so, was im Rest des Artikels stand. Die angesprochenen kleineren Zwischenfälle waren bisher immer als *normal* abgetan worden und den Reportern des Kulturteils maximal eine Erwähnung am Rande wert gewesen. Auf einer Baustelle kam es nun mal zu Unfällen durch lose Kabel, über die jemand stolperte, weil er unachtsam war. Oder es rutschte jemand in einer Wasserlache auf glattem Untergrund aus. Daran war nichts Mysteriöses. Bis zu diesem Zeitpunkt gab es auch keinen Grund, etwas anderes anzunehmen – für niemanden. Inzwischen sah die ganze Sache jedoch anders aus. Das waren keine Zufälle mehr. Er wusste es, die Polizei vermutete es und die Medien traten es in der Öffentlichkeit breit.

„Was soll ich nur tun?“ Ratlos blickte er zu seiner Assistentin Vanessa, die noch immer vor seinem Schreibtisch stand und ihn mitleidig ansah. Sie strich sich eine schokobraune Haarsträhne, die sich aus dem losen Knoten in ihrem Nacken gelöst hatte, hinter das Ohr und kaute auf ihrer Unterlippe herum, während sie überlegte. Dann trat sie näher und tippte mit ihrem perfekt manikürten Zeigefinger auf den Stapel Zeitungen.

„Diese Klatschblätter werden weiter suchen und im Dreck wühlen, bis sie etwas gefunden haben, was sie zu einer noch größeren Story aufblasen können und das das Aus der Show bedeuten könnte. Dir wird nichts anderes übrig bleiben, als die Eröffnung zu verschieben. Bis die Polizei mit ihren Ermittlungen fertig ist und eindeutig bewiesen wird, dass es sich um einen unglückseligen Unfall gehandelt hat. Es alles nur Zufälle waren.“

Verzweiflung machte sich in ihm breit. Vanessa hatte recht. Und dennoch schüttelte er den Kopf ... „Das kann Monate dauern. Die Zeit habe ich nicht. Es wurde von mir alles durchgeplant, sogar einen großzügigen Zeitpuffer habe ich einkalkuliert. Aber der ist ausgeschöpft, genau wie mein finanzielles Polster. Wir müssen den Termin der Eröffnung halten."

„Lies die Artikel, Viktor. Die Reporter haben alle Vorfälle der letzten Monate haarklein zusammengetragen – angesengte Haare, eingeklemmte Finger und gequetschte Hände, verstauchte Knöchel, ein gebrochener Arm ... und jetzt das mit Bridget. Es ist ihnen allen aufgefallen, dass ausschließlich Burlesque-Tänzerinnen die Leidtragenden sind und kein anderer. Als ob es jemand speziell auf sie abgesehen hätte."

„Wir werden sabotiert." Zum ersten Mal sprach er den Gedanken laut aus, der bereits seit Längerem in seinem Kopf herumspukte. Den er aber nicht hatte wahrhaben wollen.

„Genau das. Ich denke, irgendjemand will dir deine Hauptattraktion nehmen und den Club damit in den Ruin treiben. Ohne Hauptattraktion keine Gäste. Denn die kleineren Show Acts dienen ausschließlich dazu, das Programm zu füllen. Und mit ihnen kannst du nur für sehr kurze Zeit die fehlende Hauptattraktion ersetzen, ohne Einbußen hinnehmen zu müssen."

Viktor schüttelte entschlossen den Kopf, schnappte sich den Zeitungsstapel vom Tisch und stopfte ihn in den Papierkorb. Er musste handeln, den Gerüchten und der drohenden Katastrophe entgegenwirken. Ängstlich darauf warten, ob und wann der nächste Unfall geschah, brachte ihn nicht weiter und würde ihn am Ende alles kosten. „Ich habe in den letzten Jahren zu viel in dieses Projekt investiert, um jetzt klein bei zu geben, Vanessa.

Es gibt andere Mittel und Wege, denjenigen auszubremsen, der uns über die Tänzerinnen schaden will. Die Eröffnung absagen, kommt nicht infrage."

„Was willst du tun? Die Burlesque-Revue gegen einen anderen Act austauschen? Ich habe doch schon gesagt, dass das …"

„Ganz sicher nicht", unterbrach er sie mit einem Kopfschütteln. „Das würde ich zeitlich gar nicht schaffen und ich will es auch nicht. Damit würde ich mir selbst die Hauptattraktion nehmen." Mit einer Hand wies er auf den Monitor, auf dem eine Tabelle mit unzähligen Zahlenreihen zu sehen war. „Diese ganzen Karten- und Platzreservierungen für Wochen und Monate im Voraus haben wir zum größten Teil Kathryn zu verdanken. Alle wollen sie endlich live in New York sehen, nachdem sie sich im *Limelight* in Las Vegas und sogar in Europa einen Namen gemacht hat. Sie kennen sie lediglich von Youtube, aus Trailern, Teasern und privaten Mitschnitten ihrer Auftritte in Las Vegas. Und alle sind vollkommen verrückt nach ihr. Das Marketing wurde von mir genau durchdacht und die Werbung perfekt platziert. Ich *kann* sie nicht länger hinhalten, sonst kippt die Stimmung."

„Aber wir haben inzwischen zu wenig …"

Viktor wischte mit einer abwehrenden Handbewegung den Einwand seiner Assistentin beiseite. „Die ersten Auftritte werden mit kleinerem Ensemble über die Bühne gebracht. Das merkt kein Mensch. In der Zwischenzeit suchen wir Ersatz für die vier fehlenden Tänzerinnen, am besten gleich ein Dutzend. Steven wird meinetwegen Überstunden schieben müssen, um mit ihnen die Choreografien einzustudieren und sie bühnentauglich zu machen."

„Das ändert nichts daran, dass erneut Anschläge auf die Tänzerinnen verübt werden könnten. Und eine neue Zweitbesetzung für Kiki zu finden, das wird sehr schwer werden. Gerade was sie angeht, ist das Risiko enorm“, wandte Vanessa ein.

Viktor erhob sich von seinem Stuhl, umrundete den Schreibtisch und trat vor ein überdimensionales Plakat, wie es auch im beleuchteten Display direkt neben der Eingangstür des Clubs zu sehen war. *Godess of Sin* stand in auffälligen goldenen Buchstaben im oberen Viertel, darunter war Kathryn als Kiki abgebildet, wie sie erleuchtete Stufen herabstieg, während blassweiße Nebelschwaden um ihre Gestalt tanzten. Dabei trug sie lediglich ein dunkelrotes, eng anliegendes Korsett, lange Handschuhe und hochhackige Schnürstiefel am Leib. Ihre nackte Haut schimmerte golden und die rabenschwarze Lockenmähne flog wild um ihren Körper. Mehrere Männer mit nackten, glänzenden Oberkörpern lagen zu ihren Füßen, krochen die Treppenstufen hinauf und ihr entgegen. Die Arme in ihre Richtung ausgestreckt, bettelten sie um Kikis Aufmerksamkeit. Aber sie ignorierte ihr Flehen und erwiderte stattdessen den Blick eines jeden, der das Plakat betrachtete. Das verheißungsvolle Lächeln, das um ihren Mund spielte, und ihr Blick, der sinnliche Leidenschaft versprach – Kiki La Coquette verkörperte mit jeder Faser die Fleisch gewordene Sünde.

„Wer immer es auch ist, ich werde nicht zulassen, dass ihr oder den anderen Tänzerinnen etwas passiert. Es darf, nein, es wird niemand mehr zu Schaden kommen.“

Vanessa trat neben ihn und ließ andächtig ihren Blick über das Plakat gleiten. „Wie willst du dafür sorgen, dass ihr nichts passiert? Du kannst dich nicht 24

Stunden täglich an ihre Fersen heften, um sie von jeglicher Gefahr fernzuhalten."

„Ich vielleicht nicht." Viktor wandte den Kopf und zwinkerte seiner Assistentin verschwörerisch zu. „Aber eine ganze Crew Personenschützer kann dafür sorgen, dass die Tänzerinnen sich wieder sicher fühlen können und es auch sind."

„Du willst Kathryn einen Babysitter auf den Hals hetzen?" Ein leises Lachen entschlüpfte Vanessa, ehe sie die Arme vor der Brust verschränkte und mit einem breiten Grinsen prophezeite: „Das wird sie sich nie im Leben gefallen lassen. Dafür hat sie in den letzten Monaten zu viele Freiheiten gehabt, nachdem sie alle selbst auferlegten Zwänge einer Ballerina abgestreift hat. Auf keinen Fall wird Kathryn sich wieder einschränken lassen."

„Ich rechne auch nicht mit Begeisterungsstürmen von ihr", erwiderte Viktor mit einem abgrundtiefen Seufzen. „Aber in unserer derzeitigen Situation wäre alles andere ein zu großes Risiko. Kathryn wird meine Entscheidung akzeptieren müssen."

## 2. Kapitel

Das Taxi hielt direkt vor dem Eingang des *Godess* und Kathryn betrachtete durch das Seitenfenster staunend die Veränderung, die innerhalb des letzten Jahres mit der ehemaligen Industriehalle vorgegangen war. Zwar hatte Viktor ihr regelmäßig per Mail Bilder von den Fortschritten der Umbaumaßnahmen geschickt, aber sie hatten immer nur kleine Ausschnitte der Veränderungen gezeigt.

Als sie das letzte Mal hier gewesen war, hatte die Halle heruntergekommen gewirkt. Mit Graffiti vollgesprayten Wänden, eingeworfenen Fenstern und bröckelndem Putz hatte sie sehr viel Vorstellungskraft gebraucht, sich den künftigen Showclub vorzustellen, wie Viktor ihn sich ausmalte. Aber er hatte seinen Traum verwirklicht und aus der Industriehalle einen Palast gemacht.

Vor dem überdachten Rundbogeneingang standen zwei massive Säulen, zwischen denen ein auffälliges Banner hing, das auf die Eröffnung in einer Woche hinwies. Die Mauern waren neutral cremefarben verputzt worden, so dass die beiden überdimensionalen Displays, auf denen im Wechsel Aufnahmen der verschiedenen Show Acts zu sehen waren, besser zur Geltung kamen. In den Boden eingelassene Scheinwerfer würden zusätzliche Highlights setzen und dem Gebäude in den Abendstunden noch mehr Glamour verleihen.

„Sie sind Kiki, oder?“ Der Taxifahrer drehte sich zu ihr um, musterte sie neugierig und wies dann auf das Plakat direkt neben dem Eingang.

„Ja“, erwiderte Kathryn mit einem Lächeln und kramte in ihrer Handtasche nach ihrer Geldbörse.

„Ich habe versucht, an Karten für die Eröffnung zu kommen. Meine Frau wollte unbedingt dabei sein. Sollte ein Geburtstagsgeschenk werden. Aber keine Chance. Eher hätte ich Karten für den VIP-Bereich beim Superbowl mit Platzierung direkt neben dem Präsidenten bekommen."

Sie lachte leise, hob den Kopf und betrachtete den Fahrer, der ihr verschmitzt zuzwinkerte. Seine dunklen Augen funkelten übermütig und die kleinen Fältchen im Augenbereich vertieften sich, während er in ihr Lachen einstimmte. „Ihre Frau hat zur Eröffnung Geburtstag?" Er nickte, während Kathryn ihm einen 20-Dollar-Schein nach vorn reichte. „Wie heißt Ihre Frau?"

„Dana."

Kathryn steckte ihre Geldbörse weg, zog einen weißen Umschlag aus der Seitentasche und hielt ihn dem Taxifahrer entgegen. „Ich hoffe, die Show wird Dana gefallen." Bis zu diesem Zeitpunkt hatte sie nicht gewusst, wem sie die Karten hätte geben sollen - außer Mariella und Monique. Aber die hatten ihre Karten von Viktor bereits bekommen.

Seine Augen weiteten sich freudig überrascht, als er im Umschlag zwei Freikarten für die Eröffnung des Clubs entdeckte. „Ich weiß gar nicht, was ich sagen soll. Vielen Dank, Kiki!"

Kathryn nickte lächelnd und stieg nach einer kurzen Verabschiedung aus dem Taxi. Tief atmete sie durch, hielt den knielangen Mantel mit einer Hand vor ihrem Körper geschlossen und lief auf den Eingang zu. Insgesamt zwei Jahre hatte es gedauert, bis Viktors Vision Wirklichkeit wurde. Und endlich würde sie nach zwölf Monaten Vorbereitungszeit und harten Proben im *Limelight* nicht mehr nur Gast Act bei anderen Shows sein, sondern auf der großen Bühne des heimischen Showclubs stehen. Die Erfüllung ihrer Träume war zum Greifen nah.

Kathryn drückte die Eingangstür auf und betrat den mit rotem Teppich ausgelegten, langgezogenen Gang, an dessen Wände gerahmte Plakate der verschiedenen Künstler hingen. Sie lief am unbesetzten Kartenhäuschen und der Garderobe vorbei und tiefer in den Club hinein. Als sie den Saal betrat, stockte ihr für einen Moment der Atem. Viktor hatte sich mit der Einrichtung selbst übertroffen. Vor ihr eröffnete sich ein in warmen Rot- und Brauntönen und luxuriösem Gold ausgestatteter Raum. Tief sog sie die Luft in ihre Lungen, roch den kräftig herben Duft von Leder, Holz und Möbelpolitur. Dann richtete sie ihren Blick nach oben. Logenplätze säumten drei Seiten des Saals und glitzernde Kronleuchter hingen von der Decke. Zusätzlich zu den kleinen Tischlampen würden sie die unzähligen Sitzgruppen des Parkettbereichs in warmes Licht tauchen. Das Herzstück bildete wie erwartet die weitläufig angelegte Bühne, auf der in diesem Moment Steven einer Gruppe Tänzerinnen Anweisungen gab.

Kathryn lief seitlich an den aufgestellten Sitzgruppen vorbei und in den hinteren Bühnenbereich, wo sich die Garderoben der Künstler und Viktors Büro befinden mussten.

„Kiki!“ Layla, ein 1,90 Meter großer Travestiekünstler, der seine Looks schneller wechselte als ein Chamäleon seine Farbe anpassen konnte, kam eilig auf sie zugestöckelt und riss sie in die Arme, dass Kathryn den Boden unter den Füßen verlor und ihre Beine in der Luft baumelten. Mit einem fröhlichen Lachen erwiderte sie die Umarmung und drückte Layla einen Kuss auf die Wange. „Wurde aber auch Zeit, dass du endlich auftauchst, Herzchen.“

„Ich bin sogar zwei Tage früher als geplant zurückgekommen.“

Layla stellte sie zurück auf die Füße, rückte mit beiden Händen ihre Brüste zurecht und strich das schwarze, eng anliegende Kleid glatt. Obwohl Laylas Gesicht noch immer die typischen Merkmale eines Mannes hatte, musste man schon sehr genau hinsehen, um zu bemerken, dass sie eigentlich keine richtige Frau war.

„Und der Rest deiner Truppe?“

„Wird wie vereinbart in zwei Tagen eintreffen. Nach monatelangen Proben haben sie sich eine Auszeit verdient, wenn auch nur für zwei Tage.“

„Ich hoffe für dich, dass da auch eine ganze Horde scharfer Kerle dabei ist, die ich noch nicht kenne. Wo warst du eigentlich zuletzt? Im *Limelight* in Las Vegas oder irgendwo in Europa unterwegs?“ Sie verdrehte genießerisch die Augen und wedelte aufgeregt mit einem Fächer, der an ihrem rechten Handgelenk hing, vor ihrem Gesicht herum. „So ein heißblütiger Italiener mit sonnengebräunter Haut über stahlharten Muskeln. Der wäre was für mich. *Dio mio*, allein die Vorstellung macht mich ganz rollig.“

Ein junger Mann in Jeans und T-Shirt, der ein aufgerolltes Kabel über der Schulter trug und gerade an ihnen vorbei wollte, riss erschrocken die Augen auf und machte einen großen Bogen um Layla. Dabei streifte er die Wand und stolperte über seine eigenen Füße, ehe er rasch weiterlief. Kathryn nickte ihm mit einem breiten Grinsen hinterher.

„Er gehört noch nicht lange zur Truppe?“

„Noch ganz frisch“, bestätigte Layla. „Travis ist erst seit zwei Tagen bei uns, weil es zu einigen Kündigungen kam. Nachdem Bridget …“ Die Fröhlichkeit verschwand schlagartig aus ihrem Gesicht und Tränen stiegen ihr in die Augen, die sie hastig wegblinzelte. Layla holte tief Luft und lächelte tapfer. „Es heißt nicht umsonst *The show must go on,* nicht wahr?“

„Ja. Das muss sie wohl.“ Kathryn legte ihr eine Hand auf den Arm und lächelte aufmunternd. „Ich hätte sie gerne kennengelernt.“

„Du hättest sie gemocht. Bridget war ein ganz liebes Mädchen, wahnsinnig hübsch und mit genauso heißen Kurven, wie du sie hast. Wäre ich ein Kerl, wäre ich ihr nachgestiegen.“

Kathryn verkniff sich den Hinweis, dass Layla genau genommen ein Mann war, auch wenn sie lieber als Frau angesehen werden wollte. „Gibt es denn jemanden, dem du stattdessen nachsteigst?“, wechselte sie das Thema und zupfte spielerisch an dem dicken blonden geflochtenen Zopf, der über Laylas linker Schulter hing.

„Und ob es den gibt, aber noch ziert er sich wie die Jungfrau vor dem ersten Mal.“ Layla seufzte theatralisch und winkte dann ab. „Genug von mir. Ich will wissen, wo du in den letzten Monaten gesteckt hast.“

„Die meiste Zeit waren wir im *Limelight* in Las Vegas, haben uns für die Auftritte im *Godess* vorbereitet und sind dort auch aufgetreten. Und zwischendurch hat Viktor uns mit Unterbrechung quer durch Europa gescheucht. Zuletzt war ich in Deutschland.“

„Bei einem Kerl in Lederhosen mit strammen Waden würde ich auch gern mal an der Weißwurst zutscheln. Diese Lederhosen sind zwar modisch nicht gerade der letzte Schrei, aber so einen hatte ich noch nicht.“

Kathryn lachte und schüttelte den Kopf. Wie sehr sie Laylas direkte Art vermisst hatte. Als Viktor sie vor einem Jahr einander vorstellte, hatte sie Layla sofort ins Herz geschlossen. Layla nahm sich ihrer an, brachte ihr das erotische Showgeschäft, das ihr bis dato vollkommen fremd gewesen war, näher und nahm ihr die letzten Zweifel. Sie war ihre größte Kritikerin, beste Freundin und verrücktester Fan in Einem.

„In Hamburg tragen sie keine Lederhosen. Und bis in den Süden Deutschlands bin ich gar nicht gekommen. Ich habe die meiste Zeit mit *The Sinderellas* geprobt und hatte mit kleinerem Ensemble ein paar Gastauftritte in verschiedenen Clubs."

Layla runzelte die Stirn. „*The Sinderellas*? Von denen habe ich ein riesiges Plakat in Viktors Büro gesehen." Sie schüttelte eine Hand als hätte sie sich verbrannt. „Uuuhhh … ziemlich heiß die Mädchen. Kommen sie auch noch nach New York?"

„Sie sind bereits hier. Heute angekommen. Ich konnte sie von einem Gastauftritt zur Eröffnung überzeugen, bevor sie einen Abstecher nach Las Vegas machen und dann zurück nach Deutschland fliegen für ihre *„Let there be Sin"* Revue im *Delphi Showpalast*."

„Wahrscheinlich hast du die *Sinderellas* mit deinem unwiderstehlichen Lächeln wie jeden anderen von uns um deinen kleinen Finger gewickelt und …"

„Und ob sie das getan hat", ertönte es in Kathryns Rücken und sie fuhr freudig überrascht herum. Einen Augenblick später schlangen sich starke Arme um ihren Leib, hoben sie hoch und pressten sie gegen einen harten Männerkörper. „So, wie sie mich und jeden anderen um den Finger wickelt."

„Adam …", erwiderte sie mit einem fröhlichen Lachen und schlang ihm beide Arme um den Hals, „… du bist ein Spinner."

„Ein Spinner, der dich in den letzten beiden Monaten vermisst hat." Stürmisch presste er seine Lippen auf ihre und stöhnte unüberhörbar an ihrem Mund. „Was habe ich Viktor für seine Entscheidung verflucht, mich früher zurück zu beordern. Ich wette, du konntest dich vor eindeutigen Angeboten nicht mehr retten, nachdem ich weg war."

„Als käme es auf die Anzahl der Angebote an. Viel eher darauf, ob und wie viele ich angenommen habe."

„Und wie viele hast du angenommen?"

„Sicherlich weniger als du in der gleichen Zeit", mischte Layla sich ein, verschränkte beide Arme vor der Brust und lächelte süffisant.

Adam funkelte Layla wütend an, während er Kathryn wieder auf die Füße stellte, sie jedoch weiter mit seinen Armen umschlungen hielt. „Es geht dich einen verdammten Scheißdreck an …"

„… wie viele Frauen du flachlegst, obwohl du eigentlich …", Layla umschrieb Kathryn mit einer lockeren Handbewegung in einem großzügigen Oval, „… mit einer solchen Frau zusammen sein kannst? Du hast recht, das geht mich nichts an. Aber Kiki hat einen besseren Mann als dich verdient."

„Das zwischen Adam und mir ist nichts Ernstes", versuchte sie die Situation zu entschärfen. Layla und Adam hatten sich noch nie gemocht. Wann immer sie aufeinandertrafen, endete es im Streit. Und bei den Auseinandersetzungen ging es jedes Mal um sie und ihre Beziehung zu Adam, die eigentlich keine war. „Er kann tun, was er will und für mich gilt das Gleiche. Wir sind nicht wirklich zusammen, haben nur hin und wieder Sex miteinander."

Layla grinste anzüglich und zwinkerte ihr frech zu. „Weißt du, Herzchen, es geht nicht darum, dass ich etwas gegen sexuelle Ausschweifungen oder wechselnde Partner hätte. Du weißt, ich bin die Letzte, die sich zum Moralapostel aufschwingen würde. Meinetwegen soll jeder mit jedem vögeln. Aber er …", mit dem zusammengeklappten Fächer verpasste sie Adam einen leichten Schlag gegen die Schulter, „… ist nicht mal als schneller unbedeutender Fick gut genug für dich. Ohne ihn wärst du besser dran." Nach einem letzten warnenden Blick in Adams Richtung wandte sie sich ab, lief den Gang hinab und verschwand um die Ecke.

„Ich hasse diese …"

„Nein, Adam." Sie strich mit einer Hand beruhigend über seine Brust und seufzte niedergeschlagen. „Layla will für mich nur das Beste. Und in ihren Augen bin ich nicht für eine lockere Beziehung geschaffen wie wir beide sie führen. Das ist der einzige Grund, warum sie etwas dagegen hat."

„Sie sollte endlich mal aufhören, sich ständig bei uns einzumischen. Das Wichtigste ist, du kommst mit unserem Arrangement klar. Daran hat sich doch nichts geändert, oder?" Adam neigte den Kopf und betrachtete sie forschend. Sein Blick huschte über ihr Gesicht, auf der Suche nach einem Hinweis, dass sie ihre Meinung in den letzten Wochen, in denen sie sich nicht gesehen hatten, geändert haben könnte.

Kathryn hob eine Hand, strich ihm mit den Fingerspitzen eine blonde Haarsträhne aus der Stirn und lächelte leicht. Das zwischen ihnen beiden war niemals mehr als Sex gewesen und würde niemals mehr sein. Sie fühlten sich lediglich auf der körperlichen Ebene zueinander hingezogen. Und ihr war das nur recht. Damit genossen sie beide die Freiheit, sich miteinander oder eben auch mit anderen im Bett amüsieren zu können. „Es hat sich nichts geändert. Ich will es unkompliziert, nur Sex und keine feste Beziehung, weil die mich nur einengen und niemals halten würde."

„Ich liebe deine Einstellung", murmelte er und strich mit seinen Lippen über ihren Mund. „Und was ich noch mehr lieben würde, wäre, wenn du wie ich genau jetzt Lust auf eine schnelle Nummer hättest." Seine Lippen verzogen sich zu einem frechen Grinsen. Er legte ihr eine Hand auf den Hintern und presste ihren Unterleib gegen seinen, so dass sie seine Erektion trotz der Stoffschichten zwischen ihren Körpern deutlich spüren konnte.

„Wenn ich nicht zu Viktor müsste …"

„Bei dem war ich vorhin erst. Er ist in einem geschäftlichen Gespräch und möchte nicht gestört werden."

„Dann bring mich in meine Garderobe. Hier mitten im Gang …", bedeutungsvoll blickte sie sich um und wies auf zwei Tänzerinnen, die gerade die Bühne verließen und auf sie zukamen, „… hätten wir für meinen Geschmack eindeutig zu viele Zuschauer."

Schwungvoll hob Adam sie auf seine Arme. „Was immer meine Göttin mir befiehlt."

## 3. Kapitel

Kathryn warf die Tür ihrer Garderobe hinter ihnen zu und kicherte wie ein Schulmädchen, als Adam mit ihr auf den Armen eilig am Schminktisch und den Kleiderständern vorbei und auf die Couch an der Wand zulief. Er ließ sie darauf fallen, drückte sie mit seinem Körper in die weichen Polster und eroberte ihren Mund mit seinen Lippen.

„Unsere kleinen Abenteuer haben mir gefehlt, Baby“, murmelte er zwischen zwei Küssen und knabberte an ihrer Unterlippe. „Du bist herrlich unkompliziert. Ganz anders als …“

Rasch legte sie ihm einen Finger auf den Mund und schüttelte den Kopf. „Ich bin vielleicht unkompliziert und es macht mir nichts aus, dass du mit anderen Frauen schläfst, weil ich mir die gleiche Freiheit herausnehme und mit anderen Männern schlafe. Trotzdem will ich nicht, dass du Vergleiche ziehst, uns gegeneinander aufwiegst und bewertest. Es ist immer nur der Moment wichtig. So wie jetzt auch. Lass uns einfach …“

„… ficken?“

Ihr entschlüpfte ein leises Lachen. „Du stehst wahnsinnig auf diesen Dirty Talk.“

„Jeder Mann findet den geil.“ Frech grinste er auf sie herab und zog sich das graue T-Shirt über den Kopf. Dann schob er ihr den schwarzen Mantel über die Schultern und half ihr, die Arme aus den Ärmeln zu befreien. Mit einem fast schon andächtigen Gesichtsausdruck zog er die langen Holznadeln aus ihrem Haar und fuhr mit seinen Fingern hindurch, um es aufzulockern.

Kathryn legte ihre Hände an seine Brust, spürte Adams warme Haut unter ihren Fingern, das Spiel seiner Muskeln und zog ihre Unterlippe zwischen die Zähne. Er fühlte sich wundervoll an. Seine Nähe löste ein unmissverständliches Prickeln in ihrem Magen aus, das sich langsam auf ihren gesamten Körper ausbreitete. Nachdem sie in den letzten Wochen wegen ständiger Proben keinen Sex bekommen hatte, wirkte er auf sie wie ein Glas Wasser auf einen Verdurstenden in der Wüste.

„Du solltest möglichst schnell aus dieser Hose raus, weil ich sie dir sonst in Fetzen reiße“, murmelte sie und ließ beide Hände an seinem Körper nach unten gleiten. Sie nestelte am Knopf seiner Jeans, öffnete den Reißverschluss und schob eine Hand unter den Stoff. Mit leichtem Druck rieb sie über seine Härte und lachte verführerisch, als er unterdrückt aufstöhnte.

„Fuck, Kathryn! Du machst mich irre.“ Adam schob die Knöpfe an ihrer Bluse durch die Löcher und fluchte. Nachdem er endlich den letzten Knopf geöffnet hatte, strich er den dünnen Stoff beiseite und senkte den Kopf, um seinen Mund auf die Wölbung einer Brust zu pressen. Sein Atem fächelte heiß über ihre Haut, während er den zarten Spitzen-BH herunter zog, eine Brust umfasste und mit dem Daumen über ihre verhärtete Brustwarze rieb. Mit einem leisen Stöhnen schloss Kathryn die Augen, winkelte ein Bein an und drängte ihren pochenden Unterleib gegen seinen. Mehr, sie wollte und brauchte mehr von ihm.

Als leises Lachen neben ihnen erklang, riss Kathryn erschrocken die Augen auf.

„Verdammte Scheiße, Layla!“ Sie schob Adam mit beiden Händen von sich und setzte sich auf. Hastig bedeckte sie ihre Blöße, indem sie ihren BH zurechtrückte, die Bluse vor ihrem Körper zusammenzog und begann, die Knöpfe zu schließen. „Was machst du hier?“

Laylas plötzliches Auftauchen in ihrer Garderobe, während sie mit Adam eng umschlungen und halb nackt auf der Couch lag, wirkte wie ein Eimer kalten Wassers, das man ihr über den Kopf geschüttet hatte. Jegliche Lust war mit einem Mal fortgespült.

„Wenn ich auch nur im Entferntesten geahnt hätte, dass ihr … Also ich hätte wohl deutlich lauter klopfen sollen“, räumte Layla mit betretener Miene ein. Sie alle wussten, dass es ihr keineswegs leid tat, mitten in ihr Vorspiel geplatzt zu sein. Es aber laut auszusprechen, hielt Kathryn für keine gute Idee. Denn dann würde Adam sich wohl nicht mehr zurückhalten und sich lediglich mit verkniffenem Gesicht sein Shirt wieder überziehen. Mit steifen Bewegungen erhob er sich von der Couch und stopfte das Shirt unter den Bund seiner Jeans. Dabei erdolchte er Layla mit seinen Blicken, die ihm erst ein falsches Lächeln schenkte und dann desinteressiert ihre rotlackierten Fingernägel betrachtete.

„Halt dich bei uns raus, sonst wirst du es irgendwann noch bereuen“, knurrte Adam im Vorbeigehen und stapfte wutentbrannt aus der Garderobe. Mit einem lauten Knall fiel die Tür hinter ihm ins Schloss.

„Du hast sehr genau gewusst, was wir hier drinnen tun. Und geklopft hast du auch nicht“, warf Kathryn ihr aufgebracht vor. So sehr sie Layla auch mochte, hin und wieder nahm diese sich zu viele Freiheiten heraus, indem sie sich in ihr Sexleben einmischte. Sie musste nicht vor Adam beschützt werden. Wann begriff Layla das endlich?

„Natürlich habe ich gewusst, was ihr treibt. Oder besser, dass ihr auf dem besten Weg wart, es miteinander zu treiben.“ Sie zuckte mit den Schultern. „Und das Klopfen habe ich wohl vergessen." Layla setzte sich mit kerzengeradem Rücken neben Kathryn auf die Couch und strich ihr eine wirre Locke aus dem Gesicht. „Aber sein geschockter Gesichtsausdruck ist jedes Mal Gold wert."

Kathryn zog eine Grimasse und schloss den letzten Knopf an ihrer Bluse. „Also dachtest du, es wäre eine tolle Idee, wenn du bei uns den Partycrasher spielst."

„Ich hätte auch vor der Tür warten können, bis ihr beide fertig gewesen wärt. Aber Viktor meinte, du sollst sofort in sein Büro kommen und hat mich geschickt, dich zu holen. Klang ziemlich dringend."

Kathryn sammelte die beiden Nadeln vom Boden auf, schlang ihre Haare zu einem lockeren Knoten an ihrem Hinterkopf und steckte ihn fest. „Dann lasse ich ihn besser nicht länger warten."

„Aber zuerst frischen wir dein Make-up auf", bestimmte Layla. Sie beugte sich vor und hob mit einer Hand unter ihrem Kinn Kathryns Kopf etwas an, um ihr Gesicht besser sehen zu können. „Dieser niveaulose Neandertaler hat dir das ganze Make-up vom Gesicht geschlabbert. So gehst du mir garantiert nicht vor die Tür, Herzchen."

Erst nachdem Layla mit ihrem Aussehen zufrieden war, ließ sie sie aus der Garderobe und zu Viktor gehen. Warum Layla so viel Aufhebens um ihr Make-up gemacht hatte, war Kathryn ein Rätsel. Adam hatte es nicht von ihrem Gesicht geschlabbert, wie behauptet. Lediglich der Lippenstift war etwas verwischt gewesen.

Sie schob sich hinter Layla an einem Pulk Tänzerinnen vorbei, die sich um einen Kleiderständer gruppiert hatten und neugierig die gerade erst eingetroffenen Kostüme begutachteten.

„Oh mein Gott, schau dir das mal an, Giselle", quietschte eine von ihnen aufgeregt, nahm einen Kleiderbügel mit einem bunten Hauch von Nichts vom Ständer, drückte ihn der angesprochenen Tänzerin in die Hand und schlang ihr eine meterlange Federboa um den Hals. Dann schnappte sie sich den dazu passenden, mit in schillernden violetten Federn bestückten Kopfschmuck und hielt ihn hoch. „Diese Federn und die Farben sind der Wahnsinn. Genau so, wie man sie vom Karneval in Rio de Janeiro kennt."

Ihr aufgeregtes Gegacker sprach dafür, dass es sich um den Nachschub an Tänzerinnen handelte, die Viktor bei ihrem letzten Telefongespräch erwähnt hatte.

Als sie damals mit Mariella und Monique zu ihm gekommen war, hatte er erzählt, er wolle den Gästen nicht Tag für Tag das gleiche, sondern ein in kurzen Abständen wechselndes Programm bieten. Und genau diese Vorstellung würde er wohl in die Tat umsetzen. Denn er hatte in den letzten Monaten eine bunt gemischte Truppe Künstler zusammengesammelt, die unterschiedlicher nicht sein konnten, aber eines gemeinsam hatten – jedem einzelnen Show Act wohnte seine ganz eigene Erotik inne. Der *Godess* Showclub würde in New York einmalig sein und seinesgleichen suchen.

Kathryn ließ das Gewusel an jauchzenden Tänzerinnen hinter sich und folgte Layla um die Ecke in den nächsten Gang. In Viktors Büro angekommen, setzte Layla sich im verlassenen Vorzimmer auf den Stuhl der Assistentin, zupfte ein verwelktes Blatt vom Blumentopf auf dem mit Unterlagen bedeckten Schreibtisch und winkte sie lächelnd weiter. „Du wirst schon sehnsüchtig erwartet, Herzchen."

Sie konnte sich nicht erklären, warum. Aber irgendetwas an Laylas Lächeln machte sie stutzig. Ganz so, als würde sie etwas wissen, wovon sie selbst noch keine Ahnung hatte. Mit einem innerlichen Schulterzucken schob Kathryn den Gedanken beiseite, klopfte kurz und betrat Viktors Büro.

„Kiki!“ Viktor sprang von dem gepolsterten Chefsessel auf, umrundete den massiven kirschholzfarbenen Schreibtisch und kam mit ausgebreiteten Armen auf sie zu. „Wurde Zeit, dass du endlich nach Hause kommst.“

Er riss sie in seine Arme, noch bevor sie die Bürotür hatte schließen können, und drückte ihr einen Kuss auf die Wange. Zumindest er war nicht in der Lage, sie ohne Weiteres hochzuheben wie Layla oder Adam, schoss es Kathryn durch den Kopf, während sie fröhlich lachend seine Umarmung erwiderte. Viktor war wie sie 1,70 Meter, dazu noch schmal und nicht besonders kräftig für einen Mann. Das strohblonde Haar und die feinen Gesichtszüge, um die ihn Layla schon öfters offen beneidet hatte, ließen ihn deutlich jünger als 49 Jahre wirken. Und er war seinen Schwestern nicht nur optisch ähnlicher als ihm selbst lieb war. Viktor besaß das gleiche herzensgute Wesen, konnte aber genauso störrisch wie Monique und Mariella sein.

„Zwei Tage früher als vereinbart“, wies sie ihn auf das Offensichtliche hin, strich über das Revers seiner Anzugjacke, musterte skeptisch seinen Aufzug und lüpfte die Augenbrauen. „Ich dachte, du wolltest endlich die Finger von diesen bunten Anzügen lassen?“

„Also mir gefällt er.“ Viktor trat einen Schritt zurück, zupfte das weiße Einstecktuch in seiner Brusttasche zurecht und bedachte sie mit einem vorwurfsvollen Blick.

„In diesem knalligen Rot siehst du aus wie ein Zuhälter aus einem schlechten Mafiosi-Streifen.“ Sie spitzte die Lippen, legte den Kopf schief und grinste dann schelmisch. „Aber vielleicht hast du ja Glück und man hält dich nur für einen farbenblinden Freak."

„Kiki!" Als Viktor beide Hände in die Hüften stemmte und wie eine aufgebrachte Matrone schnaubte, brach sie in fröhliches Gelächter aus. Aber ihr verging das Lachen, als ein männliches in ihres einstimmte, das sie nur zu gut kannte und von dem sie sicher gewesen war, es niemals wieder zu hören. Kathryn wandte ihren Kopf in Richtung des großen Sessels vor dem Schreibtisch. Zuerst sah sie nur ausgestreckte Beine, die in Blue-Jeans steckten. Dann wurde sein verwuschelter rabenschwarzer Haarschopf über der hohen Sessellehne sichtbar, weil er sich erhob.

Kathryns Magen zog sich nervös zusammen und ihre Haut begann zu prickeln, als er sich zu ihr umdrehte und sie durchdringend ansah. Tony hatte sich kein bisschen verändert. Schon damals, mit 28, war er muskulös gewesen mit breiten Schultern und einer Vorliebe für dunkelbraune Lederjacken. Der Dreitage-Bart machte den Bad Boy Look perfekt, er war gefährlich und verlockend in einem. Ein leichtes Lächeln spielte um seinen Mund, während er sie erst ausgiebig musterte und sich danach ihre Blicke erneut trafen.

„Hallo Kathryn."

Seine raue Stimme floss wie warmer Honig über ihren Körper und ließ sie erschauern. In seinen karamellbraunen Augen tanzten kleine Goldsprenkel, wie sie es immer getan hatten, wenn er sich über etwas amüsierte. Aber Kathryn erinnerte sich auch noch sehr gut daran, dass jegliche Wärme im Bruchteil einer Sekunde aus seinen Augen verschwinden konnte und sie vor Härte kalt glitzerten. Genau so, wie an dem Tag, als sie ihn zuletzt gesehen hatte. Der Tag, an dem er sie vor die

Wahl gestellt und sie eine schwerwiegende Entscheidung zu treffen hatte.

„Tony.“ Ihre Stimme war nur noch ein heiseres Krächzen. Kathryn räusperte sich und sah dann mit gerunzelter Stirn zu Viktor, der sich unwohl in seiner Haut zu fühlen schien. Denn er wechselte mehrfach von einem Fuß auf den anderen und lächelte verlegen. „Was macht er hier?“, wollte sie wissen, ohne Tony eines weiteren Blickes zu würdigen. Denn würde sie es tun, würde sie sich kaum an ihm satt sehen können.

„Genau darüber wollte ich mit dir sprechen.“ Viktor atmete tief durch und seufzte, bevor er um den Schreibtisch herumging und sich wieder auf seinen Stuhl setzte. „Du weißt ja, was mit Bridget passiert ist. Und deswegen …“

„Ermittelt er hier?“, fuhr sie dazwischen, ohne Viktor ausreden zu lassen, und sah ihn verständnislos an. „Ich war nicht anwesend, nicht mal in den Staaten, als dieser Unfall passiert ist. Dazu kann ich keine Aussage machen.“

„Ich bin nicht als Cop hier, Kathryn“, zog Tony ihre Aufmerksamkeit wieder auf sich und betrachtete sie forschend, als würde er auf ein Zeichen des Verstehens bei ihr warten. „Viktor hat mich angeheuert.“

„Seit wann kann man Cops für irgendwas anheuern? Und wenn, wofür?“ Ihr Blick wechselte zurück zu Viktor. „Wofür hast du ihn angeheuert?“

„Zu deinem Schutz.“

„Meinem Schutz?“, echote sie ungläubig und wäre beinahe in lautes Gelächter ausgebrochen. Aber Viktors ernste Miene hielt sie davon ab. „Ich wüsste nicht, wovor ich beschützt werden müsste.“

„Es hat den Anschein, als wäre Bridgets Unfall keiner gewesen. Und auch die anderen Zwischenfälle erscheinen merkwürdig. Ganz so, als versuche jemand, dem Club gezielt zu schaden."

„Es gab noch mehr Zwischenfälle? Und die haben mit dem Club und ganz speziell mir zu tun, obwohl ich nicht mal hier war, als sie passiert sind?"

„Vollkommen sicher bin ich mir nicht, aber …"

„Wenn du dir nicht sicher bist, dann ist seine Anwesenheit unnötig." Sie brauchte keinen Schutz, schon gar nicht von Tony. Kathryn hatte eine gefühlte Ewigkeit gebraucht, um über ihn hinwegzukommen. Da wollte sie nicht erneut mit ihm zu tun haben. Denn er vermochte sie allein mit seiner bloßen Anwesenheit durcheinander zu bringen – mehr als ihr lieb war. Je eher er wieder ging, desto besser wäre es.

„Ich will keinerlei Risiko eingehen. Und genau aus dem Grund ist Tony mit seinem Team hier."

„Seinem Team?" Kathryn kam sich vor wie ein Papagei, weil sie immer wieder Viktors Worte wiederholte. Der Schock, Tony so unerwartet wieder gegenüberzustehen, hatte sie aus der Bahn geworfen. Sie wollte ihn nicht in ihrer Nähe haben und daran erinnert werden, was sie aufgegeben hatte. Was sie hatte aufgeben müssen, weil sie dazu gezwungen gewesen war. Kathryn verschränkte die Arme vor ihrer Brust, presste missmutig die Lippen zusammen und schüttelte energisch den Kopf, dass sich vereinzelte Haarsträhnen aus dem lockeren Knoten lösten und in ihr Gesicht fielen. „Ich denke nicht, dass wir ihn brauchen. Du überreagierst, Viktor. Wie du selbst gesagt hast, *erscheint* Bridgets Unfall nur wie keiner. Eventuell war es aber genau das, ein unglückseliger Unfall. Also … No Chance, dass ich irgendwelche Babysitter um mich herumwuseln haben will."

Viktor kniff die Augen zusammen, starrte sie finster an und Kathryn stöhnte innerlich. Wann immer er diese Miene an den Tag legte, zog sie früher oder später den Kürzeren. Genau wie bei Mariella und Monique. Sobald seine Schwestern jemanden *so* ansahen, stand derjenige auf verlorenem Posten.

„Entschuldigst du uns bitte kurz, Tony", bat Viktor mit erzwungener Ruhe, ohne sie aus den Augen zu lassen. Kathryn hielt seinem Blick weiterhin stand und schürzte missbilligend die Lippen, während Tony das Büro verließ und leise die Tür hinter sich zuzog.

„In dieser Angelegenheit wird es keine Diskussion geben, Kathryn."

Wenn er sie nicht Kiki nannte, war das ein eindeutiges Zeichen dafür, dass er nicht mit sich verhandeln lassen wollte. Nur war sie nicht bereit, ihren Standpunkt auf- und klein beizugeben.

„Hier und jetzt werden wir aber darüber diskutieren, Viktor. Du weißt, wer er ist. Und ich will ihn nicht hier haben."

„Das ändert nichts an der Tatsache, dass es offensichtlich jemanden gibt, der uns Schaden zufügen will. Und so lange derjenige nicht gefunden ist, werden du und die anderen Tänzerinnen Schutz brauchen."

„Von einem Cop?"

„Er ist kein Cop mehr, schon seit fast einem Jahr nicht mehr."

Erstaunt zog Kathryn die Augenbrauen hoch. Ein Cop zu sein, hatte Tony immer alles bedeutet – sogar mehr als sie selbst. Warum hätte er seinen Traumjob also an den Nagel hängen sollen? Es sei denn, er hatte es tun müssen.

Mit einem kaum merklichen Kopfschütteln schob sie die unliebsamen Gedanken beiseite. Kathryn wollte sich nicht mit ihm befassen und lieber einen Weg finden, wie sie ihn wieder los wurde.

„Dann ist er eben neuerdings als Personenschützer unterwegs.“ Genervt blies sie sich eine Haarlocke aus der Stirn und senkte den Blick auf den dunkelgrauen Teppichboden unter ihren Füßen. Irgendwie musste sie Viktor davon überzeugen, ihn wegzuschicken. Und so entschlossen, wie er sie ansah, blieb ihr als einziger Ausweg nur ein Kompromiss. „Es wird doch sicher noch andere geben, die du beauftragen könntest“, lenkte sie ein, weil sie wusste, dass sie um den Personenschutz nicht herumkommen würde. In der Hinsicht würde Viktor keinesfalls nachgeben.

„Ich will für euch alle nur das Beste und deswegen gab es für mich nur zwei Optionen. *Blackwood Security* oder *Cunningham Protection*.“

„Dann nimm die andere Firma. *Blackwood Security* klingt prima.“ Vor allem, weil sie dann nicht befürchten musste, in ein totales Gefühlschaos gestürzt zu werden.

„Dort konnten sie auf die Schnelle kein Team bereitstellen, weil sie die US-Tour von *Wild Novel* begleiten, die gerade stattfindet. Haben damit alle Hände voll zu tun. Also blieb mir nur *Cunningham Protection*.“ Viktor seufzte niedergeschlagen und sah sie fast schon flehentlich an. „Ich hatte keine andere Wahl und ich weiß, was ich von dir verlange. Aber du musst auch mich verstehen, Kiki. Ich will nicht, dass so etwas, wie es Bridget widerfahren ist, noch einer anderen von euch passiert. Und wer erkennt mögliche Gefahren besser als ein Team von Ex-Cops?“

Ihre Schultern sackten herab und sie strich sich müde mit einer Hand über die Stirn. Sie verstand Viktors Sorge um seine Tänzerinnen und den Showclub, an dem seine Existenz hing. Trotzdem wäre es ihr lieber, Tony weit weg von sich zu wissen. Beschämt gestand sie sich ein, dass sie ihre Privatangelegenheit für wichtiger erachtete als den Schutz ihrer Kolleginnen. Dabei musste sie nur ausreichend Abstand von Tony halten und abwarten, bis diese unerklärlichen Unfälle aufhörten oder der Täter gefasst wurde. Das sollte doch nicht so schwer sein, oder?

„Okay“, stimmte sie schließlich zu und nickte langsam. „Wenn es nicht anders geht, dann soll es mir recht sein.“

## 4. Kapitel

Tony saß in einem bequemen weißen Clubsessel in der Sitzecke des Vorzimmers und blätterte lustlos durch ein Magazin, ohne ein einziges Wort zu lesen. Immer wieder wanderte sein Blick zur geschlossenen Bürotür, hinter der Kathryn Viktor zu überzeugen versuchte, ihm den Auftrag zu entziehen. Er konnte nur hoffen, dass Viktor sich nicht von ihr einwickeln lassen würde. Denn er hatte zu lange darauf warten müssen, sie endlich wiederzusehen. Und dieser Auftrag war genau das, was er gebraucht hatte, um ihr hoffentlich wieder näherzukommen.

Er war sich ihrer Anwesenheit sofort bewusst gewesen, als sie das Büro betreten hatte. Sie benutzte noch immer das gleiche Parfüm wie damals - ein blumiger, leicht süßlicher Duft. Herrlich feminin. Genau wie sie es war. Seit sie nicht mehr nach strenger Diät lebte, die sie als Ballerina hatte einhalten müssen, hatte sich ihr Körper an genau den richtigen Stellen mehr gerundet, wirkte dadurch weiblicher und Kathryn noch anziehender.

Sie damals vor die Wahl zu stellen, war ein schwerer Fehler gewesen. Er war sich ihrer so sicher gewesen, dass er nicht einmal im Traum gedacht hatte, sie könnte sich gegen ihn entscheiden. Aber genau das hatte sie getan, sich für ihre Karriere als Burlesque-Tänzerin und gegen eine Zukunft mit ihm entschieden.

Es hatte Wochen gedauert, bis sich seine Wut und Enttäuschung über ihre Entscheidung schließlich gelegt hatten. Aber da war es bereits zu spät gewesen, irgendetwas zwischen ihnen zu klären. Kathryn war von New York nach Las Vegas gegangen und immer wieder zwischen Vegas und verschiedenen europäischen Staaten hin und her gependelt. Sich von seinen Gedanken an sie mit anderen Frauen ablenken zu wollen, hatte nicht funktioniert. Sogar eine neue Beziehung war er eingegangen, die jedoch von vornherein zum Scheitern verurteilt gewesen war, weil er Kathryn einfach nicht aus seinem Kopf bekam. Und jetzt war sie zurück und wahrscheinlich just in diesem Moment dabei, seinen Plan zunichte zu machen.

Tony presste die Lippen zusammen, dass sie nur noch einen schmalen Strich bildeten, und warf das Magazin zurück auf den runden Tisch. Wofür brauchte Viktor so lange, Kathryn von der Richtigkeit seiner Entscheidung zu überzeugen? Sie und ihre Kolleginnen waren möglicherweise in Gefahr und er war mit seinem Team hier, um sie zu schützen. Punkt. Da gab es nichts zu diskutieren und eine andere Option auch nicht.

„Du bist also ihr Ex-Verlobter?“, riss Layla ihn aus seinen trüben Gedanken und zog seine Aufmerksamkeit auf sich.

„Ja.“ Er hatte keine Lust sich mit ihm … oder besser ihr zu unterhalten. Viel lieber wollte er zurück in das Büro stürmen und Kathryn kräftig schütteln, damit sie zur Vernunft kam.

„Du warst ein Idiot, dass du sie dir hast durch die Finger schlüpfen lassen.“

„Was?“ Tony blinzelte verwirrt und glaubte, sich verhört zu haben. Zum ersten Mal, seit er das Büro betreten hatte, sah er Layla richtig an. Sie saß mit überschlagenen Beinen lässig zurückgelehnt auf dem Drehstuhl, schenkte ihm ein breites Zahnpastalächeln und feilte sich die Fingernägel.

„Du warst ein Idiot, Volltrottel, Hornochse …“

Ihm entschlüpfte ein leises Lachen bei ihrer Aufzählung. Wo sie recht hatte … Er hatte für sich selbst noch ganz andere Bezeichnungen gefunden, als er sich über seinen Fehler klar geworden war.

„Blöder Arsch …"

„Okay. Ich hab`s verstanden."

„Es zu verstehen, reicht nicht." Sie lehnte sich vor, stützte ihre Ellenbogen auf der Tischplatte des Schreibtisches ab und verschränkte die Finger ineinander, ehe sie ihr Kinn darauf abstützte. Layla spitzte die Lippen, legte den Kopf schief und musterte ihn unverhohlen. „Was wirst du also tun?"

„Erst einmal das, wofür ich hier bin." Sofern man ihn ließ. Er stieß geräuschvoll die Luft aus und richtete seinen Blick wieder auf die geschlossene Bürotür. „Der Rest wird sich zeigen."

„Es wäre besser, du wartest mit *dem Rest* nicht zu lange. Ansonsten schnappt dir vielleicht ein anderer deine Beute direkt vor der Nase weg."

Mit einem bedächtigen Nicken verfiel Tony erneut in Schweigen. Es gab also einen anderen Mann in ihrem Leben. Damit hatte er gerechnet. Und trotzdem wollte er sie zurück.

Als die Tür sich öffnete und Kathryn das Vorzimmer betrat, sah er an ihr vorbei ins Büro und bestätigte Viktors erhobenen Daumen mit einem leichten Nicken. Sie hatte sich also nicht gegen ihn durchsetzen können - hervorragend. Dann erhob er sich vom Sessel und ging auf Kathryn zu.

„Ich denke, wir beide sollten uns kurz unterhalten, um abzuklären …"

„Das halte ich für keine gute Idee", unterbrach sie ihn und schüttelte den Kopf. „Tu einfach, wofür du von Viktor angeheuert worden bist. Dazu braucht es keine

Besprechung mit mir. Außerdem habe ich noch eine Verabredung. Und zu der will ich nicht zu spät kommen.“ Dann rauschte sie mit steifem Rücken an ihm vorbei aus dem Vorzimmer auf den Gang und warf die Tür hinter sich zu.

„Das lief ja gerade richtig Scheiße“, murmelte Layla vor sich hin, wandte den Blick von der Tür und richtete ihn auf Tony. „Ich hoffe, du hast noch mehr drauf, als dir so schnell von ihr den Wind aus den Segeln nehmen zu lassen.“

„Obwohl ich nichts lieber machen würde, kann ich sie mir schlecht über die Schulter werfen und in meine Höhle schleppen wie ein primitiver Neandertaler. Unsere Trennung habe ich verschuldet. Also bedarf es von meiner Seite her schon etwas mehr Fingerspitzengefühl, um das zwischen uns zu klären.“

Layla zog die Augenbrauen hoch und winkte dann ab. „Du hast einen Fehler gemacht. Na und? Das ist doch schon ein Jahr her. Also vergiss das mit dem Fingerspitzengefühl. Das kannst du zum Einsatz bringen, wenn du sie in deinem Bett hast.“ Sie stand vom Stuhl auf, stöckelte zu der kleinen Kochnische neben dem Fenster und befüllte einen großen Becher mit Kaffee. Dann drehte sie sich zu ihm um, lehnte sich rückwärts gegen die Anrichte und nippte an ihrem Kaffee. „Willst du meinen Rat hören?“ Layla wartete seine Zustimmung gar nicht erst ab, sondern plauderte munter weiter: „Schnapp dir Kathryn, schleife sie in dein Bett und vögel sie so lange, bis sie es danach nicht alleine aus dem Bett schafft und dir zuhören muss. Und schon bekommst du deine Chance, die Fehler der Vergangenheit auszuräumen.“

So wie Layla es beschrieb, klang es einfach. Aber er bezweifelte stark, dass Kathryn es ihm leicht machen würde. Sie wollte ihn nicht in ihrer Nähe haben, nicht einmal mit ihm sprechen.

*Kein guter Start für sein Vorhaben*, stellte er in Gedanken fest und verließ das Büro. Entschlossen, sich nicht noch einmal von ihr abwimmeln zu lassen, schlug er den Weg in Richtung ihrer Garderobe ein.

* * *

*Wir beide sollten uns kurz unterhalten …* Ganz sicher nicht. Missmutig schlang Kathryn den dünnen Schal um ihren Hals und schlüpfte in ihren Mantel. Dass sie ihn und sein Team, von dem ihr allein beim Gang zurück in die Garderobe drei Männer über den Weg gelaufen waren, akzeptieren musste, hieß noch lange nicht, sich auch mit ihm auseinandersetzen zu müssen.

Wenn sie den hoffnungsvollen Blick in seinen Augen richtig gedeutet hatte, als er sich in Viktors Büro zu ihr umgedreht und gemustert hatte, bereute er seine damalige Reaktion. Nur war das inzwischen vollkommen unerheblich, weil sie nicht mehr die Frau von damals war. Und wenn sie sich und ihn vor erneuter Enttäuschung und Schmerz bewahren wollte, musste sie Tony um jeden Preis von sich fern halten.

In den letzten zwölf Monaten hatte sich ihr Leben entscheidend verändert und neu eingepegelt. Ein unstetes Leben zwar, aber auch ständige Abwechslung und Unruhe konnten zur Normalität werden. Und Tony passte da nicht hinein. Denn sie bezweifelte, dass er sich im gleichen Maß wie sie verändert hatte.

Kathryn nahm ihre Handtasche vom Schminktisch und wandte sich zur Tür um, als ein kurzes Klopfen sie innehalten ließ. Zwar konnte sie sich nicht sicher sein, aber sie ahnte bereits, wer vor ihrer Garderobe stand.

Tief atmete sie durch, wappnete sich innerlich für die unweigerlich folgende Auseinandersetzung und öffnete dann die Tür einen Spalt breit.

„Was willst du hier, Tony?“, fragte sie unfreundlich, als er die Tür weiter aufzog und sie in die Garderobe zurück drängte.

Er musterte sie von oben bis unten und runzelte die Stirn. „Wo willst du hin?“

„Das ist keine Antwort auf meine Frage.“

„Du weißt, warum ich hier bin. Viktor hat mich angeheuert, auf dich aufzupassen. Und das bedeutet, dass ich immer wissen muss, wo du dich aufhältst.“

„Musst du nicht. Genau genommen bin ich noch nicht einmal anwesend, weil ich erst in zwei Tagen zurückerwartet werde. Dein Wachhundstatus steht also auf inaktiv. Melde dich einfach in zwei Tagen noch einmal, wenn ich offiziell eingetroffen sein werde.“ Sie schob sich an ihm vorbei und achtete sorgsam darauf, ihn nicht zu berühren. Als sie in der offenen Tür stand, drehte sie sich noch einmal zu ihm um und umschrieb mit einer Hand die Garderobe. „In der Zwischenzeit kannst du hier gerne alles auf den Kopf stellen und nach irgendwelchen Gefahren untersuchen, die auf mich lauern könnten“, bot sie ihm gönnerhaft an, wandte sich ab und lief eilig den Gang hinunter zum Ausgang des Clubs.

Sie hatte angenommen, ihm mit ihrer deutlichen Zurückweisung Einhalt geboten zu haben. Aber stattdessen folgte er ihr, griff nach ihrem Arm und hielt sie unnachgiebig fest, kurz bevor sie die doppelflügelige Tür erreichte. Er zerrte sie zu sich herum, so dass sie ihm ins Gesicht sehen musste. Seine Nasenflügel bebten vor unterdrückter Wut und in seine Augen trat ein gefährliches Glitzern.

„Du wirst jetzt nicht einfach so verschwinden, Kathryn."

„Davon wirst du mich ganz sicher nicht abhalten. Außerdem bin ich verabredet. Also lass mich los, damit ich nicht zu spät komme."

„Wo willst du hin und mit wem triffst du dich? Ich muss das wissen, damit …"

„… du mir hinterherschnüffeln kannst, nur, weil du die Erlaubnis dazu hast? Vergiss es!", fauchte sie aufgebracht. „Viktor mag vielleicht darüber entscheiden können, dass ich mich hier im *Godess* notgedrungen mit dir abgeben muss. Aber über mein Privatleben bestimme ausschließlich ich."

„Himmel Herrgott, Kathryn …" Tony fuhr sich mit einer Hand durchs Haar, schüttelte den Kopf und atmete tief durch. „Willst du nicht verstehen, dass du eventuell in Gefahr schwebst?"

„Es geht nicht darum, dass ich nicht verstehen will, Tony. Ich glaube einfach nicht daran, dass es mehr als Unfälle waren, die sich ereignet haben. Und genau aus dem Grund halte ich auch deine Anwesenheit und die deines Teams für vollkommen unnötig."

„Viktor hat jeden einzelnen Vorfall dokumentiert und ich habe mir die Unterlagen angesehen. Das waren alles keine Zufälle. Und damit nicht noch mehr passiert, brauchst du Schutz, ihr alle braucht ihn. Egal zu welcher Tageszeit und egal wo."

Kathryn presste die Lippen aufeinander und wandte den Kopf zur Seite, nur um ihn einen Augenblick später wieder anzusehen. „Du willst also wissen, was ich vorhabe und mit wem ich mich treffe?"

Statt zu antworten, nickte er nur. Tony hatte das untrügliche Gefühl, dass das, was sie zu sagen beabsichtigte, ihm nicht gefallen würde. In ihren Augen flackerte eiserne Entschlossenheit auf. Genau jene, wie er sie an dem Abend ihrer Trennung zu sehen bekommen hatte.

„Zuerst treffe ich mich mit einer Maklerin, die mir ein Apartment zeigen will, das ich vielleicht mieten werde. Danach bin ich zu einer Sightseeing-Tour mit den *Sinderellas* verabredet. Und nach der Tour mit den Mädchen treffe ich mich mit Adam, um mich von ihm die Nacht hindurch ficken zu lassen.“ Sie riss ihren Arm aus seiner Umklammerung und bedachte ihn mit einem eisigen Blick. „Da ich die ganze Zeit über niemals allein sein werde, sollte ich vor möglichen Anschlägen also sicher sein“, fügte sie an, wirbelte herum und stürmte durch die Tür nach draußen.

Tony sah ihr nach und fühlte sich, als hätte sie ihm mit einem Dampfhammer einen Schlag in den Magen versetzt. Die Tür fiel mit einem dumpfen Knall ins Schloss, er rieb sich ratlos mit einer Hand über die Stirn und zischte einen derben Fluch. Seine Brust fühlte sich an wie zugeschnürt und es schien, als könne er nicht genug Luft in seine Lungen saugen.

„Ich glaube, ich lag vorhin im Büro vollkommen falsch mit meiner Behauptung, dass es richtig Scheiße gelaufen sei. Das eben hat es locker überboten“, erklang Laylas raue Stimme hinter ihm. Tony schüttelte den Kopf als Zeichen, dass er nichts weiter hören wollte. Trotzdem redete sie weiter. „So ist sie sonst nicht. Entschlossen, ja. Aber diese Kälte kenne ich nicht von ihr. Und da war noch etwas anderes in ihrer Stimme, auch wenn ich gerade nicht sagen kann was.“

Tony drehte sich zu Layla um und zog eine Grimasse. „Hass, vielleicht? Oder Abscheu?“, schlug er hilfsbereit vor und seufzte abgrundtief. „Wer sind die *Sinderellas*?“

„Die Mädchen vom Plakat in Viktors Büro.“

In dem Moment, wo Layla es aussprach, erinnerte er sich wieder an das auffällige Banner, das neben dem von Kathryn gehangen hatte.

„Und Adam? Wer ist er?“

„Willst du das tatsächlich wissen?“

„Sonst würde ich nicht fragen, oder?“ Abwartend sah Tony Layla an.

„Adam ist einer der Tänzer, mit dem sie so etwas wie eine On-Off-Beziehung führt. Sie sind nicht wirklich zusammen, da gibt es von beiden Seiten keine Gefühle. Sie steigen nur hin und wieder miteinander ins Bett.“

Tony nickte langsam, warf einen letzten Blick über seine Schulter zur geschlossenen Tür und murmelte: „Sie hat sich verändert.“

„Nicht so sehr, wie du jetzt vielleicht glaubst. Die alte Kathryn ist noch da. Sie versteckt sich nur.“

Tony fragte sich, wie Layla sich so sicher sein konnte. Er selbst war im Moment alles andere als sicher, was Kathryn betraf. Eine gefühlte Ewigkeit hatte er darauf gehofft, sich zurückholen zu können, was er verloren hatte. Aber ihre Reaktion auf ihn war eher ein Zeichen dafür, dass seine Hoffnung sinnlos gewesen war.

## 5. Kapitel

Kathryn betrachtete ihr Spiegelbild in dem ovalen Spiegel neben der Tür und strich eine lose Haarlocke aus ihrem Gesicht. Dann zog sie den Lippenstift nach, steckte ihn in ihre Handtasche und klemmte die unter ihrem Arm fest, als sie nach dem Türknauf griff, um ihre Hotelsuite im *The Box House* zu verlassen. Die Suite im Apartmentstil mit den riesigen Fenstern, der modernen, teils verspielten Ausstattung, traf ganz ihren Geschmack. Aber es fühlte sich eben nicht wie ein Zuhause an.

*Und das Apartment, das ihr die Maklerin am späten Vormittag gezeigt hatte, würde es ebenfalls nicht werden*, ging es ihr durch den Kopf, als sie an der Hotelrezeption vorbei- und auf die zweiflügelige Glastür zulief. Dafür war es zu dunkel und eng gewesen. Sie hatte sich regelrecht erdrückt darin gefühlt, obwohl das Apartment leer stand.

Kathryn drückte die Tür auf und seufzte, als sie die dicken grauen Wolken am Himmel entdeckte. Aus dem langen Spaziergang zu Adam, währenddessen sie ihre Gedanken ordnen konnte, würde wohl nichts werden. Kurz sah sie sich um, trat an den Straßenrand und winkte ein Taxi heran.

Nachdem sie auf dem Rücksitz Platz genommen und dem Fahrer Adams Adresse genannt hatte, blickte sie aus dem Fenster auf die vorbeiziehenden Häuser. Trübes Grau mischte sich mit fröhlichen Gelb- und Grüntönen und verschwamm in der langsam hereinbrechenden Dunkelheit vor ihren Augen zu einem undefinierbaren Mix aus Farben, während sie an ihre Begegnung mit Tony zurückdachte. Mit der Hand strich sie über die

Stelle an ihrem Arm, wo er sie festgehalten hatte. Noch immer spürte sie ein leichtes Prickeln auf ihrer Haut, obwohl er sie nicht direkt berührt hatte. Was würde erst geschehen, wenn er sie tatsächlich berührte? Wenn sie zuließ, dass er sie küsste und …

*Nein!*, wies sie sich in Gedanken energisch zurecht. Das durfte nicht geschehen. Denn sonst würden ihre Gefühle für ihn wieder an die Oberfläche drängen, die sie erst nach langer Zeit erfolgreich in sich verschließen konnte. Und genau dort sollten sie bleiben. Tief in ihrem Inneren verschlossen. Weggesperrt und nur noch eine blasse Erinnerung an etwas, das sie nicht haben konnte. Jedenfalls nicht, solange sie *Kiki La Coquette* war. Und sie war nicht bereit, ihr zweites Ich als Kiki aufzugeben. Für niemanden. Dafür hatte sie zu lange darauf hingearbeitet.

Dass sie Tony im *Godess* wehgetan hatte, ihm wehtun musste, zehrte an ihr. Aber sie war verzweifelt gewesen und hatte keinen anderen Ausweg gesehen, damit er sie gehen ließ. Und um ihn auch weiterhin von sich fernzuhalten und sein erneut erwachtes Interesse an ihr im Keim zu ersticken, würde sie weitere „Maßnahmen“ ergreifen müssen. Es war nur zu seinem Besten … und ihrem.

Das Taxi hielt am Straßenrand und Kathryn blickte aus dem Seitenfenster an dem dunkelgrauen, schmucklosen Apartmentblock nach oben, in dem Adam wohnte. Er war eine dieser „Maßnahmen“ und sie bezweifelte, dass er damit ein Problem hatte. Denn Adam war für sie das Gleiche wie sie für ihn: eine nette Abwechslung im Bett.

* * *

Tony bog mit seinem schwarzen *Dodge Challenger* in die Willbur Ave ab und atmete durch, als sein Haus in Sichtweite kam. Kurz nachdem er *Cunningham Protection* gegründet hatte, war er von New York nach Elizabeth in New Jersey gezogen und so dem Trubel der Großstadt entflohen. Zwar benötigte das Haus noch immer hier und da einige Schönheitsreparaturen, einen Großteil hatte er jedoch bereits geschafft und dem alten roten Backsteingebäude mit den weiß gerahmten Fenstern zu neuem Charme verholfen.

Er hielt in der Garagenzufahrt, drückte auf die schmale Fernbedienung, die er an die Sonnenblende geklemmt hatte, und wartete, bis das Tor der Doppelgarage nach oben gefahren war. Langsam ließ er den Wagen in die Garage rollen und sah sich nach Rusty um, der ihm normalerweise entgegengelaufen kam, sobald er auf die Zufahrt einbog. Er hatte Rusty, einen deutschen Schäferhund, der im Gegensatz zu ihm wegen seines Alters aus dem aktiven Polizeidienst entlassen worden war, adoptiert, nachdem er seine Polizeimarke abgelegt hatte. Auch wenn der Hund immer wieder für kleinere und größere Überraschungen sorgte, bereute er zu keiner Zeit, ihn bei sich aufgenommen zu haben.

Tony schloss das Garagentor per Fernbedienung und betrat das Haus über den Direktzugang von der Garage aus. Ihn beschlich eine Vorahnung, dass Rusty an diesem Abend wohl erneut mit einer Überraschung auf ihn warten würde. Denn so war es jedes Mal, wenn er ihm nicht entgegenkam.

„Rusty?“, rief er in die dunkle Küche hinein und tastete dabei nach dem Lichtschalter. Die Lampe flackerte auf und Tony wünschte sich beim Anblick der matschbraunen Pfotenabdrücke auf den weißen Fliesen und der Tür zum Garten mit der Hundeklappe, er hätte das Licht ausgeschaltet gelassen. Er schüttelte den Kopf, holte Eimer und Wischmop aus der kleinen Kammer, in der die Waschmaschine und der Trockner standen, und sah sich suchend nach Rusty um. „Komm her, mein Junge!“

Leises Trapsen war auf dem Parkettfußboden des Flurs zu hören. Einen Augenblick später kam der Schäferhund mit hängenden Ohren und gesenktem Kopf um die Ecke getrottet und sah ihn aus großen treuen Augen reumütig an.

Tony sog geräuschvoll die Luft ein, als er den über und über mit getrocknetem Schlamm bedeckten Hund im Durchgang zum Esszimmer stehen sah. Dann stellte er Eimer und Mop beiseite, ging in die Hocke und rief Rusty zu sich.

„Was hast du nur wieder angestellt?“, fragte er leise, obwohl er wusste, dass er keine Antwort erhalten würde. Trockene Schlammbrocken rieselten aus Rustys Fell und fielen zu Boden, als er mit einer Hand den Kopf des Hundes anhob und ihn mit einem tadelnden Blick bedachte. „Dich im Schlamm zu wälzen, bringt dir weder bei mir noch bei der Pudeldame von gegenüber Pluspunkte ein. Und ich hoffe für dich, dass du dich wenigstens von der Couch ferngehalten hast.“

Rusty wackelte erst mit dem Hintern, ehe seine Rute heftig hin und her wedelte und sich dadurch eine graue Staubwolke aus seinem Fell löste, die sie beide einhüllte und sich langsam auf den Fliesen absetzte.

„Das nehme ich mal als Ja.“

Tony erhob sich und wies mit dem Kopf in Richtung Treppe. „Ab nach oben und ins Bad. Dermaßen dreckig läufst du keine Minute länger im Haus herum.“

Statt seinem Befehl zu folgen, drehte Rusty sich um und lief zum Durchgang des Esszimmers. Er warf ihm über die Schulter einen auffordernden Blick zu und verschwand dann um die Ecke. Kopfschüttelnd folgte Tony ihm und überlegte, welche Überraschung als nächstes auf ihn wartete. Denn Rusty widersetzte sich seinen Befehlen normalerweise nicht.

Im Eingangsbereich sah Tony sich um, konnte jedoch im ersten Moment nichts entdecken. Dann richtete er seinen Blick auf Rusty, der mit dem Kopf auf den Vorderpfoten neben seinem Schlafplatz lag, der aus einem überdimensionalen Rattankorb mit Decke bestand.

„Wehe, du hast mir wieder eine ganze Froschfamilie angeschleppt“, brummte Tony vor sich hin und ging näher heran. Seine Augen weiteten sich erstaunt, als er in dem Korb ein schlammverkrustetes, zitterndes Fellknäuel entdeckte. Vorsichtig hob er es heraus. „Das ist nicht dein Ernst? Eine Katze?“

Die kleine Katze war abgemagert und so verdreckt, dass er nicht einmal ihre Fellfarbe bestimmen konnte. Behutsam hob Tony mit einem Finger den Kopf des Tiers an, das vor Erschöpfung kaum in der Lage war zu blinzeln und nur leise miaute. Rusty spitzte die Ohren, kam näher und stupste sie sanft mit der Nase an.

Tony bedachte den Schäferhund mit einem tadelnden Blick und zog eine Augenbraue hoch. „Einmal ein Cop, immer ein Cop? Du kannst es einfach nicht lassen, ständig jemanden retten zu wollen, oder?“ Tony schob die zusammengerollte Katze auf seiner Handfläche zurecht, richtete sich aus der Hocke wieder auf und wies mit dem Kopf Richtung Treppe. „Aber jetzt nach oben. Ihr beide braucht dringend ein Bad.“

Über eine Stunde später schloss Tony die Tür zur kleinen Kammer und sah sich in der inzwischen sauberen Küche um. Rusty schlief mit Kiki im Korb und wich keinen Millimeter von ihrer Seite. Unter dem ganzen Dreck war bei ihr glänzend schwarzes Fell zum Vorschein gekommen. Und ihre tiefblauen Augen hatten ihn schmerzhaft an Kathryns erinnert. Was lag also näher, sie nach ihr zu benennen?

Tony füllte die Futter- und Wasserschüsseln auf und stellte eine kleine Schale Milch daneben, als sein Magen laut vernehmlich knurrte. Den ganzen Tag über war es ihm unmöglich gewesen, Kathryn aus dem Kopf zu bekommen und sich auf seinen Job zu konzentrieren, dass er darüber sogar das Essen vergaß.

Ihr erstes Zusammentreffen seit ihrer Trennung war katastrophal verlaufen. Vollkommen anders, als er es sich ausgemalt hatte. Zwar war damit zu rechnen gewesen, dass sie über seine Anwesenheit nicht erfreut sein würde, aber eine solch vehemente Gegenwehr und harsche Zurückweisung hatte er nicht erwartet. Kurzfristig kam ihm der Gedanke, Tyson Brand, seine rechte Hand bei *Cunningham Protection*, dazu abzustellen, auf sie aufzupassen. Aber das würde seinem Ziel entgegenarbeiten. Nur stellte sich die Frage, ob er nach dem heutigen Desaster überhaupt Erfolg damit haben würde, sie zurückzugewinnen. Sie wollte ihn nicht und akzeptierte ihn nur widerwillig in ihrer Nähe. Wäre es also nicht besser, Kathryn ihr Leben ohne ihn leben zu lassen? Was zählten seine Wünsche, wenn ihre sich in den letzten Monaten verändert hatten und völlig gegensätzlich geworden waren?

Als Kathryn ihm entgegengeschleudert hatte, dass sie zu einem anderen Mann und sich von ihm ficken lassen wollte, war unvorstellbare Pein durch seinen Körper geschossen. Zigfach verstärkt von brennender Eifersucht auf den Rivalen. Und er konnte nichts dagegen tun, war ihr hilflos ausgeliefert. Genauso wie den unerwünschten Bildern, die bei dem Gedanken von ihr mit diesem Adam vor seinem inneren Auge auftauchten. Wie er ihr die Kleider vom Körper streifte, ihre zarte Haut berührte, sie küsste und dabei auf das Bett drückte. Sich dann zwischen ihre gespreizten Schenkel schob und zustieß …

„Verfluchte Scheiße“, zischte er wutentbrannt und schlug mit der geballten Faust gegen die Wand. Nur um einen Wimpernschlag später das Gesicht zu verziehen, weil ein stechender Schmerz seinen Arm hoch und in seine Schulter raste. Fest presste er seine flache Hand gegen die pochende Schulter, schloss die Augen und atmete mit tiefen Atemzügen den Schmerz weg.

Verloren. Er hatte alles verloren, was ihm jemals etwas bedeutet hatte. Erst Kathryn, dann seinen Job als Polizist … Was wäre das Nächste?

Tony öffnete die Augen und starrte sekundenlang auf die blankpolierte Arbeitsfläche vor sich. Es brachte nichts, darüber zu trauern, was er alles verloren hatte. Er musste nehmen, was sich ihm bot und er auch bekommen konnte, entschied er und wandte sich zum Kühlschrank um. Und jetzt war es erst einmal Zeit, etwas in den Magen zu bekommen.

Lustlos wühlte er sich durch den Inhalt des Kühlschranks, riss eine Packung mit Cocktail-Würstchen auf und schob sich eines in den Mund. Dann griff er nach einem Pizzakarton, öffnete ihn und begutachtete skeptisch den verschrumpelten Belag, bestehend aus Pilzen, Peperoni und Käse. Wie ein Hund schnüffelte er an den beiden Pizzadreiecken und hob den Kopf, als es an der Tür klingelte.

„Erin?“ Überrascht sah er auf die Frau vor seiner Tür. „Was tust du hier?“

Sie hielt einen Korb in die Höhe, lächelte leicht und strich sich unsicher eine blonde Locke aus dem schmalen Gesicht. „Mich bei dir entschuldigen mit einem Abendessen. Es tut mir leid, wie ich mich bei unserem letzten Treffen verhalten habe. Du kannst nichts dafür, wie du fühlst. Und ich …“

„Komm erst einmal rein“, unterbrach er ihren Redeschwall, öffnete die Tür etwas weiter und nahm ihr den Korb ab. Dann folgte er ihr in die Küche und stellte den Korb auf die Anrichte.

Erin schlüpfte aus ihrem Mantel und legte ihn auf einem der Hocker vor dem Küchentresen ab. Dann nahm sie eine Auflaufform aus dem Korb, schob sie zum Aufwärmen in den Ofen und wies auffordernd auf die Flasche Rotwein, die sie auf der Anrichte abgestellt hatte.

„Danke, dass du meine Entschuldigung annimmst.“

„Es hat schlichtweg nicht geklappt mit uns beiden“, setzte Tony an, während er die Flasche entkorkte und zwei Gläser befüllte. Er reichte ihr eines der Gläser und lächelte spitzbübisch. „Männer stellen sich hin und wieder reichlich dämlich an, wenn es um Frauen geht. Vor allem, wenn es um wichtige Dinge geht. Und ich gehöre offenbar auch nicht gerade zu den Genies, was Beziehungsangelegenheiten betrifft inklusive einer …“

„... Trennung?“

„Genau. An der du übrigens keine Schuld trägst und dich auch nicht dafür entschuldigen musst. Ich habe in dir Hoffnungen geweckt, die ich nicht erfüllen konnte. Es war also dein gutes Recht, sauer auf mich zu sein.“

„Das vielleicht schon.“ Erin trank einen Schluck Rotwein, ehe sich ihre feingeschnittenen Gesichtszüge zu einer Grimasse verzogen. „Es war trotzdem nicht fair von mir, dich einen miesen Schlappschwanz zu nennen.“

„Das ist Monate her. Außerdem habe ich es dir niemals übel genommen. Ich habe deine Gefühle verletzt und daher war es von dir eine ganz normale Reaktion."

Erin nickte langsam, trat dichter an ihn heran und stellte ihr Glas auf die Anrichte hinter ihm. „Aber es war eine Lüge. Du warst niemals ein Schlappschwanz." Sanft legte sie ihre Hand auf seine Brust und sah mit glänzenden Augen zu ihm auf. Ohne den Blickkontakt zu ihm abzubrechen, ließ sie ihre Hand an seinem Körper herabwandern. Als sie beim Bund seiner Jeans ankam, packte er ihr Handgelenk und hielt es fest.

„Das ist keine gute Idee, Erin. Ich konnte dir vor Monaten nicht geben, was du wolltest. Und das kann ich noch immer nicht."

„Ich weiß. Aber deswegen heißt das doch nicht, dass wir beide das schlechte Ende unserer Beziehung nicht in ein angenehmes verwandeln können."

Tony stellte sein Weinglas neben ihres auf der Anrichte ab und schüttelte den Kopf. „Erin …"

Sie griff ihm mit der zweiten Hand in den Schritt, dass Tony ein Stöhnen nicht unterdrücken konnte. Er sog geräuschvoll den Atem ein und schluckte hart.

„Das, was ich hier spüre, …", kräftig rieb sie über seinen Schwanz, der sich trotz seines Widerwillens langsam versteifte, und lächelte verführerisch, „… ist ganz sicher echt, auch wenn es deine Gefühle für mich nicht waren. Und genau das will ich jetzt. Deinen Schwanz in mir."

„Es wäre trotzdem ein Fehler", stieß er zwischen zusammengepressten Lippen hervor.

„Warum? Wir sind beide ungebunden, niemandem verpflichtet und haben Spaß an Sex. Ich kann daran nichts Falsches sehen."

Sie hatte unbestreitbar recht. Trotzdem fühlte es sich für ihn falsch an, weil es eigentlich nicht Erin war, die er wollte. Tony atmete tief durch, lockerte den Griff um ihr Handgelenk und ließ sie gewähren. Vorsichtig entzog sie sich ihm, öffnete den Reißverschluss seiner Hose und schob eine Hand unter den Stoff, um über seinen Schwanz zu reiben und ihn zu massieren, damit er steif wurde. Sie übte mehr Druck auf ihn aus und zischte einen Fluch, weil sie mit der Hand nicht das gewünschte Ergebnis erzielte. Tony krallte sich mit beiden Händen an der Arbeitsplatte fest und schüttelte den Kopf.

„Das bringt nichts, Erin. Ich kann nicht."

„Ich weiß, wie ich dich dazu bringe, dass du kannst", antwortete sie entschlossen, ging vor ihm auf die Knie und zog ihm die Jeans von den Hüften. Als er ihren warmen Atem auf seinem halbschlaffen Schwanz spürte, schloss er die Augen und sah *sie* vor sich. Es war nicht Erin, deren Lippen sich über seine Schwanzspitze stülpten. *Sie* war es, die genussvoll stöhnte, während sie ihn mit Mund, Zunge und Händen liebkoste, ihn hart werden ließ und an den Rand des Wahnsinns trieb. Es war *ihr* süßer blumiger Duft, der ihn einhüllte, als er sie wieder auf die Füße zog, bäuchlings gegen die Anrichte drückte und hastig den Rock über die Hüften hochschob. Tony fischte eine Kondompäckchen aus seiner Hosentasche, riss es mit den Zähnen auf und rollte den Schutz über seinen inzwischen steinharten Schwanz. Er lechzte nach Erlösung und *sie* war hier, um sie ihm zu geben. Mit einer schnellen Bewegung zerriss er ihr Höschen, das von ihrer Feuchtigkeit getränkt war, und drängte ihre Beine weiter auseinander. Dann packte er seinen Schaft, führte ihn zu ihrer Hitze und stieß kräftig zu. In einem harten Rhythmus schob er ein ums andere

Mal sein Becken vor und pumpte sich unerbittlich einem schnellen Orgasmus entgegen. *Sie* war es, die ihn mit leisen Seufzern antrieb und seinen Namen stöhnte. Tony packte ihre Hüften fester, ließ den Kopf in den Nacken fallen und erreichte mit einem erleichterten Aufstöhnen seinen Höhepunkt. Schwer atmend schlang er seine Arme um ihren Körper, hielt sie fest an sich gepresst und sog ihren unvergleichlichen femininen Duft in seine Lungen, während sich in seinen Gedanken ihr Name formte … *Kathryn*.

## 6. Kapitel

Kathryn schälte sich aus ihrem Mantel und hängte ihn locker über die Rücklehne eines schwarzen Ledersessels. Dabei beobachtete sie amüsiert, wie Adam hastig versuchte, so etwas wie Ordnung in das Chaos des Wohnzimmers seines Apartments zu bringen.

„Scheiße, John, musst du deinen Müll überall herumliegen lassen?", brüllte er über seine Schulter in Richtung einer geschlossenen Tür und sammelte T-Shirts, Socken und eine Jeans vom Boden auf.

Kathryn bezweifelte, dass Adams Mitbewohner auch nur ein Wort davon mitbekam, denn selbst durch die geschlossene Tür war die laute Musik zu hören. Als in der kurzen Pause zwischen zwei Songs eindeutiges Stöhnen erklang, wandelte sich ihr Schmunzeln zu einem breiten Grinsen.

„Hört sich an, als wäre John momentan anderweitig beschäftigt."

„Ist mir vollkommen egal, ob er da drinnen gerade wieder eines seiner Weiber fickt." Er nahm eine Pizzaschachtel und zwei leere Bierflaschen vom flachen Couchtisch und stellte sie auf dem Tresen der offenen Küche ab. Dann schnappte er sich den zusammengeklaubten Kleiderhaufen und stapfte auf Johns Schlafzimmertür zu. Dass er, statt die Klamotten vor die Tür zu werfen, eben jene aufstieß, damit hatte Kathryn nicht gerechnet.

John schüttelte sich die schwarzbraunen Haare aus dem Gesicht und bedachte Adam mit einem missmutigen Blick, als der mit Schwung die zusammengeknüllten Sachen in das Zimmer warf. Mehr aber auch nicht. Er ließ sich nicht weiter von seinem Mitbewohner stören, sondern stieß weiter mit kräftigen Stößen in die

Frau hinein, die mit weit gespreizten Beinen unter ihm lag. Beide Arme auf dem Bett abgestützt, schob er seine Hüften in einem schnellen Rhythmus vor und zurück und entlockte der Unbekannten lautes Stöhnen, das heißes Prickeln in Kathryns Magen auslöste.

Sie musste tatsächlich unter Entzugserscheinungen leiden. Würde sie sonst so heftig darauf reagieren, nur weil sie ein Pärchen beim Vögeln beobachtete, das sich obendrein überhaupt nicht daran störte, dass es Zuschauer hatte?

Am liebsten hätte sie Adam aufgehalten, als er die Tür hinter sich zuzog und ihr damit die Sicht auf die heiße Szene versperrte. Zwar konnte sie über dem pumpenden Rhythmus des nächsten Songs hin und wieder spitze Schreie und Stöhnen durch die geschlossene Tür hören, viel lieber hätte sie ihnen jedoch noch etwas länger zugeschaut. Um gleich im Anschluss über Tony herzufallen, damit er das rasende Feuer in ihrem Inneren löschte.

*Tony?* Kathryn krallte die Finger in die Clutch, dass ihre Fingernägel tiefe Abdrücke im weichen Leder hinterließen. Sie war einzig und allein hergekommen, um genau *ihn* aus ihren Gedanken zu vertreiben, in denen er sich seit ihrem Treffen am Morgen festgesetzt hatte. Aber stattdessen sehnte sie sich bereits nach ihm, wie sie es wochenlang getan hatte, nachdem sie gezwungen gewesen war, ihre Verlobung zu lösen. Aber sie durfte nicht riskieren, erneut in dieses tiefe emotionale Loch zu fallen, aus dem sie erst heraus gefunden hatte, als sie nach Las Vegas ging. Das durfte sie nicht zulassen. Er musste aus ihren Gedanken verschwinden, sofort!

„Sorry, Baby, ich …“, setzte Adam an, als er sich zu ihr umdrehte, und runzelte irritiert die Stirn. Offenbar hatte er ihre erstarrte Miene bemerkt. „Bist du sauer auf mich?“

Kathryn setzte ein spitzbübisches Lächeln auf und hoffte, er würde nicht durchschauen, dass es nicht echt war. Dann wies sie mit einer Hand auf Johns Tür und zog eine Schnute. „Wegen dir verpasse ich diese hammerheiße Live Show. Natürlich bin ich deswegen sauer. Wer wäre das nicht?“

Sein Mund verzog sich zu einem breiten Grinsen, während er näherkam und sie mit einem Ruck gegen seinen harten Körper riss. Er entwand ihr die Clutch und warf sie achtlos auf den Küchentresen. „Es hat dich also angemacht, meinen bescheuerten Mitbewohner beim Vögeln zu beobachten? Sollte mir das zu denken geben?“

„Auf alle Fälle.“ Sie strich mit ihrem Zeigefinger über Adams Mund, ließ ihn über seine Kehle weiter nach unten gleiten und umkreiste seine Brustwarze, deren Piercing sich durch das T-Shirt abzeichnete. „John hat einen geilen Arsch, in den jede Frau gerne ihre Finger krallen würde, während er sie rannimmt.“

„Gott, Kathryn“, sagte er mit einem unterdrückten Stöhnen, legte beide Hände auf ihren Hintern und presste ihren Unterkörper gegen seinen. „Du schaffst es immer wieder mit Leichtigkeit, mich verrückt nach dir zu machen.“ Adam senkte den Kopf und biss ihr leicht in die Unterlippe. „Wenn du dich an einem Arsch festkrallen willst, dann bekommst du gleich einen. Und es wird nicht der von John sein.“

Kathryn drängte sich noch näher an seinen Körper, rieb sich an ihm und schaute Adam herausfordernd in die Augen. „Ich hoffe, es bleibt nicht nur bei leeren Versprechungen.“

„Ganz sicher nicht.“ Schwungvoll hob er sie auf seine Arme, lief in sein Schlafzimmer und warf sie auf das Bett. Adams Augen glänzten vor wildem Hunger, während er sich hastig des T-Shirts und der Jeans samt Slip entledigte.

Wie gebannt starrte Kathryn auf seinen steifen Schwanz, der bei jeder Bewegung auf und ab wippte. Genau das brauchte sie jetzt. Unverbindlichen, tabulosen und hirnvernebelnden Sex, der jeglichen Gedanken an *ihn* auslöschte. Damit sie ihn nicht mehr ständig vor sich sah. Und auch nicht den Funken Hoffnung, den sie in seinen warmen braunen Augen gesehen hatte, der auf sie überzuspringen drohte und ihr hart erkämpftes, neues Leben zunichte machen konnte.

Kathryn hob den Kopf und blickte Adam in die Augen – blaugrau waren sie und nicht braun. Langsam richtete sie sich auf dem Bett auf und löste entschlossen die Klammer an ihrem Hinterkopf, so dass die langen Locken weit über ihre Schultern und ihren Rücken fielen. Dann kroch sie katzengleich mit geschmeidigen Bewegungen auf ihn zu und schnurrte: „Seit wann wartest du auf eine Einladung?“

„Von dir brauche ich keine.“ Er kniete sich vor sie auf das Bett, zog sie hoch und schob ihr die Haare über die Schulter. „Dich brauche ich nur ansehen und bin sofort scharf.“ Adam neigte den Kopf, presste seine Lippen in ihre Halsbeuge und zeichnete mit seiner Zunge eine feuchtheiße Spur ihren Hals hinauf. Seine Finger glitten unter den Bund ihres cremefarbenen Pullovers und wanderten über ihren Bauch weiter nach oben. Als seine warme Hand sich auf ihre Brust legte, seufzte sie wohlig. Ein sehnsuchtsvolles Ziehen breitete sich in ihrem Unterkörper aus, ergriff ihren gesamten Leib und ließ sie erschauern.

„Adam …“, murmelte sie leise und küsste seine Brust. Kathryn ließ ihre Zungenspitze um seine Brustwarze kreisen, spielte mit dem Piercing und arbeitete sich höher zu seiner Schulter. Erst nagte sie sanft an seiner Haut, ehe sie kurz zubiss und Adam damit zum Fluchen brachte.

„Fuck, Baby! Wenn du so weitermachst, bekommst du ein verdammt kurzes Vorspiel.“

„Um ein langes habe ich dich nicht gebeten.“ Kathryn strich mit ihrem Mund über seine Kehle und presste ihn dann in einem stürmischen Kuss auf seine Lippen. Dabei rieb sie sich auffordernd an seinem Körper und stöhnte wollüstig in seinen Mund hinein. Sie hob den Kopf, sah ihn mit lustverschleierten Augen an und forderte unmissverständlich: „Sieh zu, dass du mich endlich flachlegst. Ich will meine Finger in deine Arschbacken krallen.“

„Gott, Süße! Wenn du so mit mir sprichst, gerate ich echt in Versuchung, auf andere Frauen zu verzichten.“

Mit einem verführerischen Lachen entledigte Kathryn sich ihres Pullovers und warf ihn neben dem Bett auf den Boden. Als sie nach dem Verschluss an der Vorderseite des BHs langte, schob Adam ihre Hände beiseite, öffnete hastig das Häkchen und streifte ihr die zarte weiße Spitze ab. Er leckte sich beim Anblick ihrer vollen Brüste gierig mit der Zunge über die Unterlippe, legte seine Hände auf ihren Busen und rieb mit den Daumen über die verhärteten Brustwarzen.

„Ich will mehr, Adam. Und ich will es sofort“, verlangte Kathryn mit heiserer Stimme, umfasste seinen zuckenden Schwanz mit einer Hand und massierte ihn in einem kräftigen Auf und Ab.

„Du kriegst gleich mehr“, versprach er ihr und drängte sie rückwärts auf die Matratze. Er nestelte am

Reißverschluss ihrer schwarzen Stoffhose, zerrte sie ihr von den Beinen und hakte seine Finger unter das schmale Band ihres Slips. Quälend langsam zog er den Hauch von Spitze von ihrem Körper, beugte sich zu ihr herunter und ließ Mund und Zunge seinen Händen folgen. Nachdem er den Slip beiseite geworfen hatte, winkelte sie die Beine an und gewährte ihm freien Blick auf ihre Scham. Kühle Luft traf auf ihre feuchte Hitze, verstärkte ihr Verlangen nach Befriedigung und ließ sie erzittern.

Tief sog Adam den Atem ein, hob den Kopf und starrte sie mit lüsternem Blick an. Dann schob er sich an ihrem Körper empor, drängte sich zwischen ihre gespreizten Schenkel und griff in die Schublade des kleinen Nachtschranks. „Runde eins wird schnell und hart", stieß er hervor, riss die schwarze Verpackung auf und rollte das Kondom über seine Erektion. „Aber genau das ist es, was du willst, nicht wahr?"

„Hör auf zu reden und besorg's mir endlich", herrschte sie ihn fast schon verzweifelt an. Kathryn griff mit beiden Händen in sein Haar, zog seinen Kopf zu sich und presste ihre Lippen auf seine. Sie bäumte sich ihm entgegen, rieb ihren Unterleib an Adams hartem Schaft und schloss mit einem leisen Seufzen die Augen, als sie seine Finger an ihrem Eingang spürte. Er stieß einen Finger in sie hinein, rieb mit dem Daumen über ihre Klitoris und verteilte die Nässe zwischen ihren Schamlippen.

„Himmel, bist du heiß." Seine Brust hob und senkte sich hektisch unter seinen abgehackten Atemzügen.

„Nicht reden, sondern ficken." Kathryn wölbte den Rücken, stemmte die Fersen in die Matratze und krallte ihre Finger an seinen Schultern fest. Ein weiteres Mal musste sie ihn nicht bitten. Adam führte seinen Schaft mit der Hand zu ihrem Eingang und versenkte sich in ihr mit einem kräftigen Stoß. Kathryn schlang beide Beine um seine Hüften und krallte ihre Finger so fest in seinen Hintern, dass Adam laut aufstöhnte und noch härter zustieß. Immer aggressiver schob er sein Becken vor und vergrub sein Gesicht in ihrer Halsbeuge, dass sein warmer Atem über ihre empfindliche Haut fächelte und heiße Schauer ihren Körper durchliefen. Das sehnsüchtige Prickeln in ihrem Unterleib wurde zu einem Ziehen, das sich mit jedem seiner Stöße mehr und mehr in ihrer Mitte konzentrierte, sich höher und höher zu einer Spirale schraubte. Kathryn stöhnte, biss sich auf die Unterlippe, presste den Kopf in das Kissen und schloss die Augen.

Das war es, was sie brauchte. Schnellen harten Sex, der ihren Kopf leerfegte und ihr Vergessen schenkte. Sie musste *ihn* aus ihren Gedanken vertreiben, endgültig. Aus ihren Gedanken und aus ihrem Leben. Immer enger und fester zog sich die Spirale in ihrem Inneren zusammen, während Adams Bewegungen heftiger und seine Stöße unkontrollierter wurden. Sie war ganz kurz davor, über die Klippe zu stürzen, brauchte sich nur noch fallen lassen, als sich Adams Gesicht vor ihrem inneren Auge plötzlich verzerrte. Das dunkelblonde Haar wurde zu einem verstrubbelten schwarzen Haarschopf. Seine Gesichtszüge wurden kantiger und männlicher und seine Augen braun.

Ein gequältes Stöhnen entrang sich ihrer Kehle. Kathryn schüttelte den Kopf, schlang ihre Arme um seinen Nacken und klammerte sich an Adam fest. Wie ein Mantra murmelte sie Mal um Mal seinen Namen, während er seinen Schaft härter und tiefer in sie hinein rammte. Die Anspannung in ihrem Körper nahm fast schon schmerzhafte Ausmaße an, bis Kathryn sich endlich fallen ließ und der erlösende Höhepunkt über sie hinwegrollte. Schwer atmend hielt sie ihn weiter umschlungen, als er sich ein letztes Mal in ihrer Hitze versenkte, mit einem langgezogenen Stöhnen seine eigene Erlösung fand und auf ihr zusammensank.

Adam rollte sich herum und zog sie an seine Seite. Dann strich er ihr die wirren Locken aus dem Gesicht und musterte sie ungläubig. „Das war …“, stieß er mit abgehaktem Atem hervor, „… das war heftig. Und anders als sonst.“

Kathryn lächelte zaghaft, senkte den Blick und strich mit der flachen Hand über seine Brust. Sie wagte es nicht, seinen Blick länger zu erwidern. Hatte er eine Ahnung davon, was in ihr vorgegangen war? Nein, Adam war egoistisch veranlagt. Er konnte es nicht bemerkt haben. „Anders als sonst?“, fragte sie arglos und hob den Kopf. „Du meinst schneller.“

„Nein. Intensiver.“

„Das lag sicher daran, dass wir beide schon einige Wochen nicht mehr miteinander geschlafen haben.“ Sie zwinkerte ihm keck zu und knabberte sanft an seinem Kinn. „Wahrscheinlich hat es sich deswegen wieder wie das erste Mal angefühlt. Das ist immer intensiver.“

„Ich glaube nicht, dass …“

Rasch legte sie ihm einen Finger an die Lippen und schüttelte den Kopf. „Und ich glaube, wir sollten es so schnell wie möglich noch einmal miteinander treiben.“ Ihr Blick glitt vielsagend zu seinem Unterleib. „Sobald der kleine Adam sich dazu in der Lage fühlt.“

Er rollte sich mit ihr herum und pinnte sie unter sich fest. „Der *kleine* Adam braucht nur eine Verschnaufpause. Was nicht bedeutet, dass ich dir eine gönnen werde“, brummte er und presste seine Lippen hart auf ihren Mund. „Mach dich auf eine lange Nacht gefasst …“

* * *

Mühsam schlug Kathryn die Augen auf und schob sich die wirren Locken aus dem Gesicht. Als sie den Kopf hob, begegnete sie Adams Blick. Er lag neben ihr, die dünne Decke war ihm bis zu den Hüften runtergerutscht. Einen Arm auf das Bett und den Kopf auf die Handfläche gestützt, betrachtete er sie mit gerunzelter Stirn.

„Ich habe nachgedacht, Baby", setzte er an, fing eine ihrer Locken ein und wickelte sie sich um einen Finger. „Über letzte Nacht und das, was Layla gesagt hat."

„Was meinst du?" Verwirrt überlegte Kathryn, wovon er sprach.

„Sie sagte, dass ich ein Idiot wäre, weil mir nicht bewusst ist, was ich an dir habe. Ich glaube, jetzt weiß ich, wovon sie gesprochen hat."

„Das zwischen uns beiden ist nur Sex, Adam."

„Letzte Nacht hat es sich für mich anders angefühlt."

„Auch letzte Nacht war es nichts anderes. Wir beide schlafen miteinander, wenn uns danach ist. So halten wir es inzwischen mehr als ein halbes Jahr. Und es funktioniert hervorragend."

„Das kommt noch dazu." Er setzte sich auf und betrachtete sie eingehend. „Ich habe noch nie eine Beziehung über einen solch langen Zeitraum geführt."

„Wir haben keine Beziehung", erinnerte sie ihn schmunzelnd. Kathryn richtete sich im Bett auf und klemmte sich die dünne Decke unter die Arme. „Jedenfalls keine richtige."

„Was würde sich für uns beide eigentlich ändern, wenn wir doch eine hätten? Ich meine, im Bett läuft es jetzt schon hammermäßig zwischen uns. Und wenn es nicht klappt …" Er zuckte mit den Schultern. „Nun ja, dann schalten wir eben einen Gang zurück."

„Weißt du, was ich denke?“ Sie beugte sich zu ihm hinüber, lächelte schelmisch und küsste Adam sanft. „Du hast mich einfach nur vermisst, weil wir uns so lange nicht gesehen haben. Deswegen hat es sich für dich anders angefühlt. Eine andere Möglichkeit wäre, du hast zwischenzeitlich so viele andere Frauen gevögelt, dass du längst vergessen hast, wie gut ich im Bett bin.“

„Du kleines Luder.“

„Aber das magst du doch.“ Sie stand vom Bett auf, zog sich sein T-Shirt über, das ihr bis zur Mitte der Oberschenkel reichte, und lief zur Tür.

„Kathryn …“

In der offenen Tür stehend, drehte sie sich noch einmal zu ihm um. „Ja?“

„Überlegst du es dir zumindest?“

Sie neigte den Kopf zur Seite und betrachtete ihn sekundenlang, bevor sie ihre Unterlippe zwischen die Zähne zog und ihm ein freches Grinsen schenke. „Vielleicht.“

## 7. Kapitel

Zwei Tage später war Kathryn noch immer unsicher, wie sie mit Tony umgehen sollte, so lange er und sein Team für die Sicherheit der Tänzer im Club zuständig waren. Bei ihrem letzten Zusammentreffen hatte sie ihn eindeutig zurückgewiesen. Aber reichte das aus, ihn dauerhaft auf Abstand zu halten und sich selbst vor erneuten Schmerzen zu bewahren? Sie hoffte es. Denn sie konnte es nicht mit ihrem Gewissen vereinbaren, ihn immer und immer wieder zu verletzen. Das war wider ihre Natur.

*Und Adams Vorschlag?,* grübelte sie, aber verwarf den Gedanken gleich wieder. Denn das war auch keine Option. Das zwischen ihnen war und blieb eine auf gelegentlichen Sex basierende Beziehung. Mehr würde niemals zwischen ihnen sein.

Kathryn schob die Schlaufen der Tasche auf ihrer Schulter zurecht und drückte die Tür des *Godess* auf. Bereits im Gang und durch die geschlossene Tür des Saals hindurch konnte sie Nathalie Tineos einzigartige und mitreißende Stimme hören. Ein Lächeln spielte um Kathryns Lippen, als sie die Tür zum Saal aufstieß und sich seitlich der Bühne näherte. Die letzten Takte von „*My Mother Used To Tell Me*" erklangen. Den Song hatte sie auf Anhieb gemocht, als sie ihn zum ersten Mal gehört hatte. Drückte er doch aus, wie sie sich selbst sah. Geboren, um auf der Bühne zu stehen und zu tanzen.

Billy Balloon, Ruby Fèline, Desde Mona und Simona Bacigalupo - die restlichen *Sinderellas* und jede einzelne von ihnen unglaublich sexy auf ihre ganz spezielle Art und Weise - stimmten in den Gesang ein und traten mit Nathalie näher an den Rand der Bühne.

Sie sangen „*Dance, dance, dance through the night …*“ und erstarrten in perfekt einstudierter Pose. Ihre Münder sinnlich lächelnd und einen herausfordernden Ausdruck in den Augen, blickten sie auf die Zuschauer, die sich im Parkettbereich versammelt hatten. Viktor sprang applaudierend von seinem Stuhl auf und lief, gefolgt vom Choreografen Steven, freudestrahlend die kleine Treppe zur Bühne hinauf.

Bevor Kathryn sich jedoch zu ihnen gesellen konnte, schlangen sich kräftige Finger um ihren Oberarm. Erschrocken drehte sie sich um und fand sich Tony gegenüber, der mit einem Finger auf seine Uhr tippte.

„Du bist spät dran. Ich möchte, dass du mich anrufst, wenn du dich verspätest.“

„Wegen fünf Minuten?“ Fassungslos starrte sie ihn an. „Soll das dein Ernst sein?“

„Und ob er das ernst meint.“ Ein blonder Muskelberg legte Tony eine Hand auf die Schulter, schob sich neben ihn und zwinkerte ihr zu. Das unübersehbare *Cunningham Protection* Logo auf der Brusttasche des schwarzen Shirts, das sich über seiner breiten Brust spannte und jeden Augenblick zu zerreißen drohte, wies ihn als ein Mitglied des Sicherheitsteams aus. „Ich bin Tyson. Kannst mich aber gerne Ty nennen. Und du bist Kiki, nehme ich an? Die Tänzerin, auf die wir nur aus der Ferne ein Auge werfen dürfen.“ Er wies mit dem Kopf auf Tony und grinste breit. „Befehl vom Boss. Obwohl ich ihn durchaus verstehe, wenn ich dich so ansehe.“

„Halt zur Abwechslung einfach mal deine Klappe, Ty“, knurrte Tony neben ihm. Er presste die Lippen zusammen und schoss seinem Mitarbeiter einen giftigen Blick von der Seite zu. „Wenn ich mich recht erinnere, hatte ich dir aufgetragen, dich mit dem Durcheinander an Personalakten zu beschäftigen."

„In einem engen verstaubten Kämmerchen, in dem ich schon gegen eine Wand oder einen Aktenschrank stoße, wenn ich auch nur den Ansatz mache, mich bewegen zu wollen. Auf so eine bescheuerte Idee kannst auch nur du kommen, den größten des Teams da reinzustecken."

Tony rollte übertrieben mit den Augen und stieß geräuschvoll die Luft aus. „Warum holst du dir nicht einfach immer einen Stapel der Akten raus und setzt dich irgendwo hin, wo du genug Platz hast?"

Ty rieb sich freudestrahlend die riesigen Hände, gegen die ihre eigenen wie die eines kleinen Kindes wirkten, und wandte sich mit einem „Dann weiß ich schon genau, wo ich mich hinsetzen werde" ab.

„Ganz sicher nicht in den Zuschauerraum. Du sollst die Akten studieren und nicht die Proben der Tänzerinnen", rief Tony ihm hinterher und schüttelte den Kopf, als Ty sich im Gehen mit einer Hand auf den eigenen Hintern schlug. Diese Geste bekam er immer zu sehen, wenn seine rechte Hand ihm zu verstehen geben wollte, dass es ihm am Arsch vorbei ging, was Tony ihm auftrug.

„Hieß das gerade, *du kannst mich am Arsch lecken*?", fragte Kathryn leise lachend und richtete ihren Blick von Ty auf ihn. Sie verschränkte die Arme vor der Brust und verzog beeindruckt das Gesicht. „Seine Ausdrucksweise gefällt mir. Wenn ich mir ab jetzt auf den eigenen Hintern schlage, dann weißt du, was es heißt."

„Du wirst nicht auch noch damit anfangen", brummte er gespielt verstimmt und nahm ihr wie selbstverständlich die Tasche ab, die ihr von der Schulter zu rutschen drohte. Irritiert sah sie ihn an, sagte jedoch nichts und ging stattdessen in Richtung ihrer Garderobe.

*Wenigstens ein kleiner Fortschritt*, dachte Tony im Stillen. Er hatte befürchtet, dass sie sofort wieder in die Offensive gehen würde, sobald sie aufeinander trafen. Dass dem nicht so war, ließ ihn hoffen, Kathryn würde mit der Zeit vielleicht doch zugänglicher werden.

Noch einmal mit Erin Sex zu haben, war ein Fehler gewesen. Denn dieses Zwischenspiel hatte ihm deutlich vor Augen geführt, dass es für ihn keine andere Frau als Kathryn geben konnte. Die ganze Zeit über war sie in seinen Gedanken gewesen. Und Erin gegenüber war es keineswegs fair, sie für seine Befriedigung zu benutzen, obwohl er sich insgeheim nach einer anderen Frau sehnte. Dabei war es vollkommen unerheblich, dass eben diese Frau sich zur gleichen Zeit mit einem anderen Mann vergnügte. Adam.

Layla hatte mit ihrer Meinung über Adam nicht hinter dem Berg gehalten, während er sich am Tag zuvor in Kathryns Garderobe umsah und alles genau inspizierte. Mehr als deutlich hatte Layla ihm zu verstehen gegeben, dass er sich bei Kathryn gefälligst ranhalten solle. Bevor dieses Arschloch, wie sie Adam mehrfach betitelte, aufwachte und merkte, was er mit ihr gefunden hatte.

Kathryn wollte also keine feste Beziehung mit Adam, hegte keine tieferen Gefühle für ihn und benutzte ihn nur zur sexuellen Befriedigung. Sehr gut. Jetzt musste er sie nur noch dazu bringen, sich vom Rivalen ab- und ihm zuzuwenden. Dann gelang es ihm sicherlich auch, ihre Gefühle für ihn zu neuem Leben zu erwecken.

Bei ihrer Garderobe angekommen, öffnete Kathryn die Tür. Als er Anstalten machte, ihr zu folgen, drehte sie sich zu ihm um und legte ihm eine Hand auf die Brust.

„Bis hier hin und nicht weiter, Tony“, bestimmte sie. „Du wirst mir nicht auf Schritt und Tritt folgen.“

„Auch auf die Gefahr hin, mich zu wiederholen. Ich bin hier, um dich zu schützen. Und das bedeutet, dass entweder ich oder einer aus meinem Team ständig in deiner Nähe bleibt.“

„Selbst, wenn ich es nicht will?“

„Selbst dann.“

„Hier in meiner Garderobe kann mir nichts passieren“, beharrte sie eisern und zog ihre Hand zurück, von der er sich wünschte, dass sie ihn länger damit berührt hätte. Seine Haut prickelte an der Stelle, an der sie ihn berührt hatte. Und er wollte mehr davon, viel mehr. Nur mit Mühe gelang es ihm, sich zurückzuhalten und sie nicht in seine Arme zu reißen und zu küssen, bis sie ihren verdammten Widerstand aufgab.

„Da bin ich anderer Meinung. Und nicht nur ich, Viktor ebenfalls. Wenn jemand tatsächlich den Tänzerinnen schaden will, dann bist du automatisch Ziel Nummer eins.“

„Trotzdem bestehe ich auf meine Privatsphäre. Was einschließt, dass ich nicht rund um die Uhr einen Wachhund an meinem Arsch kleben habe, während ich im Club bin.“

„Das wird sich nicht verhindern lassen.“

Kathryn verschränkte die Arme vor ihrer Brust und legte den Kopf schief. Mit einem abgrundtiefen Seufzen schlug sie schließlich vor: „Wie wäre es mit einem Kompromiss?“

„Der wie genau aussehen soll?“

„Egal, wer sich an mich *dranhängt*, er wird einen Mindestabstand von zehn Metern einhalten.“

„Fünf."

„Zehn."

„Entweder fünf oder es wird keinen Kompromiss geben", stellte er klar und sah sie mit ernster Miene an. In diesem Fall würde er nicht mit sich verhandeln lassen. Allein die fünf Meter Abstand verbannten ihn bereits vor die Tür. Noch weiter wollte er sich nicht von ihr fernhalten müssen.

„Okay", gab sie sich murrend geschlagen, nahm von ihm ihre Sporttasche entgegen und wandte sich ab, um sie auf einen Hocker zu stellen. Sie wedelte mit einer Hand in seine Richtung, als wolle sie eine Fliege verscheuchen. „Und jetzt … husch, husch … ab mit dir nach draußen auf den Hundeplatz."

Tony verkniff sich ein Schmunzeln und trat den Rückzug an. Nachdem er die Tür geschlossen hatte, postierte er sich im Gang. Den Blick nachdenklich auf ihre Tür gerichtet, überlegte er, wie er Kathryn dazu bekommen konnte, seinen Schutz auch außerhalb des Clubs zu akzeptieren. Seiner Meinung nach reichte es nicht aus, nur im Club Sicherheitsvorkehrungen zu treffen. Zwar hatte Viktor ihm bei ihrer ersten Besprechung sofort zugestimmt, gleich darauf jedoch eingeräumt, dass er in Kathryns Privatleben außerhalb des *Godess* nicht eingreifen konnte. Und damit waren auch Tony die Hände gebunden, zumindest noch. Aber er würde dafür sorgen, dass sich das änderte.

Kathryns Blick wanderte von der geschlossenen Tür, hinter der Tony im Gang stand, zu ihrer Hand, die noch immer von der Berührung kribbelte. Warum nur hatte sie ihn angefasst? Ihn so nah zu spüren, war wundervoll gewesen. Wundervoll und überaus gefährlich. Dabei wollte und musste sie ihn auf Abstand halten. Wenn sie das nicht schaffte, dann …

Nein! Daran wollte sie nicht denken. Sie würde es nicht zulassen. Nicht noch einmal, schwor sie sich und wandte sich um. Entschlossen zerrte sie am Reißverschluss ihrer Sporttasche und zog das Trainingsoutfit heraus.

Als sie zehn Minuten später die Garderobe verließ, stand jedoch nicht mehr Tony, sondern Ty vor ihrer Tür. Erleichtert atmete sie auf. Denn auf diese Weise war sie wenigstens für kurze Zeit seiner Nähe nicht ausgesetzt, die ihr schwerer zu schaffen machte, als ihr lieb war.

Kathryn lief zur Bühne und erklomm die wenigen Stufen des Seitenaufgangs. Eine kleine Gruppe von sechs Tänzerinnen stellte sich neu auf, so dass sie abwartend an der Seite stehen blieb, um sie zu beobachten. Es waren die gleichen Mädchen, die sich vor zwei Tagen um die neu eingetroffenen Kostüme gescharrt und diese aufgeregt begutachtet hatten.

Die Musik setzte ein und die Tänzerinnen begannen, sich im Rhythmus zu bewegen, während Steven vor ihnen auf und ab lief und sie dabei genau beobachtete.

„Mehr Schwung in der Hüfte, Tina. Halt dich nicht zurück. Keiner will ein steifes Bügelbrett auf der Bühne sehen. Mach mich mit deinen Bewegungen an und zeig mir, wie sexy du sein kannst“, spornte er eine Brünette an, deren Gesicht vor Anstrengung einen kräftigen Rotton angenommen hatte.

Er lief wieder in die andere Richtung, blieb vor einer kurvigen Rothaarigen stehen, nickte und schnippte mit den Fingern den Takt des Songs mit. „Genau so, Giselle.“ Langsam lief er rückwärts und winkte sie zu sich. „Zeig mir, wie heiß du bist, Kleines.“

Giselle bewegte sich mit geschmeidigen Bewegungen, tanzend auf ihn zu, behielt Steven dabei fest im Blick und ließ alle Umstehenden das Feuer in ihren Augen sehen. Ihre Bewegungen wirkten unglaublich sexy und dennoch natürlich, als wären sie angeboren und nicht antrainiert. Sie strich mit einer Hand federleicht über Stevens Brust, weiter über seine Schulter und rieb sich aufreizend an seinem Körper. Dann stellte sie sich hinter seinem Rücken auf, umfasste ihn mit einem Arm und schob mit ihrer Hand flach auf seinen Körper gedrückt das Shirt nach oben. Giselle rieb sich sinnlich an Stevens Rücken, ließ die zweite Hand in sein Haar gleiten und zog seinen Kopf zur Seite, um mit ihrer Zunge über seinen Hals zu fahren.

Die Musik verklang und Giselle zog sich vom Choreografen zurück, der sie beeindruckt ansah. „Scheiße, bin ich jetzt geil auf dich“, stieß er schwer atmend aus und entlockte den Tänzerinnen leises Gelächter.

„Und nicht nur er“, brummte Ty neben ihr und betrachtete Giselle aus zusammengekniffenen Augen. „Jeder, der das gerade gesehen hat, ist scharf auf sie, als wäre sie die einzige läufige Hündin in einem ganzen Stall voll Wölfen.“

„Du eingeschlossen?“, erkundigte sich Kathryn mit einem verschmitzten Lächeln, das sich zu einem breiten Grinsen auswuchs, als Tyson den Kopf in ihre Richtung drehte und sie mit einem bedeutsamen Blick bedachte.

„Meine Hose ist kurz vor dem Platzen. Reicht das als Antwort?“

Sie riskierte einen Blick auf seinen Unterleib und presste die Lippen zusammen, um nicht zu lachen. Der Stoff seiner Jeans wies eine eindeutige Beule auf.

„Du solltest vielleicht in Erwägung ziehen, öfters kalt duschen zu müssen, während du hier bist.“

„Oder ich schnappe mir diesen heißen Rotschopf und verzieh mich mit ihr in eine dunkle Ecke. Du stehst ja leider nicht zur Auswahl."

„Genau das." Sie zwinkerte ihm zu und lief auf die Bühne. Kurz hielt sie inne und drehte sich noch einmal zu ihm um. „Du solltest unter die Dusche gehen, Ty. Weil *ich* mir den Rotschopf jetzt erst einmal vorknöpfen werde." Kathryn zog ihre Unterlippe zwischen die Zähne, schenkte ihm einen verruchten Augenaufschlag und strich mit beiden Händen an ihrem Körper hinab, während sie langsam rückwärts lief. Seine Augen weiteten sich, ehe er sich abrupt abwandte und den Seitenaufgang runterstapfte.

„Fuck! Was für ein beschissener Auftrag", knurrte er laut genug, dass sie es hören konnte. „Von einem Dauerständer stand nichts in der Auftragsbeschreibung."

Wie leicht es doch war, Tyson zu vertreiben. Amüsiert wandte Kathryn sich zu Steven um, der ihr bereits entgegen kam. Sie beide hatten dringend etwas zu besprechen, denn Kathryn war sich sicher, in Giselle gerade ihre neue Zweitbesetzung gefunden zu haben.

# 8. Kapitel

Sam stellte seinen alten Buick auf dem großflächigen Parkplatz vor dem Showclub ab und sah sich um. Bis auf einige wenige Wagen war der Parkplatz wie leergefegt. Aber das würde sich ganz sicher ändern, wenn der Club erst einmal seine Pforten geöffnet hatte. Mit mehr Schwung als nötig schlug er die Fahrertür zu und lief zum Eingang, über dem der überdimensionale Schriftzug *Godess* in goldenen Lettern prangte.

„Godess", schnaubte er missmutig. Seiner Meinung nach hatte dieser Laden rein gar nichts mit einer Göttin zu tun. Ein Erotikschuppen, wie sie immer öfter aus dem Boden schossen – nur bedeutend größer. Was wieder einmal bewies, dass Sex sich hervorragend verkaufte.

Als Detective bei der New Yorker Polizei hatte er inzwischen immer öfter mit Verbrechen im Erotikmilieu zu tun. Und diese Entwicklung gefiel ihm überhaupt nicht. Billige Prostituierte, die für ihre Freier die Beine in dunklen Gassen und auf Autorücksitzen breit machten, um sich von ihrem „Verdienst" den nächsten Schuss leisten zu können. Oder Edelhuren, die vorgaben, etwas Besseres zu sein. Am Ende taten sie nichts anderes als ihre billigen Kolleginnen vom Straßenstrich. Nur zogen sie es vor, sich in teuren Hotels von irgendwelchen reichen Trotteln flachlegen zu lassen.

Sam zog eine Grimasse und strich sich mit der flachen Hand über den kahlen Kopf. Jetzt kamen auch noch erotische Tänzerinnen dazu, mit denen er sich herumschlagen musste. Kurz betrachtete er das überdimensionale Plakat neben der Eingangstür und kniff die Augen zu Schlitzen zusammen, nachdem er den

Schriftzug darauf gelesen hatte. *Kiki La Coquette – Godess of Sin*. Ja, genau so musste sie auf jeden Betrachter wirken. Die Fleisch gewordene Sünde, die dafür sorgte, dass bei jedem sexgierigen Kerl der Verstand innerhalb von Sekundenbruchteilen auf Erbsengröße schrumpfte. Mit ihr musste er sich auch noch auseinandersetzen. Etwas, worum er sich nicht gerade riss. Aber es war unvermeidlich, denn Bridget war ihre Zweitbesetzung und der Unfall laut Kriminaltechnik keiner gewesen.

Er drückte die Tür auf, sah sich kurz in dem langgezogenen Gang um und lief dann auf die offenstehende Tür zu, durch die leise Musik zu ihm drang. Im Vorbeigehen betrachtete Sam die an den Wänden aufgehängten Bilder und seine Laune sank gegen den Nullpunkt. Auf andere mochte es wie eine Galerie der Show Acts wirken. Für ihn war es durchweg eine Zurschaustellung von halbnackten Körpern, die den Gästen Lust auf mehr machen sollten. Fehlten nur noch die kleinen Preisschilder, damit man wusste, was welche Frau kostete.

Sam betrat den Zuschauerraum und ließ seinen Blick über die edle Möblierung im Parkettbereich zur Bar schweifen, hinter der sich zwei Angestellte des Clubs unterhielten und dabei Gläser in Regale räumten. Dann sah er zur Bühne, auf der zwei Tänzerinnen sich synchron und sehr aufreizend im Rhythmus der Musik bewegten. Sie strichen mit ihren Händen über ihre lediglich in bauchfreien Shirts und Hotpants verhüllten Körper, spielten mit ihren Haaren und berührten sich gegenseitig, ehe sie kokette Blicke in den menschenleeren Zuschauerraum warfen.

Sam atmete tief durch, schluckte seine Abscheu herunter und ging näher an die Bühne heran. Denn eine der beiden Frauen war diese Kiki La Coquette, mit der er sprechen wollte. Und die andere … Ihm stockte der Atem vor Entsetzen. Das konnte nicht sein. *Was für eine verdammte Scheiße!*, schoss ihm durch den Kopf, bevor er sich in Bewegung setzte und eilig auf die Bühne zulief. Immer zwei Stufen auf einmal nehmend, stürmte er die Treppe hoch.

„Was zur Hölle machst du hier, Giselle?“, fuhr er sie an, dass sie erschrocken zusammenzuckte und ihn aus großen Augen ansah.

Nachdem sie sich vom ersten Schrecken erholt hatte, bedachte sie ihn mit einem herablassenden Blick. „Das siehst du doch. Ich bin beim Proben.“

„Proben? Wofür?“ Mit einer Hand umschrieb er die Bühne und sie in ihrer spärlichen Kleidung. „Für dieses Hurenballett? Du hast hier nichts zu suchen. Also zieh dich an. Sofort!“

„Wer ist dieser Mann, Giselle?“, mischte Kathryn sich ein und trat neben ihre Zweitbesetzung. Sie musterte den aufgebrachten Glatzkopf von oben bis unten, ließ ihre Augen über die abgewetzte Lederjacke und die ausgebeulten Jeans gleiten und sah ihm dann ins wutverzerrte Gesicht. „Dein Vater?“

Giselle schnaubte abfällig und verschränkte die Arme vor der Brust. „Ganz sicher nicht, Kiki. Er ist der Ex-Partner meines Vaters und hat mir rein gar nichts zu sagen.“

„Ich glaube, er ist da anderer Meinung.“

„Sie halten den Mund, Lady“, fauchte er Kathryn wutschnaubend an und griff nach Giselles Arm, um sie von der Bühne zu zerren. Dass sich die junge Frau gegen seinen Griff wehrte, schien ihn in keiner Weise zu interessieren. „Das hier geht Sie rein gar nichts an.“

„Und ob. Sie werden Giselle auf der Stelle loslassen. Denn es ist offensichtlich, dass sie nicht mit Ihnen gehen möchte.“ Kathryn packte ihn an der Schulter und hielt ihn fest. Hastig sah sie sich nach Tyson um. Doch der war verschwunden und stand nicht mehr an der Seite der Bühne. Mist! Wo steckte der Kerl?

Kathryn bekam einen leichten Stoß gegen die Schulter und taumelte rückwärts. Nicht bereit aufzugeben, ging sie wieder auf ihn zu. Sie bohrte ihm einen Finger in die Brust und fauchte: „Verschwinden Sie von hier. Und zwar ganz schnell. Ansonsten sorgt die Security dafür, dass Sie innerhalb von Augenblicken mit dem Arsch voran auf dem Asphalt vor der Tür landen.“

„Finger weg von mir!“, knurrte er wütend wie ein tollwütiger Hund und kniff die Augen zusammen.

„Sonst was?“, forderte sie ihn heraus und hielt seinem stechenden Blick stand.

Er griff in seine Jackeninnentasche, fischte einen Ausweis heraus und hielt ihn ihr vor Augen. „Samuel Lawson, NYPD. Wenn Sie also Ihre Finger nicht …“ Verblüffung zeigte sich auf seinem Gesicht, als sie sich den Ausweis aus seiner Hand schnappte und ihn über ihre Schulter nach hinten auf die Bühne warf.

„Interessiert mich einen Scheiß, wer Sie sind. Giselle will nicht mit Ihnen gehen und Sie haben offensichtlich keinen Grund, sie mitzunehmen. Außer einen persönlichen.“

Ohne sie aus den Augen zu lassen, löste sich sein Griff um Giselles Arm. Im nächsten Augenblick langte er nach ihr, riss sie herum und zog ihre Arme nach hinten. Bevor Kathryn wusste, wie ihr geschah, legte sich kaltes Metall um ihre Handgelenke. Mit einem schnellen *Ratsch Ratsch* wurden sie hinter ihrem Rücken mit Handschellen gefesselt.

„Was soll der Mist?“, zischte sie wütend, wandte sich um und sah, wie er seine Marke vom Boden aufhob und wieder wegsteckte. „Machen Sie mich sofort los!“

Statt auf ihre Forderung einzugehen, bedachte er Giselle mit einem grimmigen Blick. „Wenn ich wiederkomme, bist du nicht mehr hier, sondern zu Hause bei deiner Mutter. Da, wo du hingehörst.“

Dann packte er Kathryns Arm, zog sie von der Bühne die Treppe runter und so schnell weiter durch den Zuschauerraum, dass sie auf den High Heels kaum mit ihm Schritt halten konnte. Den Blick stur nach vorn gerichtet, leierte Lawson emotionslos herunter: „Ich verhafte Sie hiermit wegen tätlichen Angriffs eines Polizeibeamten. Sie haben das Recht zu schweigen. Jede Aussage kann und wird gegen Sie verwendet werden. Sollten Sie sich keinen Anwalt leisten können, wird Ihnen einer gestellt …“

Als er sie an der Bar vorbeizerrte, starrten die beiden Barkeeper sie erst perplex an, bis einer von ihnen aus seiner Starre erwachte und nach dem Telefon griff. Sie konnte nur hoffen, dass er Viktor schnell genug erreichte, ehe der Cop sie in seinen Wagen verfrachtete. Kurz bevor Lawson sie in den Flur zum Ausgang schleifte, hörte sie Giselle laut nach der Security rufen. Schwere Schritte mehrerer Männer polterten über den Parkettfußboden des Zuschauerraums und Tony verlangte zu wissen, was passiert war. Giselles Antwort konnte sie nicht mehr hören, denn die wurde vom lauten Zuklappen der Ausgangstür überdeckt.

Kalte Luft traf auf ihre verschwitzte Haut und ließ Kathryn erzittern. Sie war beinahe froh, als Lawson sie unsanft auf den Rücksitz seines Wagens schob und die Tür hinter ihr zuknallte. Denn damit war sie wenigstens dem frostigen Wind nicht mehr schutzlos ausgeliefert.

Kathryn lehnte sich gegen die Rücklehne, deren dunkler Stoff mit den Jahren verblichen und durchscheinend geworden war, und sah niedergeschlagen aus dem Seitenfenster. Genau in dem Moment, als der Wagen am Eingang vorbeirollte, wurde die Tür aufgestoßen und Tony stürzte aus dem Club, gefolgt von Tyson. Sie wandte den Kopf, schaute über ihre Schulter und hielt seinen Blick mit ihrem fest, bis das Auto auf die Straße abbog und Tony aus ihrem Sichtfeld verschwand.

„Verfluchte Scheiße!“ Tony versetzte dem Mülleimer neben der Tür einen kräftigen Tritt. „Du solltest auf sie aufpassen, Ty! Wo warst du?“

„Ich habe nur einer der Tänzerinnen geholfen. Wer hätte ahnen können, dass ausgerechnet in der kurzen Zeit Lawson hier auftaucht und eine solche Show abzieht?“

„Einer Tänzerin geholfen? Wobei? Oder besser wozu *ver*holfen? Einem schnellen Fick? Du bist nicht hier, um möglichst viele Frauen flachzulegen, Ty. Egal wie reizvoll die Umgebung für dich sein mag.“

Tyson verschränkte die Arme vor der Brust, spitzte die Lippen und nickte bedächtig. „Du solltest eigentlich wissen, dass ich den Job genauso ernst nehme wie du. Auch wenn ich hin und wieder Scherze mache, ich würde *nie* jemandes Sicherheit riskieren, nur weil ich in einer dunklen Ecke eine Nummer schiebe.“

Tony fuhr sich mit beiden Händen durch die Haare, dass sie wirr von seinem Kopf abstanden, und nickte. „Entschuldige. Ich weiß das. Aber …“ Tief atmete er durch, um sich zu beruhigen. „Ich konnte nicht klar denken, weil ich mir Sorgen um sie mache.“

„Dann wird es Zeit, dass du wieder einen klaren Kopf bekommst. Dazu gehört, dass du das zwischen

Kathryn und dir klärst. Und das hoffentlich bald. Weil du schon seit Wochen und Monaten unausstehlich bist und ich meinen Arsch drauf verwetten würde, es hat mit ihr zu tun."

„Ist es so offensichtlich?"

„Ziemlich."

Tony folgte Tyson zurück in den Club und übertrug Rob, mit 45 Jahren das älteste Mitglied im Team von *Cunningham Protection*, die Verantwortung, bis er zurück war. Als er sich umwandte, hatten Viktor und Layla bereits neben Tyson Stellung bezogen und sahen ihn abwartend an. Entschieden schüttelte er den Kopf. *Das* würde er auf keinen Fall zulassen.

„Ihr beide kommt garantiert nicht mit. Ich werde mit Tyson aufs Revier fahren – ohne euch."

Layla schürzte die Lippen, schüttelte mit einer energischen Kopfbewegung ihre pinke Lockenmähne über die Schultern nach hinten und beugte sich angriffslustig vor. Dann bohrte sie ihren Zeigefinger schmerzhaft in seine Schulter und zischte: „Und ob wir mitkommen. Wenn ich mit diesem Cop fertig bin, wird er sich zweimal überlegen, ob er sich wieder an Kiki vergreift. Oder an einem der anderen Mädchen."

„Dieser Cop wird deinen Arsch dafür in eine Zelle verfrachten, Layla. Lawson ist alles andere als ein umgänglicher Mensch."

„Dann holst du mich da eben wieder raus. Den Marsch werde ich ihm trotzdem blasen. Auf meine Weise."

Sie buffte Viktor auffordernd mit ihrem Ellenbogen an, strich das enganliegende, limettengrüne Strickkleid glatt und stöckelte ihnen mit unter den Arm geklemmter Clutch voraus zum Seitenausgang, der zum Mitarbeiterparkplatz führte.

„Das sollte interessant werden“, murmelte Tyson neben ihm mit einem breiten Grinsen. „Layla versus Lawson. Ich setze einen Hunderter auf Layla. Gehst du mit?"

„Das ist nicht witzig, Ty.“

„Stimmt. Noch ist es das nicht, aber sicher gleich. Sobald wir mit der entrüsteten Kampfhenne, der man eines ihrer Küken weggenommen hat, auf dem Revier ankommen.“

* * *

Kathryn war es gewohnt, von vielen Menschen angesehen zu werden. Aber normalerweise geschah dies nur, wenn sie auf der Bühne stand und performte. Und nicht, wenn sie wie ein Stück Vieh vorgeführt wurde. Ein ganzer Haufen Cops gaffte sie an, während Lawson sie wie eine Schwerverbrecherin vor sich her und an den Bürotischen seiner Kollegen vorbeischob. Sie trug noch immer die Handschellen und vermutete, dass sie die so schnell nicht loswerden würde.

In einem von Neonlicht erhellten Gang mit kahlen weißen Wänden blieben sie schließlich vor einer dunkelgrauen Tür stehen. Lawson langte an ihr vorbei, öffnete die Tür und versetzte ihr einen Schubs, dass sie in den Raum hineinstolperte und fast gegen den Tisch gestoßen wäre.

„Hinsetzen!“, blaffte er sie an und zog einen Stuhl zurück. Nachdem Kathryn Platz genommen hatte, überlief sie erneut ein Schauer. In dem Zimmer war es beinahe so kalt wie draußen und ihr Probenoutfit nicht dafür gedacht, auf der Straße herumzulaufen. Das winzige Shirt und die Hotpants, die wegen der mehrstündigen

Probe durchgeschwitzt waren, bedeckten ihren Körper nur dürftig und hielten keinerlei Kälte ab.

„Könnten Sie vielleicht die Heizung etwas hochdrehen?“, bat sie und sah den Detective ruhig an.

„Gibt es hier nicht.“

„Eine Jacke, Decke, irgendwas zum Überziehen? Mir ist nämlich kalt, nachdem Sie mich direkt von der Probe weggezerrt und mich nicht mal etwas Wärmeres haben anziehen lassen.“

„Sorry, Lady. Steht alles nicht zur Verfügung.“ Hämisch grinste er sie an, verließ das Zimmer und kam kurze Zeit später mit einem Becher Kaffee und einer Akte zurück.

„Ich hätte auch einen Kaffee genommen oder einen Tee.“

„Habe ich etwa vergessen, Sie zu fragen?“ Lawson zuckte mit den Schultern und nahm einen Schluck von seinem dampfenden Kaffee. Nachdem er den Becher wieder auf dem Tisch abgestellt hatte, schlug er die Akte auf und blätterte sie durch.

„Ist es eigentlich nötig, dass ich weiterhin diese Handschellen trage?“

„Sie haben mich angegriffen.“

„Das habe ich nicht. Und das wissen Sie so gut wie ich. Sie haben Ihre Machtposition als Cop ausgenutzt, weil ich Ihnen die Stirn geboten habe.“

„Meinen Sie?“ Er trank einen weiteren Schluck Kaffee und stellte den Becher demonstrativ zwischen ihnen auf den Tisch, so dass Kathryn die kleinen Dampfschwaden direkt vor Augen hatte. „Es ist vollkommen unerheblich, was Sie zu wissen glauben. Aber kommen wir jetzt erst einmal zum Wesentlichen.“

Gott, wie das Verhalten dieses arroganten Cops an ihren Nerven zehrte. Sie hatte seine Marke auf den

Boden geworfen. Ja und? Das gab ihm noch lange nicht das Recht, sie wie eine überführte Mörderin zu behandeln.

„Ihr Name ist Kathryn Dearing?“

„Korrekt.“

„Sind Sie verwandt mit Kristen Dearing, der Primaballerina?“

Verwirrt runzelte sie die Stirn. Was hatte ihre Mutter mit ihrer Festnahme zu tun? „Sie war meine Mutter. Sagen Sie bloß, Sie sind ein Fan des klassischen Balletts?“

„Ich nicht, aber meine Ex-Frau. Nur deswegen ist mir der Name geläufig.“ Er hob den Kopf und sein eisiger Blick bohrte sich in ihren. „Ihre Mutter wäre sicher wahnsinnig Stolz über Ihren Werdegang, wenn sie noch leben würde. Von der verhinderten Ballerina zur billigen Stripperin.“

Kathryn zuckte zurück, als hätte er ihr eine kräftige Ohrfeige verpasst. Den Rücken fest gegen die Stuhllehne gepresst, wandte sie den Kopf zur Seite und schloss für einen Moment die Augen, um die aufsteigenden Tränen zurückzudrängen. Nein! Ihre Mutter wäre keinesfalls von ihr enttäuscht. Sie wäre tatsächlich stolz auf sie, weil sie ihren Weg gefunden hatte. Den für sie richtigen Weg, egal, was andere davon hielten. Niemandem, absolut niemanden stand es zu, über sie zu urteilen. Und ganz sicher auch nicht dieser beschissene Cop, der sich viel zu viele Freiheiten herausnahm, nur weil er eine Marke trug.

Langsam wandte sie ihm ihr Gesicht wieder zu und sah ihm fest in die Augen. „Genau das, Detective. Sie wäre stolz auf mich. Dafür, wer ich bin und was ich in meinem Leben erreicht habe.“ Sie neigte den Kopf zur Seite, schob ihre Unterlippe vor und musterte ihn abschätzig. „Was ist es, das Sie an mir hassen, Lawson? Oder haben Sie generell ein Problem mit Frauen?“

„Ich habe kein Problem mit Frauen“, erwiderte er unwirsch.

„Dann ist es das, wofür ich stehe“, schlussfolgerte sie und sah ihre Vermutung bestätigt, weil er den Blick auf die Akte vor sich senkte. Er hatte sie herausgefordert, beleidigt und wie ein Stück Dreck behandelt, seit er sie verhaftet hatte. Sogar noch bevor er sie verhaftet hatte. Lawson hatte nichts anderes verdient, also bohrte sie unerbittlich weiter. „Sie haben ein Problem mit Frauen, die im erotischen Showgeschäft arbeiten. Das ist es doch, oder? Deswegen waren Sie so aufgebracht und wollten Giselle von der Bühne zerren.“

„Das geht Sie überhaupt nichts an“, fuhr er auf und schlug mit der flachen Hand auf den Tisch, dass der halbvolle Pappbecher umkippte und sich eine kleine Lache tiefschwarzer Flüssigkeit auf der Tischplatte zwischen ihnen bildete.

„Meinen Sie? Ich frage mich, was Sie für ein Problem mit Giselles Job haben, wo scheinbar nicht mal ihr eigener Vater eines damit hat. Denn wenn es so wäre, wäre er sicherlich noch vor Ihnen in den Club gestürmt und hätte seine Tochter herausgezerrt.“

„Mitch ist tot, vor fast einem Jahr umgebracht. Er kann sich nicht mehr um seine Tochter kümmern, die dank Ihresgleichen auf die schiefe Bahn gerät.“

„Auf die schiefe Bahn?“ Jetzt wurde es ihr doch zu albern. Was für eine verquere Vorstellung hatte Lawson eigentlich vom Showgeschäft? Kathryn schüttelte den Kopf und lachte herzhaft, was Lawson eine tiefe Röte ins Gesicht trieb. Seine Nasenflügel bebten und er ballte die Hände zu Fäusten. Nachdem sie sich wieder beruhigt hatte, lehnte sie sich lässig, so weit die Handschellen es zuließen, gegen die Rücklehne und bedachte ihn mit einem tadelnden Blick. „Giselle ist im *Godess* alles andere als auf die schiefe Bahn geraten, Detective. Sie ist eine hervorragende Tänzerin …“

„Und was noch?“

Kathryn runzelte verwirrt die Stirn, weil sie nicht wusste, worauf er hinaus wollte. „Wie meinen Sie das? Was soll denn da noch sein?“

„Keine kleinen schummrigen Hinterzimmer, in denen die Gäste für ein Trinkgeld die Tänzerinnen ficken können, die sie vorher zur Fleischbeschau auf der Bühne präsentiert bekommen haben?“

„Der Club ist kein Bordell. Es gibt keine dreckigen Hinterzimmer, in denen für Geld gefickt wird, wie Sie es so nett umschreiben. Wenn dort gevögelt wird, dann ist das eine Privatsache, die niemanden etwas angeht.“

„Und ob es mich was angeht. Ich werde nicht zulassen, dass Giselle wie Sie wird.“

„Wie ich? Woher wollen Sie wissen, wie ich bin? Sie haben eine vorgefasste Meinung von mir, obwohl Sie mich nicht einmal kennen, Detective.“

„Sie wollen wissen, wie ich Sie sehe?“ Er erhob sich von seinem Stuhl, kam um den Tisch herum und stützte eine Hand auf die Tischplatte und eine auf die Rücklehne ihres Stuhls, so dass sie zwischen seinen Armen gefangen war. Dann neigte er sich so weit zu ihr herab, dass sie seinen nach Zigarette riechenden Atem in der Nase hatte. Unverhohlene Abscheu funkelte in seinen Augen, als er sie einer knappen Musterung unterzog. „Soll ich Ihnen den Spiegel vorhalten, Kiki La Coquette? Soll ich Ihnen tatsächlich sagen, warum ich Frauen wie Sie verachte?“

„Ich bitte darum, Detective.“

„Frauen wie Sie sind nur auf sich selbst bedacht – egoistische, gierige Schlampen, denen jedes Mittel recht ist, um zu bekommen, was sie wollen. Frauen wie Sie sind es, die Männer in den Ruin treiben, sie sogar umbringen."

„Ich habe keinen Mann umgebracht. Niemanden."

„Nein, nicht direkt und nicht mit den eigenen Händen. Aber Sie sind auch nicht komplett schuldlos." Langsam richtete er sich wieder auf und sah mit einem angewiderten Gesichtsausdruck auf sie herab. „Was glauben Sie eigentlich, wer auf der Bühne hatte sterben sollen? Jedenfalls nicht Ihre Kollegin Bridget. Als Ihre Zweitbesetzung mit der Perücke, der starken Ähnlichkeit und den gleichen Bewegungen, da war sie *sie*. Die Sicherungsseile der Traverse wurden mutwillig beschädigt. Der Unfall war kein Unfall. Es war Mord."

Zum zweiten Mal innerhalb kürzester Zeit fühlte es sich für Kathryn an, als hätte Lawson ihr eine schallende Ohrfeige versetzt. Sie hatte es geahnt und trotzdem gehofft, es würde sich nicht bewahrheiten, dass Bridget an ihrer Stelle gestorben war. Und trotzdem … Es passte einfach nicht zusammen.

Obwohl nach seiner Eröffnung in ihrem Inneren das blanke Chaos herrschte, sah Kathryn den Detective ruhig an. „Wie kann dieser Anschlag mir gegolten haben, wenn ich zu dem Zeitpunkt nicht einmal in den Staaten war? Können Sie mir das erklären?" Lawsons Miene erstarrte zu einer Maske, als sie ihm den Schwachpunkt in seiner Theorie aufzeigte, der sich beruhigend auf den Aufruhr in ihrem Inneren auswirkte. Innerhalb eines Wimpernschlags fand sie zurück zu ihrem alten Selbst. Sie trug keinerlei Mitschuld am Tod ihrer Kollegin. Und auch wenn sich Lawson sehr viel Mühe gegeben hatte, ihr dies einzureden, er würde damit keinen

Erfolg haben. „Sie können es nicht.“ Kathryn erhob sich vom Stuhl und ging mit langsamen Schritten auf ihn zu. Die ganze Zeit über hatte sie sich verteidigen müssen, jetzt war er an der Reihe.

„Setzen Sie sich sofort wieder hin!“, herrschte er sie an und zeigte auf den Stuhl.

„Nein.“ Kathryn trat näher und starrte zu ihm auf, denn trotz der hochhackigen Schuhe war er fast zehn Zentimeter größer als sie. „*Sie* werden *mir* jetzt zuhören. Es interessiert mich einen Scheiß, was Sie von mir halten. Und egal, was es für Probleme sind, die Sie mit Frauen wie mir haben. In erster Linie sind Sie ein Cop, der neutral zu bleiben hat und dazu verpflichtet ist, seinen beschissenen Job zu tun. Also finden Sie verdammt nochmal denjenigen, der Bridget auf dem Gewissen hat, und buchten ihn ein.“

„Sie werden mir nicht sagen, was ich zu tun habe.“ Seine Stimme war nur noch ein kaum verständliches Knurren. Und der Röte nach zu schließen, die erneut in sein Gesicht stieg, kochte er gerade vor Wut. Dennoch wich Kathryn keinen Millimeter zurück und hielt seinem hasserfüllten Blick stand.

Ein sanftes Lächeln spielte um ihre Mundwinkel, dessen Anblick offensichtlich dafür sorgte, dass Lawson die Lippen fest zusammenpresste. „Genau das habe ich eben getan, Detective“, wies sie ihn auf das Offensichtliche hin, als plötzlich die Tür des Verhörzimmers aufschwang und Tony, gefolgt von Tyson, Viktor und Layla, hereinstürmte.

„Verdammte Scheiße, Lawson!“, zischte Tony wütend, sobald er sah, dass sie noch immer halbnackt und gefesselt war. „Du hast ihr nicht einmal was zum Anziehen gegeben. Was soll diese *böser Cop* Verhörmethode? Und vor allem, wofür?“ Er schälte sich hastig aus seiner Lederjacke und legte sie Kathryn um die Schultern. Auffordernd hielt er seinem Ex-Kollegen eine Hand mit der Handfläche nach oben entgegen. „Den Schlüssel her."

Widerwillig fischte der Detective den kleinen Schlüssel aus seiner Hosentasche und reichte ihn Tony. Dann verschränkte er die Arme vor der Brust und beobachtete missmutig, wie ihr die Handschellen abgenommen wurden. Danach half Tony ihr fürsorglich in die Jacke und schloss den Reißverschluss.

„Sie hat mich in diesem Stripclub angegriffen. Es war also mein gutes Recht, sie festzusetzen."

Statt sich Lawson wieder zuzuwenden, betrachtete Tony forschend ihr Gesicht und runzelte die Stirn. Wahrscheinlich fragte er sich gerade, weswegen sie den Cop angegriffen hatte und womit.

„Du hast ihn angegriffen? Warum?"

„Er wollte Giselle von der Bühne zerren, weil sie nicht mitgehen wollte." Kathryn krempelte umständlich die Ärmel seiner Jacke hoch und vermied es, ihm in die Augen zu sehen. Lawsons Triade summte noch in ihren Ohren, auf Tonys konnte sie gut verzichten.

„Da ist aber noch mehr passiert, oder?", hakte er nach.

„Ich habe ihm seine Marke aus der Hand gerissen und auf den Boden geworfen."

Tyson brach anhand ihres leisen Geständnisses hinter ihrem Rücken in brüllendes Gelächter aus. „Ich fasse es nicht! *Deswegen* hast du sie festgenommen? Wegen so einer Lappalie? Das ist selbst für dich eine miese Nummer, Lawson. Und das weißt du auch."

Drohend machte der Detective einen Schritt in Tys Richtung und hob eine zur Faust geballte Hand. „Halt die Klappe, Brand, sonst …"

„Aber, aber … meine Herren“, mischte Viktor sich begütigend ein, um die Situation zu entschärfen. Würde er nicht wieder diesen auffälligen rotglitzernden Anzug tragen, hätte er fast wie ein Geistlicher wirken können, als er seine Hände faltete. „Wie es aussieht, liegt hier nur ein unglückseliges Missverständnis vor. Kathryn wollte Sie ganz sicher nicht angreifen, Officer.“

Lawson kniff die Augen zu Schlitzen zusammen und brummte unwirsch: „Detective.“

Als sich plötzlich Layla, die sich in den letzten Minuten für ihre Verhältnisse ungewöhnlich ruhig verhalten hatte, in den Vordergrund drängte, sog Tony scharf die Luft ein. Sein warnendes Kopfschütteln wurde von Layla jedoch ignoriert. Sie ging auf Lawson zu, stemmte eine Hand in ihre Hüfte und warf sich direkt vor ihm in Pose.

„Also da muss ich Viktor recht geben. Es war bestimmt nur ein Missverständnis. Kiki würde nie im Leben jemanden angreifen. Und das *Godess* ist auch kein Strip-, sondern ein Showclub“, klärte sie ihn in Grundschullehrerinmanier auf und wies mit einer Hand an sich herab. „Ich bin auch Teil der Show. Und ich kann Ihnen versichern, in einem sexy Kleid wie diesem sehe ich tausendfach schärfer aus als nackt. Wobei …“ Layla legte den Kopf schief und musterte Lawson ungeniert von oben bis unten, dass der vorsichtshalber einen Schritt zurück trat. „Für Sie würde ich glatt eine Ausnahme machen, Sheriff, und die Hüllen fallen lassen. Vielleicht würde Ihnen ja gefallen, was Sie zu sehen bekommen.“

„Detective, nicht Sheriff“, brummte Lawson und warf Tony einen Blick zu, der fast schon flehentlich wirkte, ihn von Laylas unerwünschter Aufmerksamkeit zu erlösen. Doch der zuckte nur mit den Schultern und beobachtete das Schauspiel breit grinsend.

Layla kicherte mädchenhaft und schlug Lawson mit ihrer Clutch verspielt gegen die Schulter. „Wie dumm von mir. Natürlich Detective. Aber so ein goldglänzender Sheriffstern an ihrer breiten Männerbrust …“ Sie erschauerte sichtlich und gab ein lautes Schnurren von sich. „… da wird ein Mädchen wie ich ganz schwach.“

„Hören Sie … *Lady*“, würgte Lawson hervor, schob sich seitlich an ihr vorbei zur Tür und zog sie auf. Mit einer Hand wies er auffordernd in den Flur. „Ich denke, dieses Missverständnis hätten wir hinreichend geklärt. Miss Dearing kann jederzeit gehen.“

Tony gab Tyson ein Zeichen, Viktor, Layla und sie vor die Tür zu begleiten, blieb selbst jedoch im Verhörzimmer stehen. Als Layla an Lawson vorbei tippelte, zupfte sie spielerisch an dessen Krawatte. „Noch einen Kirschlolly im Mund, dazu ein Trenchcoat und Sie wären ein entzückendes *Kojak*-Double. Dann würde ich voll und ganz nur Ihnen gehören, Sheriff.“ Sie schnippte ihm die Krawatte ins Gesicht und schenkte ihm zum Abschied einen Luftkuss.

Im Flur vor dem Verhörzimmer stehend, presste Kathryn die Lippen zusammen, um nicht in lautes Gelächter auszubrechen. Ob Lawson jemals einer Situation nicht gewachsen gewesen war? Wenn nicht, dann hatte er soeben seine Premiere erlebt. Denn statt Layla ein weiteres Mal darauf hinzuweisen, dass er kein Sheriff, sondern Detective war, schloss er wortlos die Tür.

„Was sollte das, Sam? Warum hast du Kathryn wie eine Schwerverbrecherin behandelt? Dafür gab es keinen Grund.“ Abwartend sah Tony seinen Ex-Kollegen an, der weiterhin schwieg. Er bezweifelte, dass Laylas Auftritt der Grund war. Vielmehr musste in der Zeit, während er mit Kathryn im Verhörzimmer allein gewesen war, etwas geschehen sein, dass ihn nachdenklich gemacht hatte.

„Giselle ist Mitchs Tochter."

Tony nickte verstehend. Und er verstand wirklich, denn er war bei der Razzia dabei gewesen, bei der Mitch ums Leben kam. War es doch der gleiche Tag, an dem seine Karriere bei der New Yorker Polizei ein abruptes Ende fand.

Lawsons langjähriger Partner Mitch hatte einer jungen drogenabhängigen Prostituierten, die schwer misshandelt auf dem Boden des zugemüllten Wohnzimmers gelegen hatte, helfen und aus der Gefahrenzone bringen wollen. Aber seine Hilfsbereitschaft war ihm zum Verhängnis geworden. Als er sie aus dem Zimmer und der Wohnung schaffen wollte, hatte sie ihm ein Messer in den Bauch gerammt. Wie von Sinnen hatte sie geschrien und mehrfach auf Mitch eingestochen, bis Lawson sie mit einem gezielten Schuss in die Brust tötete. Und als er mit Sam Mitch in Sicherheit bringen wollte, wurde er selbst angeschossen. Das Geschoss einer Pumpgun zerfetzte trotz Sicherheitsweste seine rechte Schulter, die er selbst nach mehrfachen Operationen nicht mehr voll belasten konnte. Damit war er für den aktiven Außendienst nicht mehr einsatzfähig gewesen, sondern hätte nur noch vom Schreibtisch aus Dienst schieben dürfen. Und weil er das nicht wollte, hatte er seine Marke abgelegt und *Cunningham Protection* gegründet.

Ja, er konnte seinen Traumjob nicht mehr ausüben. Doch das war nichts im Vergleich dazu, einen langjährigen Partner und guten Freund zu verlieren. War Sam vor der Razzia als hartgesottener Cop bekannt gewesen, danach wurde er kalt und kompromisslos. Und wann immer er im Rotlichtmilieu zu ermitteln hatte, drängten die Erinnerungen wie ätzende Säure an die Oberfläche und ließen ihn sogar zu einem fiesen Schwein werden. So wie er sich Kathryn gegenüber gezeigt hatte, obwohl sie eben nicht im Rotlichtmilieu arbeitete, sondern lediglich erotische Tänzerin war.

„Ich weiß, du willst es nicht hören. Aber warst du endlich beim Psychologen? Es frisst dich auf, Sam. Langsam aber sicher macht es dich fertig und du siehst nicht mehr klar."

„Ich brauche keinen dieser Psychospinner."

„Das sehe ich etwas anders." Tony stieß geräuschvoll die Luft aus und rieb sich ratlos mit Daumen und Zeigefinger die Nasenwurzel. Auf Sam einzuwirken, war ein so gut wie aussichtsloses Unterfangen. Er hatte es bereits mehrfach versucht und war immer wieder gescheitert. „Dann versprich mir wenigstens etwas."

„Und was soll das sein?"

„Wenn es nicht mehr geht, dann melde dich bei mir. Meine Schulter und mein Arm sind zwar nicht mehr gut genug, um aktiv als Cop die Straßen sicherer zu machen, aber einen Telefonhörer zu halten, dafür reicht es locker."

Widerwillig nickte Lawson, ohne ihn jedoch anzusehen. Als er den Kopf hob, war seit Langem so etwas wie eine tiefere Gefühlsregung in seinen Augen zu erkennen. Trauer um seinen Freund und Kollegen, wechselte zu Sorge, die nur mit dessen Tochter zu tun haben konnte. Tony konnte sich zwar nicht sicher sein, doch er vermutete, dass Lawson sich Vorwürfe machte, weil er Giselle ihren Vater nicht wieder nach Hause hatte bringen können. Stattdessen hatte er es auf sich genommen, Mitchs Familie von dessen Tod zu berichten.

„Und du bist mit deinem Team für die Sicherheit in diesem Schuppen verantwortlich?"

„Ja, ich habe den Auftrag übernommen, für die Sicherheit der Tänzerinnen im Showclub zu sorgen."

„Dann pass auf Giselle auf. Ich habe das unbestimmte Gefühl, in unmittelbarer Nähe von Kathryn Dearing, dem Star der Show, ist sie in Gefahr."

Alarmiert horchte Tony auf. Hatte Sam etwas herausgefunden, wovon er noch nichts wusste? „Was meinst du damit?"

„Kiki La Coquettes Zweitbesetzung ist nicht bei einem Unfall ums Leben gekommen. Die Sicherungsseile der Traverse waren manipuliert."

Nur Augenblicke zuvor hatte in Sams Augen Sorge gestanden. Jetzt krampfte sie Tonys Magen zusammen und schürte seine Angst um Kathryn. Am liebsten würde er sie so weit vom Showclub wegbringen, wie er nur konnte. Aber das war unmöglich. Niemals würde sie es zulassen, sich mit Händen und Füßen dagegen wehren. So, wie sie sich gegen ihn und die zwischen ihnen bestehende Anziehung zur Wehr setzte.

Er wandte sich der Tür zu, legte die Hand auf den Griff und sah über seine Schulter zurück zu Lawson. „Danke für den Hinweis, Sam."

„Den hättest du ohnehin bekommen, wenn das mit ihr …", mit dem Kopf wies er auf die Tür, hinter Kathryn im Gang wartete, „… nicht dazwischengekommen wäre."

„Sie ist nicht das, was du denkst. Keine der Tänzerinnen ist es."

Sam nickte verstehend, während der Ansatz eines Lächelns um seine Mundwinkel spielte. „Dann wünsche ich dir viel Glück mit ihr."

*Das kann ich in der Tat gebrauchen*, stimmte Tony ihm im Geiste zu und zog die Tür auf.

## 9. Kapitel

Eingepfercht zwischen Layla und Viktor saß Kathryn auf der Rückbank von Tonys *Dodge Challenger* und hielt einen XXL-Kaffeebecher fest zwischen ihren kalten Händen. Obwohl sie noch immer Tonys Jacke trug und die Heizung des Wagens auf Hochtouren lief, wurde ihr nur langsam wieder warm. Nachdem sie erst im verschwitzten Probenoutfit auf die Straße geschleppt worden war und danach in dem eiskalten Verhörraum hatte sitzen zu müssen, war sie völlig durchgefroren gewesen.

Kathryn starrte auf den weißen Plastikdeckel des Kaffeebechers und ließ Lawsons Befragung vor ihrem inneren Auge Revue passieren. Hatte es tatsächlich jemand auf sie abgesehen? So schnell, wie der Gedanke gekommen war, schob sie ihn auch wieder beiseite. Nein, Lawson lag falsch mit seiner Vermutung. Es war das *Godess*, auf das jemand es abgesehen haben musste. Denn die Anschläge hatten längst begonnen, als sie noch nicht wieder in New York gewesen war. Trotzdem gingen ihr seine Worte nicht aus dem Sinn, Bridget war bei einer Probe umgekommen, als sie *sie* gewesen war. Was, wenn doch …?

„Puuuhhh … schalt die Heizung endlich ab, Tony!“, verlangte Layla neben ihr und wedelte hektisch mit einer Hand vor ihrem Gesicht herum. Dabei stieß sie Kathryn mit dem Ellenbogen an, dass sie hastig den Becher in Sicherheit brachte, bevor er ihr aus den Händen rutschte und sich kochend heißer Kaffee über ihre Beine ergoss. „Hier drinnen ist es so heiß wie in einer Sauna. Und mein Make-up löst sich gerade in Wohlgefallen auf.“

Im Rückspiegel fing sie Tonys Blick auf. Er musterte sie kurz und schüttelte dann den Kopf. „Kathryn ist vollkommen durchgefroren. Die Heizung bleibt an."

„Dann sei ein Kavalier und sorg anderweitig für eine Abkühlung."

„Ich kann dir einen Spaziergang zum Club anbieten. Draußen sind frische sechs Grad. Das sollte deinem erhitzten Gemüt und dem verlaufenden Make-up entgegenkommen."

„Was?" Entrüstet fuchtelte sie mit den Händen in der Luft herum und stieß Kathryn erneut an, dass sie noch weiter in Viktors Richtung rutschte und fast schon auf seinem Schoß zu sitzen kam. „Das sind wenigstens drei Meilen, die ich laufen müsste. Und das in diesen Schuhen." Umständlich zog Layla eines ihrer langen Beine aus dem Fußraum hoch und streckte es zwischen Fahrer- und Beifahrersitz nach vorne, damit Tony und Tyson einen besseren Blick auf den hochhackigen Pumps werfen konnten. „Mit solchen Schuhen und zwölf Zentimeter Absatz läuft keine Frau drei Meilen über löchriges Pflaster durch die Gegend." Dann verpasste sie Tyson mit ihrer Clutch von hinten einen Klaps seitlich gegen den Kopf. „Sag du doch mal was dazu! Vielleicht hört dein Boss ja auf dich."

„Besorg ihr gefälligst eine Abkühlung, Tony, bevor sie noch auf die dämliche Idee kommt, sich hier im Wagen komplett frei zu machen", knurrte Ty ungehalten und rutschte von Laylas Bein weg, das noch immer zwischen den beiden Frontsitzen steckte.

Viktor sah vom Display seines Smartphones hoch, auf dem er gerade E-Mails abrief, und schaute sich kurz um. Mit einer Hand wies er nach links. „Da vorne gibt es einen *Mc Donalds* mit Drive in", sagte er und vertiefte sich wieder in die Beantwortung seiner E-Mails. Eifrig tippte er auf dem Display herum.

Kopfschüttelnd wechselte Tony die Fahrspur, setzte den Blinker und bog in die Einfahrt zum Drive in-Schalter ein. Als er zur Bestellsäule vorfuhr, zog Layla ihr Bein zurück, quetschte ihren Oberkörper zwischen Fahrer- und Beifahrersitz nach vorne und stützte sich dabei mit beiden Händen auf Tonys rechtem und Tysons linkem Bein ab.

Sie kniff in Tysons Oberschenkel, testete dessen Festigkeit und verzog anerkennend das Gesicht. „Huiii … du trainierst regelmäßig, oder?“

„Ja. Und wenn du nicht gleich deine Hand von meinem Bein nimmst, lege ich für heute noch eine extra Joggingrunde ein und laufe zum Club. Kannst dann gerne meinen Platz haben.“

Tony ließ das Fenster auf der Fahrerseite runter und ehe Layla etwas erwidern konnte, ertönte ein fröhliches „Guten Tag! Was möchten Sie bestellen?“

„Ich hätte gerne eine Cola mit viel Eis. Eine große Cola und einen Strohhalm mit Knick.“

„Darf es sonst noch etwas sein?“

Sie bedachte Tyson mit einem listigen Blick und lächelte zuckersüß. „Eine Banane, möglichst lang und nicht zu krumm.“

„*Keine* Banane!“, fuhr Tyson auf. Er riss den Kopf herum und funkelte Layla wütend an. Offensichtlich ahnte er, dass diese etwas im Schilde führte. Im Stillen beglückwünschte Kathryn ihn für seine hervorragende Menschenkenntnis. Sie hob den Kaffeebecher an ihren Mund und tat unbeteiligt, um nicht laut über Tysons und Laylas Schlagabtausch zu lachen. Ein kleiner Schauer durchlief ihren Körper, der sich allmählich aufwärmte, und sie kuschelte sich tiefer in den Rücksitz und in Tonys Jacke.

„Vielen Dank, mein Hübscher“, säuselte Layla, nahm die Cola entgegen und zog sich auf den Platz neben ihr zurück. Geräuschvoll saugte sie am Strohhalm, während Tony sich wieder in den Verkehr einfädelte. Als er an einer roten Ampel anhielt, betrachtete er Kathryn über den Rückspiegel. In seinen warmen Augen spiegelte sich Sorge wider, aber auch Entschlossenheit. Dann nahmen Tonys Iriden die Farbe dunkler Schokolade an und in ihren Tiefen flackerte unverhohlenes Begehren auf, das ein angenehmes Ziehen in ihrem Unterleib auslöste und sie erneut erschauern ließ. Nur dieses Mal nicht, weil sie fror. Er hielt sie mit der Intensität seines Blickes gefangen, dass Kathryn nicht im Stande war, den Blickkontakt zu lösen. Erst als Ty ihn darauf hinwies, dass die Ampel auf Grün umgesprungen war, entließ Tony sie aus seinem Bann und richtete seinen Blick wieder auf die Straße. Zitternd atmete sie durch und umklammerte Halt suchend den Kaffeebecher.

Warum tat er das? Warum sah er sie an, als würde er sie jeden Moment in sein Bett schleppen wollen? Sollte er sie, nachdem sie ihn absichtlich verletzt und zurückgewiesen hatte, nicht verabscheuen und ihren Kontakt auf ein Minimum einschränken wollen? Stattdessen zeigte er ihr den *alten* Tony - selbstbewusst, mit einer gesunden Portion männlicher Arroganz und ausgesprochen verführerisch. Das war der Tony, den sie von damals kannte und in den sie sich verliebt hatte.

Kathryn gestand sich ein, dass sie sich selbst etwas vormachte, wenn sie glaubte, sich lange von ihm fernhalten zu können. Die Sehnsucht nach ihm, von der sie dachte, sie unter Kontrolle zu haben, wurde mit jeder

Sekunde stärker, die sie einander nahe waren. Und wenn sie Adams Angebot …?

„Verfluchte Scheiße“, fluchte Tyson und riss Kathryn aus ihren Gedanken. Sie schaute sich um und erschrak, als sie drei Feuerwehrfahrzeuge mit rotierendem Warnlicht vor dem Eingang des Clubs stehen sah. Die gesamte Belegschaft des Clubs hatte sich in Menschentrauben auf dem Fußweg versammelt. Tänzerinnen standen in Decken gehüllt neben der weit offenstehenden Eingangstür. Die farbenfrohen Federn an ihrem Kopfschmuck wippten auf und ab, während sie sich aufgeregt unterhielten und immer wieder versuchten, einen Blick in den Club hinein zu erhaschen.

„Ihr beide bleibt hier“, bestimmte Tony, nachdem er sich zu ihnen umgedreht hatte, und sah ernst von Kathryn zu Layla.

„Aber …“ Tony ließ Layla jedoch nicht aussprechen.

„Nein“, fuhr er sie an und kniff die Augen zu Schlitzen zusammen. „Du bleibst bei Kathryn und stehst mir nicht im Weg rum. Verstanden?“

Die Autotüren fielen hinter den Männern zu und Layla murmelte beleidigt: „Ich stehe nie jemandem im Weg.“

„Du hast aber die Angewohnheit, dich überall ungefragt einzumischen und jedem zu sagen, was er zu tun und zu lassen hat.“ Kathryn trank einen Schluck Kaffee und ließ den Pulk an Menschen vor dem *Godess* nicht aus den Augen. Was war in der kurzen Zeit geschehen, in der sie nicht hier gewesen waren? Spuren eines Feuers waren nirgends zu sehen. Sie öffnete das Fenster ein kleines Stück und schnupperte. In der Luft hing auch kein Brandgeruch. Und das müsste er doch, wenn im Club ein Feuer ausgebrochen wäre, oder?

Tony lief mit langen Schritten über die Straße und auf Rob zu. „Was ist passiert?“, wollte er wissen und sah sich um. Einen Krankenwagen konnte er nicht entdecken, also schien es keine Verletzten gegeben zu haben – was auch immer geschehen sein mochte. „Und warum hast du mich nicht angerufen?“

„Ich war damit beschäftigt, alle aus dem Club zu schaffen, als die Hölle losbrach.“ Rob hob seine Hand, in der er sein Handy hielt. „Wollte dich gerade anrufen, als du mit dem Wagen auf den Parkplatz eingebogen bist.“

„Und was ist vorgefallen, dass ihr die Feuerwehr rufen musstet?“ Er tat einen Schritt zur Seite und warf einen Blick in die offenstehende Tür. Kein Rauch, kein Feuer … nichts. Außer vereinzelte Feuerwehrmänner mit Masken, die im Innenbereich herumliefen, als wären sie auf der Suche nach etwas. Ein Leck in einer Gasleitung vielleicht?

„Ich habe gerade die Sicherungsseile der Traversen überprüft, da ging plötzlich der Feueralarm los. Alle Gänge und der Saal waren innerhalb von Sekunden voller Rauch. Wir haben dann nur noch alle rausgeschafft und die Feuerwehr gerufen. Und von deren Einsatzleitung habe ich bisher noch keine Rückmeldung.“ Rob verschränkte die Arme vor der Brust und wies mit dem Kopf Richtung Eingang auf einen Feuerwehrmann. „Das ist übrigens der Einsatzleiter.“

Tony rieb sich mit einer Hand über die gerunzelte Stirn und schüttelte dann den Kopf. „Irgendwas stimmt hier nicht“, murmelte er wie zu sich selbst.

„Deswegen sind wir ja hier, oder nicht?“, brummte Tyson, der neben ihm Stellung bezogen hatte. „Um dafür zu sorgen, dass keinem was passiert, sollte es zu

Zwischenfällen wie diesem kommen. Noch besser wäre, wenn wir ihn im Vorfeld hätten verhindern können.“

Der Einsatzleiter zog sich die Maske vom Gesicht und kam auf sie zu. „Es waren Rauchbomben. Und davon einige. Deswegen konntet ihr da drinnen die Hand nicht vor Augen sehen.“ Er hielt die Überreste der offensichtlich selbst gebauten Rauchbomben hoch. Zerdrückte und zerfetzte Toilettenpapierrollen, die zur Sicherung der Rauchbomben mit schwarzem Tape umwickelt wurden. „Das kann jeder Idiot zusammenmischen, der mit einem Campingkocher umgehen kann. Die Anleitungen findet man im Internet in Massen. Sieht für mich nach einem üblen Scherz aus. Schaden ist keiner entstanden, jedenfalls konnte ich auf den ersten Blick keinen entdecken. Nur ein paar umgefallene Tische und Stühle.“

„Also ist jetzt alles gesichert und wir können wieder in den Club rein?“, fragte Viktor hoffnungsvoll. Ihm stand die Sorge deutlich ins Gesicht geschrieben. Seine Augen wirkten müde und das Gesicht war blass, während er händeringend auf eine gute Nachricht vom Einsatzleiter wartete. Und Tony verstand ihn nur zu gut. Irgendjemand hatte es auf seinen Club und die Mitarbeiter abgesehen und bisher wusste niemand, warum. Aber ohne Anhaltspunkt gestaltete sich die Suche nach dem Täter schwierig.

„Ja, es ist alles sicher. Der Rauch hat sich verzogen. Meine Jungs sammeln nur noch die Überreste ein und alle können wieder in den Club.“

„Alles, was ihr findet, eintüten. Das möchte ich haben“, sagte Tony, bevor der Einsatzleiter sich wegdrehte und erneut in den Club ging. Vielleicht hatten sie ja Glück und auf den Überresten ließen sich Fingerabdrücke finden. Er hoffte zumindest, dass sie endlich einmal Glück hätten und einen Hinweis auf den Täter bekamen. Einem Täter, der freien Zugang zum Showclub haben musste. Auch wenn zum Club mehrere Dutzend Servicemitarbeiter und Künstler gehörten, ein Fremder wäre ihnen längst aufgefallen. Es musste sich bei dem Täter also um einen Mitarbeiter des *Godess* handeln. Anders konnte es nicht sein.

Als erst das Klackern von Absätzen und dann ein lautes Schlürfgeräusch hinter ihm zu hören war, presste Tony die Lippen zusammen. Er hatte Kathryn und Layla ausdrücklich befohlen, sie sollten im Auto auf ihn warten. Zwar bestand scheinbar keine direkte Gefahr, trotzdem handelten sie wider seiner Anweisung, die nur zu ihrem Schutz diente. Mit grimmigem Blick wandte er sich um und blinzelte überrascht, als er nur Layla hinter sich stehen sah. Suchend schaute er sich um und entdeckte Kathryn direkt neben dem Auto stehend im Gespräch mit einem anderen Mann, von dem er nur die Rückseite sehen konnte. Kochende Eifersucht stieg in ihm auf, ließ ihn die Kiefer fest aufeinanderpressen und seine Hände zu Fäusten ballen, als er sie so vertraut miteinander umgehen sah. Der Kerl fuhr sich mit einer Hand durch die etwas zu langen blonden Haare, legte ihr eine Hand auf die Hüfte und zog Kathryn näher zu sich, um sie zu küssen.

„Wenn du gegen Adam nicht den Kürzeren ziehen willst, solltest du etwas unternehmen. Und das besser schnell“, riet Layla ihm mit einem lauernden Ausdruck in den Augen. Sie wusste ganz genau, wie es gerade in ihm aussah. Und sie hatte recht. Wenn er nicht bald für Klarheit zwischen ihnen beiden sorgte, konnte er seine Hoffnungen auf eine zweite Chance mit Kathryn endgültig begraben.

Tony zischte einen derben Fluch, schob Layla beiseite und lief zurück zum Wagen. Sich Kathryn langsam zu nähern und weiter zurückzuhalten, war keine Option mehr. Schon gar nicht, als er, kurz bevor er bei ihnen ankam, seinen Rivalen Kathryn fragen hörte: „Hast du dir das mit uns überlegt, Baby?"

Er packte Kathryn am Oberarm, zog sie mit einem Ruck von Adam weg und bedachte den anderen Mann mit einem eisigen Blick. „Egal, was du ihr angeboten hast. Die Antwort lautet: Nein. Sie hat kein Interesse."

„Tony!", fuhr Kathryn auf und versuchte vergeblich, ihren Arm aus seiner Umklammerung zu befreien. „Was soll das?"

Aber er schenkte ihr für den Moment keine Beachtung, sondern hielt seinen Blick auf Adam gerichtet. Der lehnte sich lässig mit dem Rücken gegen seinen Wagen und schob beide Hände in die Taschen seiner Jeans.

„Soweit ich weiß, bist du und dein Trupp hier nur für die Sicherheit zuständig und nicht für die persönlichen Belange der Angestellten des Clubs. Also würde ich sagen, halt dich aus Kathryns und meiner Beziehung raus. Die geht dich nichts an."

„Und ob die mich etwas angeht. Sie gehört zu mir. Damit habe ich jedes Recht der Welt, mich einzumischen."

„Was?", quietschte Kathryn ungläubig neben ihm und vergaß darüber, sich weiter gegen seinen Griff zur Wehr zu setzen. „Ich gehöre nicht …"

Adam kniff die Augen zusammen, ehe ein hämisches Lächeln seine Lippen verzog und sich sein sonst schönes Gesicht zu einer hässlichen Fratze verzerrte. „Wenn sie zu dir gehört, warum bin dann ich es, der sie fickt?"

„Adam!" Entrüstet sah Kathryn ihn an und dann wieder zurück zu Tony. Sie hoffte, er würde nicht die Beherrschung verlieren und Adam schlagen. Nicht gerade jetzt - vor den Augen der anderen Angestellten das Clubs, die sie wie sensationsgeile Reporter beobachteten und nur darauf zu warten schienen, dass einer der beiden Männer wegen ihr die Beherrschung verlor. Als Tony Adam nur mit einem spöttischen Blick maß, atmete sie auf. Die Erleichterung hielt jedoch nicht lange an, denn Tonys nächste Worte ließen sie erschrocken nach Luft schnappen.

„Du hast nur als Vergleich gedient. Denn nichts macht eine Frau zufriedener, als zu wissen, dass sie mit dem richtigen Mann das Bett zerwühlt, nachdem sie eine Niete hatte."

Bevor Adam sich von dem Tiefschlag erholen konnte, wandte Tony sich ab. Auch wenn Kathryn schwieg, während er sie mit sich zog und eilig auf den Clubeingang zustrebte, konnte er dennoch ihre Wut über sein Verhalten spüren, die aus jeder Pore ihres Körpers strömte. Sie war sauer auf ihn, kochte vor Wut. Und es war nur eine Frage von Augenblicken, bis sie ihn ihren Zorn spüren lassen würde. Aber das war vollkommen unerheblich. Wichtig war nur, dass sie endlich wusste, woran sie mit ihm war.

Tony drängte sie in ihre Garderobe und warf mit mehr Schwung als nötig die Tür hinter sich zu. Dann erst ließ er ihren Arm los. Fuchsteufelswild wirbelte sie zu ihm herum und stieß ihn mit beiden Händen kräftig gegen die Brust. Er wich keinen Millimeter zurück, sondern sah mit versteinerter Miene schweigend auf sie herab. „Was hast du Vollidiot dir dabei gedacht?", fauchte sie wütend wie eine gegen den Strich gebrüstete Katze. „Ich gehöre nicht zu dir. Wir sind nicht mehr zusammen. Das zwischen Adam und mir geht dich nichts an. Ich kann ficken, wen ich will und wann ich will.

Selbst wenn ich es mit einem ganzen Rudel Kerle gleichzeitig treiben würde, es ginge dich einen Scheißdreck an."

Kathryn zerrte am Reißverschluss seiner Jacke, die sie noch immer trug, und stieß wüste Flüche aus, weil der Verschluss sich verhakte.

„Bist du fertig? Oder soll ich warten, ob dir vielleicht noch weitere Nettigkeiten für mich einfallen?", erkundigte er sich mit einer Ruhe, die nur aufgesetzt sein konnte. Seine Kiefer mahlten aufeinander und waren ein eindeutiger Hinweis darauf, dass er seine Wut nur mühsam im Zaum hielt. Sie selbst war kaum noch in der Lage, einen klaren Gedanken zu fassen, so sehr brodelte der Zorn über sein anmaßendes Verhalten in ihr. Er hatte sie wie einen aufmüpfigen Teenager von Adam weggezerrt und in astreiner Neadertalermanier an ihren Kollegen vorbeigeschleift.

Nach mehreren fruchtlosen Versuchen ließ der Reißverschluss sich endlich öffnen. Kathryn schlüpfte aus der Jacke und hielt sie ihm entgegen. „Tu deinen Job und sorg für die Sicherheit im Club. Aber halt dich von mir fern", verlangte sie noch immer aufgebracht. „Und jetzt hau ab!"

„Damit du was tun kannst?" Die Wut, die er bis eben zu kontrollieren vermochte, flackerte in seinen Augen auf. Sie leuchtete ihr entgegen, als er langsam, aber unaufhaltsam auf sie zukam und rückwärts tiefer in den Raum hinein drängte. „Dich von ihm vögeln lassen? Am besten gleich hier in der Garderobe, im Stehen und gegen die Wand gedrückt? Soll ich deswegen verschwinden?"

„Erraten", schleuderte sie ihm entgegen. Wutentbrannt klatschte sie ihm die Jacke gegen die Brust und wirbelte herum, um in das Badezimmer zu flüchten, das zu ihrer Garderobe gehörte. Sollte er doch denken und tun, was er wollte. Hauptsache er verschwand endlich, am besten für immer.

„Denk ja nicht, dass du dich so einfach davonstehlen kannst." Mit einer Hand fing Tony die Badezimmertür ab, die sie hinter sich ins Schloss werfen wollte, und drückte sie wieder auf. Er packte sie an ihrem Handgelenk und zog sie mit einem Ruck zu sich, dass sie gegen seine Brust taumelte und sich Halt suchend an ihm festklammerte. „Du willst unbedingt gevögelt werden? Gut. Dann werde ich es sein, der dich fickt."

„Die Zeiten, in denen ich mir von dir etwas habe befehlen lassen, sind vorbei", schrie sie hysterisch und schlug ihm mit der Faust gegen die Brust. Sie riss ihr Handgelenk aus seiner Umklammerung, dass sie rückwärts und gegen das Waschbecken stolperte. „Fick dich meinetwegen selbst, aber ganz sicher nicht mich!"

Kathryn versuchte ihm auszuweichen, als er nach ihr griff, war aber nicht schnell genug. Mühelos fing er ihre Arme ein, mit denen sie um sich schlug, zerrte sie hinter ihren Rücken und hielt sie dort mit einer Hand gefangen. Dann drückte er sie fest gegen seinen harten Körper und griff in ihre Haare, um ihren Kopf in den Nacken zu ziehen, so dass sie ihm ins Gesicht sehen musste.

„Ich und kein anderer wird dich hier und jetzt vögeln", knurrte er und presste seinen Mund hart auf ihren. Sein Kuss hatte rein gar nichts Sanftes an sich. Unnachgiebig und fordernd diente er nur dazu, zu erobern und sie seinem Willen zu unterwerfen. Als sie in seiner Umklammerung zappelte, verkrampften sich seine Finger in ihrem Haar, so dass sie vor Schmerz leise aufstöhnte und unwillkürlich den Mund öffnete.

Genau darauf hatte er scheinbar nur gewartet. Gierig schob er seine Zunge in ihre Mundhöhle, vertiefte den Kuss und rieb seinen Körper an ihrem. Zwischen dem breiten Waschtisch im Rücken und Tony direkt vor sich eingeklemmt, gab es für sie kein Entkommen. Es war ihr unmöglich, gegen den Ansturm an Emotionen anzukämpfen, die über sie hereinbrachen. Die Sehnsucht nach ihm, die sie unterdrückt und damit bekämpft hatte, indem sie mit anderen Männern ins Bett stieg. Der Schmerz über ihre Trennung, den sie noch immer nicht verarbeitet hatte und sie ständig daran erinnerte, welche Träume sie aufgeben musste. Weil ihr keine andere Wahl geblieben war. Tief vergrabene Erinnerungen wurden an die Oberfläche gespült. Erinnerungen an eine Zeit, als sie ein glückliches Paar gewesen waren. Alles, was sie sich wünschte, war, für einen winzigen Augenblick noch einmal das haben zu können, was sie verloren hatte.

Obwohl die Stimme in ihrem Kopf schrie, sie solle nicht nachgeben, solle durchhalten, bis er aufgab. Ihr Körper traf seine eigene Entscheidung und reagierte in ursprünglicher Weise auf seine rauen Liebkosungen. Hitze schoss durch ihre Adern und schürte das brennende Verlangen nach ihm. Ihr Unterleib pochte unmissverständlich, dass Kathryn sich fast schon verzweifelt nach Erlösung sehnte. Mehr, sie wollte mehr, als dass er sich an ihrem Körper rieb und ihre Lust ins Unermessliche steigerte. Mit einem ergebenen Seufzen schmiegte sie sich an Tony und erwiderte seinen stürmischen Kuss mit der gleichen Heftigkeit.

*Endlich*, schoss es ihm in den Kopf, als er spürte, wie ihre Gegenwehr erlahmte. Die quälend lange Zeit des Wartens hatte endlich ein Ende. Kathryn gehörte wieder ihm und niemand würde sie ihm noch einmal wegnehmen.

Tony lockerte seinen Griff um ihre Handgelenke und stöhnte, als sie ihre Hände auf seine Brust legte und ihre Finger in den Stoff seines Shirts krallte. In sinnlich kreisenden Bewegungen rieb sie ihren Unterleib an seinem, dass sein Schwanz noch weiter anschwoll und schmerzhaft gegen den Stoff seiner Jeans drückte. So musste es sein. An ihm sollte sie sich mit ihren katzenhaften Bewegungen reiben. Er musste es sein, an dem sie sich festhielt und von dem sie mehr forderte.

„Ich will mehr, Tony“, wisperte sie leise an seinem Mund, als hätte sie seine Gedanken gelesen. Sie schlang ihre Arme um seinen Nacken und drängte ihren Leib auffordernd gegen seinen. Statt ihr zu antworten, bugsierte er sie aus dem Badezimmer und zurück in die Garderobe. Als sie bei der Couch ankamen, nestelte sie ungeduldig am Reißverschluss seiner Hose herum. Sie zerrte ihm die Jeans samt Slip von den Hüften und verpasste ihm einen Schubs, so dass er auf die Couch plumpste. Eilig zerrte sie ihm die Schuhe von den Füßen und zog mit einem Ruck die Hose von seinen Beinen. Sein voll erigierter Penis ragte hoch auf, während er sie abwartend ansah und mit seinen Blicken verschlang. Viel lieber würde er ihr die Kleider vom Leib reißen. Nur um sie dann an seiner Stelle auf die Couch zu werfen, sich über ihren Körper zu schieben und tief in ihr zu versenken.

Leise Zweifel machten sich in ihr breit, als Kathryn auf Tony hinab schaute. Es war falsch, was sie taten. Nur weil sie alte Erinnerungen für kurze Zeit zum Leben erwecken wollte, durften sie nicht an etwas rühren, das am Ende sie beide vielleicht erneut verletzt zurücklassen könnte. Aber wenn es falsch war, warum fühlte es sich dann so richtig an? Alles, was sie in diesem Moment wollte, war mit ihm zusammen sein. Tony spüren, wie er sich unter ihren Händen anfühlte. Seinen einzigartigen Duft riechen, den er verströmte, wenn er erregt war. An Sex war nichts Falsches. Er diente einzig zur Befriedigung ihrer Lust. Und so, wie Tony sie musterte, mit dieser Gier in den Augen, musste er die gleichen Gedanken haben. Der Sex, den sie beide gleich haben würden, hatte nichts mit ihrer gemeinsamen Vergangenheit zu tun, beruhigte sie sich in Gedanken und konzentrierte sich erneut nur auf den Mann vor sich.

Ihr Blick ruhte auf ihm, während sie beide Arme hob und ihr locker aufgestecktes Haar löste, so dass es in sanften Wellen über ihre Schultern und ihren Rücken fiel. Dann zerrte sie sich eilig das Shirt samt BH und die Hotpants von ihrem Körper. Nachdem sie die High Heels von ihren Füßen geschüttelt hatte, packte er sie mit einer schnellen Bewegung und zerrte sie zu sich auf die Couch. Rittlings kniete sie mit jeweils einem Bein zu seinen beiden Seiten über ihm und stützte sich mit den Händen auf seinen Schultern ab. Als sie ihre entblößte Scham an seiner Härte rieb, entlockte sie ihm ein verzweifeltes Stöhnen.

„Das wird eine ziemlich kurze Nummer werden, wenn du so weiter machst."

Kathryn senkte den Kopf, knabberte an seinem Hals und schob dabei ihre beiden Hände unter sein schwarzes Shirt. Mit den Fingerspitzen ertastete sie die klar definierten Muskeln unter seiner glatten warmen Haut.

„Du hast noch viel zu viel an", murrte sie, zupfte an seinem Shirt und zog einen Schmollmund. Tony riss es sich mit einer heftigen Bewegung vom Leib und sie hielt sich leise lachend an ihm fest, weil sie fast von seinem Schoß gerutscht wäre. Dann fiel ihr Blick auf die großflächige Narbe an seiner rechten Schulter und ihr Lachen erstarb. Behutsam berührte sie das vernarbte Gewebe, das sich hell von seiner Bräune abhob, und suchte seinen Blick.

„Wie ist das passiert?“

„Ich habe mich nicht schnell genug geduckt“, antwortete er mit einem Schmunzeln, das sie nicht erwidern konnte. Tony musste unter höllischen Schmerzen gelitten haben, als er verletzt wurde. Und allein der Gedanke daran dämpfte ihre Lust. Ihr Unterleib pochte noch immer vor unerfülltem Verlangen. Aber sie konnte doch nicht …

Als hätte er ihre Gedanken erraten, umrahmte Tony mit beiden Händen ihr Gesicht und hauchte ihr einen zärtlichen Kuss auf die Lippen. „Es schmerzt schon lange nicht mehr, Kleines. Du musst dir also keine Sorgen machen, dass du mich zu sehr beanspruchen könntest.“

Kathryn nickte, neigte dann den Kopf und berührte die Narbe sanft mit ihrem Mund. Mit der Zungenspitze zeichnete sie kleine Kreise auf seiner Haut, arbeitete sich seine Schulter entlang und den Hals hinauf. Ihr warmer Atem strich über sein Ohr, als sie leise wisperte: „Hattest du nicht gesagt, du willst mich ficken?“

Mit lustverhangenem Blick lehnte sie sich zurück und ließ eine Hand von ihrem flachen Bauch nach unten zwischen ihre Schenkel wandern. Ihre Finger glitten über den schmalen Streifen gestutzter Locken hinweg und teilten ihre Schamlippen. Dann stimulierte sie sich vor seinen Augen und ließ ihre Fingerspitzen um ihre Perle kreisen. Als er ihr Handgelenk packte und ihre Hand zurück und nach oben zog, stockte ihr bei seinem glutvollen Blick der Atem. Heiße Lust schwappte über sie hinweg, weil Tony die Feuchtigkeit von ihren Fingern leckte und genüsslich an ihren Fingerspitzen saugte. Das Kribbeln in ihrem Schoß wandelte sich in ein Ziehen, das nur er zu lindern vermochte. Sie entzog ihm ihre Hand, rutschte noch näher an ihn heran und knabberte sachte an seinem Kinn.

„Gib mir mehr, Tony“, forderte sie atemlos an seinem Mund und krallte ihre Finger in seine Schultern. „Ich will mehr.“

„Willst du das?“ Behutsam strich Tony mit seinen Händen über ihre Beine, erforschte ihre samtige Haut und ließ sie an den Innenseiten ihrer Schenkel weiter nach oben wandern. Bevor er ihr Zentrum erreichte, zog er seine Hände zurück und legte sie stattdessen auf ihren Hintern. Ganz eng presste er ihren biegsamen Leib an seinen und stöhnte im nächsten Moment auf, weil Kathryn sich an seiner Erregung rieb und er dadurch noch härter wurde. Wenn er sich nicht sofort ergießen wollte, musste er dringend mehr Abstand zwischen sie beide bringen. Also lockerte er widerwillig seinen Griff, strich mit einer Hand ihren Körper hinauf und umfasste eine ihrer festen Brüste. Zärtlich fuhr er mit dem Daumen über die Brustwarze, neigte sich vor, leckte über die empfindliche Knospe und saugte sie in seinen Mund.

„Mehr, Tony! Ich will mehr“, stieß sie seufzend hervor und drängte sich ihm noch weiter entgegen.

Er ließ seine Lippen nach oben wandern, verteilte tupfend Küsse auf ihre Schulter, ihren Hals hinauf und biss sie leicht ins Ohrläppchen, dass Kathryn lustvoll zusammenzuckte.

Sie war unglaublich schön in ihrem Verlangen nach ihm, es raubte Tony den Verstand. Als er den Kopf hob, blickte sie ihn aus lustgetrübten Augen an und bewegte ihr Becken kreisend über seinem pochenden Schaft.

Aber so schnell wollte er sie nicht davonkommen lassen. Er schob sie ein kleines Stück von sich, um sich mehr Platz zu verschaffen, und streichelte mit einer Hand ihren Körper hinab. Seine Finger glitten über ihren flachen Bauch weiter nach unten zwischen ihre gespreizten Schenkel und suchten sich einen Weg zwischen ihre Schamlippen. Mit sanftem Druck rieb er über ihre empfindlichste Stelle.

„Tony, bitte“, wimmerte sie leise und bewegte ihren Unterleib in kreisenden Bewegungen über seiner Hand. Ihr unvergleichlicher Duft stieg ihm in die Nase, schürte seine Lust und machte ihn verrückt. Tief versenkte er erst einen, dann zwei Finger in ihrer feuchten Hitze und spürte, wie sich ihre Muskeln gierig um ihn zusammenzogen.

„Langsamer, Süße“, stieß er rau hervor und eroberte ihren Mund in einem tiefen Kuss. Sanft knabberte er an ihrer Unterlippe, während er in einem betörenden Rhythmus seinen Daumen um ihre Perle kreisen ließ. „Wir haben Zeit.“

„Nein! Nicht langsam, ich will alles. Jetzt!“ Ihre Fingernägel hinterließen kleine Halbmonde in seiner Haut, weil sie sich an seinen Schultern festkrallte.

„Gott, Kathryn …“, brachte er schwer atmend hervor und zuckte zusammen, als sie ihn in den Hals biss. „Was machst du mit mir?“ Wo auch immer sie ihn berührte, streichelte und küsste, Tony brannte lichterloh für die Frau in seinen Armen. Kochende Lava floss durch seine Adern, verbrannte ihn innerlich und das Herz rannte in seiner Brust. Egal, welche Vorstellungen er von ihrem Zusammensein gehabt hatte, sie wurden bei Weitem übertroffen. Die Träume, entsprungen aus Erinnerungen, von denen er gehofft hatte, dass sie wahr werden würden. Nichts hielt dem Vergleich mit der Realität stand. Und er wollte mehr davon, viel mehr.

Kathryn umklammerte die Rücklehne der Couch und rieb sich aufreizend an seinem Körper. Wenn er ihre Vereinigung noch weiter hinauszögern wollte, musste er ihr Einhalt gebieten. Tony packte sie mit einer Hand an der Hüfte und hielt sie fest, damit Kathryns hemmungslose Leidenschaft sie beide nicht innerhalb von Sekunden über die Klippe katapultierte. Dabei wollte er so viel mehr von ihr als schnellen, erfüllenden Sex.

Pures Verlangen stand in ihren wunderschönen Augen, die sich zu einem geheimnisvollen Rauchblau verdunkelt hatten. Zitternd vor Erregung beugte sie sich vor und schmiegte ihre Wange an seine. „Wie sehr willst du es?“, lockte sie ihn wie eine verführerische Sirene.

„Du hast keine Ahnung wie sehr“, erwiderte er mit einem lauten Stöhnen und rieb sich nun seinerseits an ihr.

„Dann lass mich nicht länger warten. Fick mich richtig, nicht mit deiner Hand, sondern mit deinem Schwanz.“

Tony war nicht mehr in der Lage, ihr noch länger zu widerstehen. Und Kathryn war mehr als bereit für ihn. Nässe glänzte auf den Innenseiten ihrer Schenkel, ihre Muskeln umschlossen fest und gleichzeitig sanft seine Finger, sogen an ihnen und bettelten um mehr. Vorsichtig zog er sich aus ihr zurück, umfasste seinen Schaft mit einer Hand und führte ihn zu ihrer pulsierenden Hitze. Die Zähne zusammengebissen drang er unnachgiebig in sie ein, packte schließlich mit beiden Händen Kathryns Hüften und stieß sein Becken nach oben. Jetzt gehörte sie endlich wieder ihm.

Mit gemächlichen, sinnlichen Bewegungen begann Kathryn sich auf ihm zu bewegen und hielt sich dabei an seinen Schultern fest. Bereits nach kurzer Zeit wurden ihre Bewegungen heftiger und drängender, bis sie ihn fast schon in fieberhafter Hast ritt. Beide Hände auf ihren Hüften hielt er sie fest und beobachtete ihr Mienenspiel, wie sich ihr Gesicht lustvoll verzerrte, sie die Augen schloss und sich auf die Unterlippe biss, um nicht laut zu schreien. Vollkommen in ihrer Lust gefangen, öffnete sie ihre Augen und blickte ihn verwirrt an, als er mit beiden Händen ihr Gesicht umrahmte.

„Schließ mich nicht aus", forderte er und presste seinen Mund in einem stürmischen Kuss auf ihren. „Ich will in deine Augen sehen, wenn du für mich kommst." Ihr Körper senkte sich erneut auf ihn herab und sie nahm ein weiteres Mal seinen pochenden Schaft tief in sich auf, dass er ein lautes Stöhnen nicht mehr zu unterdrücken vermochte.

Wie eine Ertrinkende klammerte sich Kathryn an ihm fest und bewegte sich immer schneller auf und ab, um sich Erleichterung zu verschaffen. Wieder und wieder glitt sein harter Schwanz in sie hinein, versenkte sich tief in ihrem warmen Fleisch. Sie war eine Gefangene ihrer eigenen Lust, die von der seinen noch geschürt wurde. Mit jedem Mal, dass sein Schwanz sich in sie bohrte, steigerte sich ihre Erregung und konzentrierte sich mehr und mehr in ihrer Mitte. Ein letztes Mal spießte sie sich selbst auf seiner Härte auf, krallte ihre Finger in seine Schultern und ließ den Kopf in den Nacken fallen. Laut stöhnte sie auf, als die Erlösung in einem erschütternden Orgasmus über sie hinwegspülte.

Tony rollte sich mit ihr herum, dass sie unter ihm zu liegen kam, stützte sich auf seine Hände und stieß unbarmherzig weiter in sie hinein, um seinem quälenden Verlangen Erleichterung zu verschaffen. Ein ums andere Mal vergrub er sich in ihrer weichen Wärme, bevor er stöhnend die Zähne zusammenbiss, sich versteifte und zitternd seine Erlösung fand.

Erschöpft brach er auf ihr zusammen, schlang einen Arm um ihren Körper und drehte sich zur Seite, um Kathryn nicht mit seinem Gewicht zu belasten. Dann bettete er ihren Kopf vorsichtig an seiner Schulter, hauchte ihr einen Kuss auf die Stirn und schloss die Augen. Schweigend lauschte er ihren schnellen, abgehackten Atemzügen, während er selbst noch um Atem rang.

Als ein spürbarer Schauer ihren Körper überlief, hob Tony den Kopf und sah sich suchend um. Die dünne hellkarierte Decke, die über der Rücklehne der Couch drapiert war, kam ihm gerade recht. Auf diese Weise musste er Kathryn nicht loslassen und brauchte nur mit etwas Schwung an der Decke ziehen, damit sie sich über ihre beiden Körper ausbreitete.

Nachdem Tony die Decke über ihr zurechtgezupft hatte, schlang er einen Arm um Kathryn und zog sie näher zu sich. Behutsam strich er mit einer Hand über ihren Rücken und hing seinen Gedanken nach. Seit er sich damit abgefunden hatte, dass es für ihn nur Kathryn geben konnte, hatte er sich ausgemalt, sie nach Strich und Faden zu verführen. Damit sie sich ihm ergab, zu ihm zurückkam und ihnen beiden noch eine Chance einräumte. Nicht aus Zorn heraus wollte er sie in sein Bett zerren. Wenn man es recht bedachte, waren sie ja nicht einmal in seinem Bett gelandet, sondern auf der Couch in ihrer Garderobe. Trotzdem - oder vielleicht auch gerade deshalb - verspürte er ein ungutes Gefühl in seiner Magengegend. Denn egal wie gut der Sex eben gewesen war, es war noch immer nicht alles zwischen ihnen geklärt.

Nachdenklich musterte Tony ihre feingeschnittenen Gesichtszüge, den sanften Schwung ihrer Wimpern, die sich dunkel von ihrer hellen Haut abhoben, und ihre von seinen Küssen geschwollenen Lippen. Was, wenn es für einen Neuanfang nicht ausreichte, miteinander geschlafen zu haben? Und wenn sie zu diesem Adam zurückging? Beim Gedanken an seinen Rivalen, musste er hart schlucken. Gequält schloss er die Augen und kämpfte die aufsteigende Eifersucht nieder. Dass er seinen Griff unwillkürlich um Kathryn verstärkt hatte, merkte er erst, als sie im Schlaf seufzte und sich von ihm wegzudrücken versuchte. Sofort lockerte er den Griff und Kathryn schlief eng an ihn geschmiegt und mit einer Hand entspannt auf seiner Brust liegend ruhig weiter.

Nein! Welche Hürden sie beide auch noch nehmen mussten, um tatsächlich wieder zueinander zu finden. Sie zu einem anderen Mann gehen lassen, war keine akzeptable Option.

## 10. Kapitel

Als Kathryn aufwachte, spürte sie das kräftige Pochen seines Herzens an ihrer Handfläche. Ihr gesamter Körper fühlte sich wunderbar entspannt und leicht an. Und das, weil sie hemmungslosen Sex mit Tony in ihrer Garderobe gehabt hatte. Erneut machten Zweifel sich in ihr breit. War es richtig gewesen, ihm nachzugeben? Sie war sich nicht sicher. Was, wenn er wieder versuchen würde, über ihr Leben zu bestimmen, es nach seinem Willen zu beeinflussen?

„Hey, Süße“, murmelte er leise, schob ihr die Locken aus dem Gesicht und strich sie hinter ihr Ohr. Wachsam musterte er ihr Gesicht, als wäre er auf der Suche nach einem Hinweis. „Alles okay?“

„Ja, natürlich.“ Kathryn wich seinem Blick aus, richtete sich auf und zog die dünne Decke um ihren Körper. Nach dem, was sich auf der Couch zwischen ihnen beiden abgespielt hatte, war Scham ganz sicher fehl am Platz. Trotzdem kam sie nicht umhin, sich in seiner Gegenwart unsicher zu fühlen. Weil sie nicht wusste, was sie erwartete. Was Tony von ihr erwartete.

„Warum siehst du mich dann nicht an?“ Er setzte sich neben sie, hob mit einer Hand ihr Kinn an und drehte ihr Gesicht zu sich, damit sie ihn ansah. „Wenn alles in Ordnung ist, warum weichst du mir aus, kaum, dass du wach wirst? Irgendwas stimmt nicht und ich will wissen, was es ist.“

Seine Stimme klang härter als beabsichtigt. Aber er kam nicht gegen die Schreckensvision an, dass Kathryn sich erneut von ihm abwenden könnte. Sie beide hatten miteinander geschlafen. Doch ihr schien es weniger zu bedeuten als ihm. Allein, dass diese Möglichkeit bestand, sorgte dafür, dass Verzweiflung sich in ihm breit und das Atmen schwer machte. Wenn er nur wüsste, was er tun musste, damit sie zu ihm zurückfand.

„Es ist wirklich alles okay", sagte sie leise und lächelte leicht, um ihn zu beruhigen. Dann entzog sie sich seinem Griff und stand von der Couch auf. Es war besser, sie verschwand schleunigst aus seiner Nähe, bevor er sich seiner alten Cop-Eigenschaften erinnerte und sie einem Verhör unterzog.

Dass er mit ihrer Antwort unzufrieden war, war nicht zu übersehen und auch nicht zu überhören. Er hob mit einem gemurmelten Fluch seine Jeans vom Boden auf und zerrte sie mit ruckartigen Bewegungen über seine Beine. Dabei bedachte er sie mit einem vorwurfsvollen Blick von der Seite.

Kathryn hielt es für besser, nicht darauf zu reagieren, wickelte stattdessen schweigend die Decke um ihren Körper und klemmte am Ende den Zipfel unter mehreren Lagen Stoff fest. Gerade noch rechtzeitig, denn nach einem kurzen Klopfen, öffnete sich die Tür und Tyson betrat die Garderobe. Sein Blick wanderte neugierig von ihr zu Tony, der in dem Moment den Reißverschluss an seiner Jeans hochzog. Dann verzog sich sein Mund zu einem wissenden Grinsen. Er vergrub beide Hände in seinen Hosentaschen und wippte auf den Füßen vor und zurück.

„Na, wenn das nicht eine Überraschung ist. Anthony Cunningham, der mir immer vorhält, ich solle meinen kleinen Ty einmal öfter in der Hose behalten, schafft es selbst nicht."

„Halt die Klappe, Tyson …", knurrte Tony und streifte sich das Shirt über den Kopf, „… und erledige lieber deinen Job."

„Bin ich doch dabei, Boss." Er nickte in Kathryns Richtung. „Nachdem du sie wie ein Irrer vom Parkplatz geschleift hast, hat Adam frustriert versucht, sich an Giselle ranzumachen. Hab ihm die Tour vermasselt. Jetzt ist er doppelt so sauer wie vorher. Mindestens."

„Spricht nicht gerade für ihn", erwiderte Tony und bedachte sie mit einem kurzen Seitenblick. „Sonst noch etwas, von dem ich wissen müsste."

„Nichts Besonders. Alle Überreste der Rauchbomben wurden für Lawson eingetütet, die Feuerwehr ist weg und die Jungs kontrollieren gerade das Equipment auf Schäden. Viktor hat schon alle Angestellten des Clubs nach Hause geschickt. Nach der ganzen Aufregung und so kurz vor der Eröffnung hielt er es für besser, dass alle etwas runter kommen. Brauchen nur Tische und Stühle wieder aufrichten, einmal feucht durchwischen und der Club ist wieder wie neu."

„Okay." Tony schnappte sich seine Lederjacke vom Boden und schlüpfte hinein. „Wenn ihr mit der Kontrolle durch seid, ist Feierabend. Auf Kathryn braucht ihr kein Auge haben, sie kommt mit mir …", bestimmte er und sah sie auffordernd an, „… sobald sie sich angezogen hat."

„Nein."

„Was nein?"

„Ich werde nicht mit dir gehen."

„Und ob du mit mir kommen wirst."

„Warum sollte ich? Die Rauchbombenattacke galt dem Club und nicht mir. Ich bin also nicht in Gefahr, wenn ich ihn verlasse."

„Das denke ich nicht", beharrte er stur auf seiner Meinung. „Es ist vielmehr zu befürchten, dass derjenige es auf dich abgesehen haben wird, sobald du ohne unseren Schutz unterwegs bist."

Genervt blies Kathryn sich eine Haarlocke aus der Stirn und verschränkte die Arme vor der Brust. Tysons breites Grinsen ignorierte sie wohlweislich. Es reichte schon, sich mit Tony auseinandersetzen zu müssen, der exakt das tat, wovor sie sich gefürchtet hatte. Er fiel in seine alte Gewohnheit zurück, über sie bestimmen zu wollen.

„Beruhigt es dich zu wissen, dass ich mit dem Taxi direkt zum Hotel fahren werde und nicht vorhabe, es noch einmal zu verlassen? Der Tag war anstrengend und ich bin müde. Ich werde also lediglich ein ausgedehntes Schaumbad nehmen, etwas essen, mich auf das Sofa legen und mir eine langweilige Soap antun."

„Was nicht bedeutet, dass nicht jemand in dein Hotelzimmer eindringen könnte", gab er zu bedenken.

„Dann halte ich eben die Fenster geschlossen und drehe den Schlüssel der Zimmertür zweimal um, um ganz sicher zu gehen. Zufrieden?"

„Keineswegs. Du wirst mit mir kommen und nicht allein bleiben, bis wir rausgefunden haben, wer hinter diesen ganzen Anschlägen steckt. Und damit basta."

Seinem grimmigen Gesichtsausdruck nach zu schließen, war er nicht bereit, von seinem Standpunkt abzuweichen. Kathryn jedoch ebenso wenig. Wütend funkelte sie ihn an, trat einen Schritt auf ihn zu und bohrte ihm einen Finger in die Brust.

„*Du* hast mir rein gar nichts zu befehlen. Verstanden? Nur weil wir beide Sex hatten, heißt das noch lange nicht, dass du dir mir gegenüber Freiheiten rausnehmen und über mich bestimmen kannst. Offensichtlich war es ein riesen Fehler, mit dir zu schlafen. Ein weiteres Mal wird es nicht geben!" Bevor er etwas darauf erwidern konnte, wirbelte sie herum, stolzierte hoch erhobenen Hauptes ins Bad und warf mit einem lauten Knall die Tür hinter sich zu.

„Also wenn du mich fragst …“, setzte Tyson an, wurde aber im nächsten Augenblick von Tony unterbrochen.

„Es hat dich niemand um deine Meinung gebeten, Ty.“

„Du bekommst sie trotzdem zu hören. Das lief gerade richtig mies. Dabei dachte ich, ich könnte von dir noch was lernen. Von wegen, richtiger Umgang mit Frauen und so. Aber du stellst dich ja noch dümmer an als ich zu meinen schlimmsten Zeiten.“

In dem Punkt hatte Tyson ausnahmsweise mal recht. Das war wirklich nicht so gelaufen, wie er es sich gedacht hatte. Kathryn stellte sich stur und er trat wie ein Idiot auf der Stelle. Und so wütend, wie sie war, würde er gegen sich selbst arbeiten, wenn er weiterhin darauf bestand, dass sie mit ihm kam. Was sonst konnte er tun, um Kathryn zu schützen und gleichzeitig dafür zu sorgen, dass sie beide einander wieder näher kamen?

Er wandte den Blick von der geschlossenen Badezimmertür und sah Tyson an, der ihn mit schief gelegtem Kopf abwartend betrachtete. „Sag Rob, er hat eine Nachtschicht einzuschieben. Er wird bei ihr bleiben.“

„Keine Chance. Rob ist schon weg. Und wenn du dir nicht den Zorn einer weiteren Frau zuziehen willst, dann wirst du ihn nicht anrufen und herbeordern – außer in einem absoluten Notfall. Er hat heute Hochzeitstag und ist wahrscheinlich in dieser Minute mit seiner Frau unterwegs zum Italiener.“

„Scheiße.“ Tony fuhr sich mit einer Hand durchs Haar und verstrubbelte es noch mehr, als es nach dem

Stelldichein mit Kathryn auf der Couch eh schon war. „Dann du."

Tyson zog eine Grimasse und seufzte theatralisch. „Woher wusste ich nur, dass du genau das sagen würdest?"

„Du bist meine rechte Hand und musst dementsprechend einspringen, wenn ich nicht kann …", er warf einen missmutigen Blick zur Tür, hinter der Kathryn lautstark rumorte, „… oder nicht darf."

„Okay, ich übernehme für dich. Aber nur unter der Bedingung, dass du mich nicht alle fünf Minuten anrufen und nachfragen wirst, wie es ihr geht und was sie macht."

Tony presste die Lippen aufeinander, so dass sie nur noch einen schmalen Strich bildeten. Hin und wieder war es nicht von Vorteil, dass Tyson ihn so gut kannte und genau wusste, wie es in ihm aussah. „Ich melde mich einmal die Stunde", brummte er unwirsch und stapfte nach einem letzten verzweifelten Blick in Richtung Badezimmer aus der Garderobe.

* * *

„Kathryn?", rief Tyson und wummerte gegen ihre Badezimmertür. „Alles okay?"

Schmunzelnd zog sie mit beiden Händen den Schaum, der auf der Wasseroberfläche tanzte, zu sich und lehnte sich zurück gegen den Rand der überdimensionalen Wanne. Vor etwas mehr als einer halben Stunde war sie mit Tyson im Schlepptau in ihrer Hotelsuite angekommen und fast genauso lange lag sie inzwischen in der Badewanne. Und Ty erkundigte sich bereits zum zweiten Mal, ob es ihr gut ging. Wahrscheinlich hatte er strikte Order von Tony bekommen, sie nicht aus den Augen zu lassen. Nur gestaltete sich eben dies für ihr Anhängsel als schwierig, sobald sie sich ins Badezimmer verkrochen hatte.

„Alles bestens“, zwitscherte sie fröhlich und hörte ihn auf der anderen Seite der Tür vor sich hin murren, dass Frauen sich im Bad viel zu viel Zeit ließen. „Wieso bestellst du uns nicht schon mal eine Pizza und Salat? Wenn der Pizzabote kommt, bin ich fertig.“

„Falls nicht, dann hast du Pech, wenn ich dir nichts übrig lasse.“

Kathryn richtete sich auf und schob sich eine Haarsträhne, die sich aus dem lockeren Knoten an ihrem Hinterkopf gelöst hatte, hinter ihr Ohr. Besser sie sah zu, dass sie aus der Badewanne kam, sonst würde sie tatsächlich nichts vom Essen abbekommen.

Als sie zwanzig Minuten später das Bad verließ, kam ihr Tyson mit einer XXL-Pizzaschachtel und einem Behälter mit Salat von der Tür der Hotelsuite entgegen. Kathryn folgte ihm ins Wohnzimmer, setzte sich auf die Couch und zog die Beine unter ihren Körper, während er die Schachtel auf dem flachen Couchtisch ablegte und öffnete. Der würzige Duft der Kräuter, die in den Teig eingeknetet wurden, und des zerlaufenen Käses stieg ihr in die Nase, so dass ihr Magen laut knurrte. Rasch schnappte sie sich eines der großen Dreiecke, zog es auf einen Teller und lehnte sich gegen die weiche Rücklehne. Kaum, dass sie den ersten Bissen getan hatte, verdrehte sie die Augen und stöhnte genießerisch.

„Ich glaube, diese Nummer solltest du auf der Bühne mit einbauen“, sagte Tyson und starrte sie mit hochgezogenen Augenbrauen an. „Wenn Viktor dann noch ins Pizza-Geschäft einsteigt, wäre er im Handumdrehen mehrfacher Millionär.“

„Nur, weil ich eine Pizza auf der Bühne esse?“

„Nicht weil, sondern *wie* du sie isst. Kein Wunder, dass Viktor dich *Godess of Sin* nennt und Tony so verrückt nach dir ist. Wirklich allem, was du tust, haftet eine unglaubliche Sinnlichkeit an, die einen Kerl vor Geilheit in den Wahnsinn treibt."

„Dich eingeschlossen?", wollte sie mit einem verschmitzten Lächeln wissen.

„Ich würde lügen, wenn ich es abstreite." Er lümmelte sich auf die Couch, biss herzhaft in seine Pizza und sagte kauend: „Aber keine Sorge, du bist vor mir sicher. Weil ich nicht gegen eines meiner Prinzipien verstoßen will."

„Und welches wäre das?"

„Niemals in fremden Gewässern fischen."

„Fremde Gewässer? Das mit Tony heute war …"

„… kein Ausrutscher", schnitt er ihr entschieden das Wort ab und schob sich das letzte Stückchen Pizza in den Mund. Kauend fuhr er fort: „Ich bin zwar kein Beziehungsexperte, wahrscheinlich sogar der Letzte, den man in solchen Dingen um Rat fragen sollte, aber das zwischen euch beiden sieht für mich nicht nach einem unverbindlichen One-Couch-Stand aus."

„Wie du selbst sagst, du hast keine Ahnung davon, was zwischen Tony und mir läuft." Mit einem Mal war ihr der Hunger vergangen. Sie wollte nicht mit Ty über Tony reden. Kathryn stellte ihren Teller mit dem angebissenen Pizzastück auf dem Glastisch ab und stand auf. Ehe sie sich versah, packte Tyson sie am Handgelenk und zwang sie zurück auf die Couch. Mit einem grimmigen Blick drückte er ihr den Teller wieder in die Hand.

„Du hast Hunger, also wirst du jetzt essen. Vorher lasse ich dich nicht aufstehen."

„Ich glaube kaum, dass es zu deinem Job gehört, dich um meine Ernährung zu kümmern.“

„Meine Kompetenzen haben sich soeben erweitert.“ Auffordernd schaute er von ihrem Teller in ihr Gesicht. „Also iss!“

„Blöder Machoarsch.“ Statt beleidigt zu sein, schenkte er ihr ein breites Grinsen, als hätte sie ihm ein Kompliment gemacht. Dann griff er nach der Fernbedienung auf dem Tisch und schaltete den Fernseher ein. Gemächlich zappte er sich durch die Programme.

„Du empfindest etwas für Tony, oder?“, erkundigte er sich nebenbei und warf ihr einen kurzen Seitenblick zu.

Kathryn kniff die Augen zusammen, stierte stur auf den Fernseher und biss von dem Pizzastück ab. Auf eine Antwort von ihr konnte er lange warten. Wütend zermahlte sie den Bissen zwischen den Zähnen.

„Dein Schweigen werte ich mal als Ja.“

Genervt knallte sie den Teller auf den Glastisch, strich sie sich eine lose Haarsträhne aus der Stirn und funkelte ihn wütend an. „Selbst ein unsensibler Holzklotz, wie du einer bist, sollte merken, wenn man nicht mit ihm über etwas reden will, das ihn obendrein rein gar nichts angeht.“

„Also habe ich recht.“ Er zuckte mit den Schultern und schüttelte den Kopf. „Mehr wollte ich doch gar nicht wissen. Was ihr Frauen euch immer so anstellt? Wenn ihr unter euch seid, habt ihr doch auch keine Probleme, über dieses ganze Beziehungsgedöns zu reden. Warum also nicht auch mit den Männern, die es betrifft? Was in deinem Fall Tony ist.“

„Gibst du mir gerade Beziehungsratschläge zu einer Beziehung, die überhaupt nicht existiert?“

„Nur in deinen Augen ist sie nicht existent“, antwortete er selbstsicher und zappte sich weiter durch das Programm. Als er bei einem Musiksender ankam, schnappte sich Kathryn die Fernbedienung aus seiner Hand. Fasziniert lauschte sie dem Song, der aktuell gespielt wurde, während ihre Augen auf dem Bildschirm festklebten.

„Was findet ihr Frauen nur immer an diesen Rockstars? Und was ist das überhaupt für ein Name? *Wild Novel*. Wer hat sich den nur ausgedacht? Passt doch überhaupt nicht zu einer Rockband.“ Mit einer Hand wies er auf den Gitarristen, der in dem Moment eingeblendet wurde. „Der da sieht aus wie Thor der Donnergott. Hätten die Band *Thors Heroes* nennen sollen. Das würde garantiert reinknallen.“

„Du hast absolut keine Ahnung vom Musikgeschäft, Ty. Solltest vielleicht lieber bei deinen Hanteln im Fitnesscenter bleiben und dort unter deinesgleichen deine idiotischen Weisheiten verteilen.“ Sie drehte den Ton etwas lauter, ohne ihn eines Blickes zu würdigen.

„Mag sein, trotzdem kenne ich die Jungs nicht. Was nur an dem Bandnamen liegen kann.“

„*Wild Novel* ist eine schottische Rockband und in Europa sehr bekannt. Also kein Wunder, dass du sie nicht kennst. Obwohl selbst du, wenn du hin und wieder mal Radio hören würdest, schon längst von ihnen hättest hören müssen.“

Tyson verschränkte wie ein bockiges Kind die Arme vor seiner breiten Brust und schoss ihr einen giftigen Blick zu. „Willst du damit andeuten, ich bin nicht nur ein Machoarsch, sondern auch ein ahnungsloser Schwätzer?“

„*Das* hast du gesagt.“

Er schnaufte missmutig, schürzte die Lippen und wartete bis der Song zu Ende war. Dann wandte er sich ihr mit einem vielsagenden Blick zu. „In Bezug auf Tony und dich solltest du dir das Lied zu Herzen nehmen. Dieses *Don't look back* passt perfekt zu eurer Situation. Wozu an der Vergangenheit rühren, die man sowieso nicht ändern kann, wenn eine vielversprechende Zukunft direkt vor der Tür wartet?"

Wortlos stand Kathryn auf und warf ihm im Vorbeigehen die Fernbedienung in den Schoß.

„Wo willst du hin?", wollte er wissen und sah ihr nach.

„Ins Bett. Damit ich meine Ruhe vor dir und deinen dämlichen Weisheiten habe", knurrte sie ungehalten und knallte die Schlafzimmertür mit ordentlich Schwung hinter sich zu.

Schweigend betrachtete Tyson die geschlossene Tür und zuckte mit den Schultern. *Bis zum Morgen dürfte sie sich wieder beruhigt haben*, überlegte er und fischte das vibrierende Handy aus seiner Hosentasche.

„Brand", meldete er sich knapp. Auch ohne auf das Display zu sehen, wusste er, dass es nur Tony sein konnte, der ihn anrief.

„Wie läuft`s?"

„Auf einer Skala von eins bis zehn so zwischen zwei und drei würde ich sagen."

Tony seufzte niedergeschlagen. „So mies?"

„Kommt drauf an für wen."

„Was hast du gemacht?" Offenbar ahnte Tony, was los war, und das entlockte Ty ein leises Lachen.

„Würdest du mir glauben, wenn ich sage: Sie hat angefangen?"

„Nein. Dafür kenne ich dich zu gut. Du kannst enervierender sein als das anhaltende Bohrgeräusch in einer Zahnarztpraxis."

„Ich habe ihr nur ein kleines Bisschen auf den Zahn gefühlt, mehr nicht."

„Und was hast du dabei rausgefunden?"

„Nun jaaaa …", gab er sich zögerlich und schmunzelte, weil Tony ungehalten reagierte.

„Raus mit der Sprache, Ty."

„Ich bin mir ziemlich sicher, dass sie mehr in dir sieht als einen schnellen Fick. Wenn du sie also tatsächlich zurück willst, solltest du nicht locker lassen."

„Das hatte ich auch nicht vor. Nur habe ich momentan keine Idee, was ich tun könnte. Ich komme mir vor wie bei einem Spaziergang über ein Minenfeld. Ein falscher Schritt und mir fliegt alles um die Ohren. Ich hatte mir das nicht so schwer vorgestellt."

„Dir wird schon was einfallen." Ein leises Klopfen an der Tür ließ Tyson auf seine Uhr schauen und die Stirn runzeln. Es war fast 22:00 Uhr. „Warte kurz, da ist jemand an der Tür."

„Okay."

Tyson öffnete die Tür einen Spalt, spähte nach draußen und konnte außer einem riesigen Strauß roter Rosen im ersten Augenblick nichts anderes sehen. Dann wurde der Strauß ein wenig zur Seite geschoben und seitlich daneben tauchte das runde Gesicht eines freundlich lächelnden Boten auf.

„Ist das hier die Suite von Kathryn Dearing?", erkundigte er sich und trat einen Schritt zurück, nachdem er Tysons Statur einer kurzen Musterung unterzogen hatte.

„Ja, ist sie."

„Die Blumen sind für sie. Wenn Sie mir den Strauß abnehmen und dafür unterschreiben könnten …?"

Tyson nahm ihm den Blumenstrauß ab und stellte ihn neben sich auf den Boden. Danach quittierte er den Empfang der Blumen mit einem unleserlichen Kringel, verabschiedete den Boten mit einem knappen Nicken und schloss die Tür. Nachdem er die Rosen auf dem Tisch abgestellt hatte, fischte er die Karte heraus und klemmte sich das Handy zwischen Ohr und Schulter fest.

„Ich hoffe für dich, die Rosen sind von dir, Kumpel. Das wäre nämlich schon mal ein guter Ansatz."

„Rosen?" Verhaltenes Fluchen drang durch die Leitung.

„Also nicht." Vorsichtig öffnete er den Umschlag und zog die kleine Klappkarte heraus. „Sie sind von Adam."

„Fuck! Lass die Blumen verschwinden, bevor sie sie zu sehen bekommt."

Tyson betrachtete den riesigen Strauß und schüttelte den Kopf. Zwar stand er nicht auf dieses Grünzeug, aber Frauen schon. Und um diesen Strauß wäre es schade, ihn einfach im Müll zu entsorgen. Ein gemeines Grinsen verzog seinen Mund, als ihm eine Idee kam. Nach einem prüfenden Blick in Richtung Schlafzimmertür ging er in die kleine Küche, die zur Suite gehörte, und zog ein Schubfach auf. Kurz wühlte er darin herum, bis er eine Schere gefunden hatte. Dann klappte er die Karte auseinander und schnitt sie sauber in zwei Hälften. Den beschrifteten Teil ließ er in seiner Hosentasche verschwinden, legte die Schere an ihren Platz zurück und holte sich einen Kugelschreiber aus dem Stiftehalter auf dem kleinen Schreibtisch. Rasch kritzelte er etwas auf die Karte, schob sie in den Umschlag und steckte ihn zugeklebt zurück zwischen die Blumen.

„Wenn sie sich morgen bei dir für die Rosen bedankt, dann weißt du, was du zu tun hast."

„Was hast du vor?"

„Längst erledigt. Also lass mich nicht auffliegen, sonst wird das nichts damit, dass du bei ihr Boden gut machst."

„Selbst wenn ich dich nicht auffliegen lasse. Was ist mit Adam?", gab Tony zu bedenken.

„Um den kümmere ich mich. Sieh nur zu, dass du ihr vor ihm über den Weg läufst."

„Ich habe trotzdem ein schlechtes Gefühl bei der Sache. Zwar würde ich diesen Idioten lieber heute als morgen ausschalten. Aber das, was du da gerade angezettelt hast, kann gut und gerne nach hinten losgehen."

„Kriege wurden noch nie mit Fairness gewonnen, Kumpel. Und *du* befindest dich eindeutig in einem. Vergiss nicht, dass du einen schlechten Stand bei ihr hast – warum auch immer. Also wirst du wohl oder übel alles nutzen müssen, was dir zur Verfügung steht, um zu gewinnen."

„Hat dir schon mal jemand gesagt, dass deine Ratschläge nicht hilfreich sind? Ich sehe mich nicht in einem Krieg mit Kathryn. Sie ist …"

„Wenn du Trottel jetzt *verwirrt* oder *verunsichert* sagst, reiße ich dir bei unserem nächsten Training den Arsch auf. Diese Frau ist alles andere, nur nicht *das*. Aber vielleicht ist es genau das, was du tun solltest. Verwirr Kathryn, dass sie nicht weiß, wie ihr geschieht. Zeig ihr eine Seite von dir, die sie noch nicht kennt. Wer weiß, was sich daraus ergibt?" Tony brummte etwas Unverständliches, das Zustimmung und Ablehnung gleichermaßen bedeuten konnte, und entlockte Tyson damit ein breites Grinsen. Gott bewahre, dass er jemals in eine Situation wie Tony geraten sollte und nicht mehr geradeaus denken konnte. „Während ich mich jetzt auf die Couch lege und vor der Schlafzimmertür deiner Frau Wache schiebe, lässt du dir etwas einfallen, womit sie nicht rechnet. Und wenn ich recht haben sollte mit meiner Vermutung, dann benennt ihr euren Erstgeborenen zum Dank nach mir."

„Du bist und bleibst ein Spinner, Ty."

„Und eben das ist der Grund, warum du mich magst. Ich bringe Abwechslung in dein tristes Leben."

„Möglicherweise", erwiderte Tony leise lachend, bevor er sich von ihm verabschiedete. „Pass auf sie auf, Ty."

„Keine Sorge, das werde ich."

## 11. Kapitel

War es tatsächlich so einfach, wie Ty behauptete? Konnte er Kathryn aus der Reserve locken und diesen verfluchten Schutzwall niederreißen, den sie um sich herum errichtet hatte?

Nachdenklich steckte er das Telefon zurück auf die Station, lehnte sich in dem weichgepolsterten schwarzen Ledersessel zurück und streckte beide Beine von sich. Blicklos starrte er in die lodernden Flammen des offenen Feuers im Kamin. Auch wenn er Ty niemals offen recht geben würde, damit sich dessen Ego nicht bis ins Unendliche aufblies. In Kathryns Fall könnte er richtig liegen mit seiner Annahme.

Ein leichtes Lächeln zupfte an seinen Mundwinkeln, als Kiki im Durchgang zum Wohnzimmer auftauchte und sich neugierig vorwagte. Es war das erste Mal, seit Rusty sie ins Haus gebracht hatte, dass sie sich weiter als drei Meter von ihrem Korb weg wagte. Noch immer war sie zu dünn, obwohl sie für mindestens ein halbes Dutzend Katzen fraß. Selbst vor Rustys Futternapf machte sie keinen Halt. Und der Schäferhund ließ es ohne zu murren zu. Tony blieb ruhig sitzen und beobachtete, was sie als Nächstes tun würde. Jetzt, wo sie ihn entdeckt hatte. Vorsichtig beschnüffelte sie den riesigen Fikus in der Ecke neben der Terrassentür, hinter dessen Topf sich sogar Rusty problemlos verstecken konnte. Dann umrundete sie den Blumentopf und kam langsam näher. Direkt vor seinen Füßen setzte sie sich hin, legte den Kopf schief und betrachtete ihn aus diesen geheimnisvollen blauen Augen, die ihn schmerzhaft an Kathryns erinnerten.

„Na, Süße. Gefällt dir dein neues Zuhause?“, fragte er und bekam als Antwort ein leises Miauen zu hören. „Das nehme ich mal als ein Ja.“

Als plötzlich Rusty im Durchgang auftauchte und schnurstracks auf Kiki zulief, schüttelte Tony den Kopf. Der Hund hatte von der ersten Sekunde an einen ausgeprägten Beschützerinstinkt für die kleine Katze an den Tag gelegt und schien diesen auch nicht ablegen zu wollen, obwohl es ihr schon deutlich besser ging. Er stupste Kiki mit der Schnauze an und versuchte, sie zurück in Richtung seines Schlafplatzes zu drängen. Dorthin, wo sie seiner Meinung nach hingehörte, weil sie sich weiter von den erlittenen Strapazen erholen sollte.

„Lass ihr etwas mehr Freiraum, mein Junge. Sonst wird sie dir irgendwann eins auf die Nase geben.“

Kaum hatte er die Worte ausgesprochen, fiel ihm die Ähnlichkeit zu seinem eigenen Verhalten Kathryn gegenüber auf. War es vielleicht das, weswegen sie sich so sehr gegen ihn sträubte?

Lange bevor er den Auftrag angenommen hatte, im *Godess* für die Sicherheit zu sorgen, hatte er sich ausgemalt, mit Kathryn an ihre damalige Beziehung anknüpfen zu können. In den letzten zwölf Monaten hatte er aus der Ferne beobachtet, wie ihre Karriere als *Kiki La Coquette* ihren Lauf nahm. Und die ganze Zeit über hatte er insgeheim darauf gewartet, dass sie endlich nach New York zurück kam.

Wenn er ehrlich zu sich selbst war, dann musste er sich eingestehen, dass die Frauen, die nach Kathryn kamen, keinerlei Chancen gehabt hatten. Nicht eine von ihnen war mit ihr vergleichbar gewesen. Nach keiner von ihnen hatte er sich jemals so verzehrt wie nach ihr.

Tony hob den Kopf, sah sich um und ihm wurde klar, dass er, seit sie ihn verlassen hatte, nichts anderes tat, als ihre damaligen gemeinsamen Träume zu verwirklichen. Das Haus in einer ruhigen Gegend außerhalb von New York, der Hund und inzwischen auch eine Katze. Nun fehlte nur noch Kathryn.

Was, wenn er sich in einer fixen Idee verrannt hatte und ihre Vorstellungen von einer Zukunft sich mittlerweile komplett von den früheren unterschieden? Nein, das konnte und wollte er nicht glauben. Die alte Kathryn war noch da, hielt sich, wie Layla schon gesagt hatte, im Verborgenen. Er musste sie nur wieder herauslocken.

*Verwirr Kathryn, dass sie nicht weiß, wie ihr geschieht. Zeig ihr eine Seite von dir, die sie noch nicht kennt*, hatte Tyson ihm geraten. Ja, eben das würde er tun. Sie beide hatten einen miesen Start gehabt, weil er sie gleich beim ersten Aufeinandertreffen unter dem berechtigten Vorwand des Personenschutzes in eine bestimmte Richtung hatte drängen wollen. Kathryn missverstand seine Sorge um ihre Sicherheit und hielt es für eine Ausrede, um sie besser kontrollieren zu können. Etwas, das sie ihm früher schon zum Vorwurf gemacht hatte. Er fragte sich, wie sie wohl reagieren würde, wenn er eine komplett andere Richtung einschlug.

Tony drehte den Kopf und konnte sich ein Lachen nicht verkneifen, als er sah, wie Kiki Rusty in dem Moment einen schnellen Schlag gegen die Schnauze versetzte, weil der sie noch immer zum Schlafplatz zu bugsieren versuchte.

„Habe ich es dir nicht gesagt? Deinen Kopf stur bei ihr durchsetzen zu wollen, bringt nichts. Dafür habe ich heute auch schon Prügel einstecken müssen."

Mit hängenden Ohren zog der Schäferhund sich zurück, legte sich auf den Teppichboden und den Kopf auf die Vorderpfoten. Ohne *seiner* Katze noch einmal zu nahe zu kommen, beobachtete er sie wachsam, wie sie ihr neues Zuhause erkundete und jeden kleinen Winkel ausspähte. Nach einer Weile zog es sie von ganz allein zu Rusty zurück. Kiki streckte sich, gähnte und kuschelte sich mit einem zufriedenen Schnurren an ihren großen Beschützer.

Tony nickte bedächtig, als er einen Entschluss fasste. Das war es, wie er vorgehen musste. Sollte doch mal noch jemand behaupten, man könne vom Verhalten der Tiere nichts lernen …

## 12. Kapitel

Er hatte ihr Blumen geschickt und sich sogar entschuldigt. Noch immer hatte Kathryn sich nicht von der Überraschung erholt, die am Morgen auf dem Esstisch auf sie gewartet hatte. Tonys Handschrift war noch immer krakelig und kaum zu entziffern. Aber es hatte eindeutig „Es tut mir leid“ auf dem kleinen Kärtchen gestanden. Sie konnte sich nicht erinnern, dass er sich jemals bei ihr für irgendetwas entschuldigt hatte. Als sie zusammen gewesen waren, hatte stets er die Richtung bestimmt und sie sich, bis über beide Ohren verliebt, wie sie in ihn war, seinen Wünschen gefügt. Das, was er wollte, hatte auch sie gewollt. Sie hatten wunderbar harmoniert, im Bett und als Paar. Da war es für sie beide ein ganz normaler Schritt gewesen, als Nächstes ihre Hochzeit zu planen. Bis zu dem Abend, als sie komplett gegensätzlicher Meinung waren, weil sie ihm von ihren Plänen erzählte und er strikt gegen eine Karriere als Burlesque-Tänzerin war. Zwar hatten sie sich auch vorher schon hin und wieder gestritten, aber niemals so heftig. Weder er noch sie selbst war bereit gewesen nachzugeben. Er könne und würde es nicht akzeptieren, dass seine Frau vor wildfremden Kerlen auf einer Bühne strippt, hatte er am Ende gebrüllt. Schließlich war er gerade erst zum Detective befördert worden und würde zum Gespött unter seinen Kollegen werden. Und wenn sie nicht diese hirnverbrannte Idee fallenlassen würde, dann sähe er keine gemeinsame Zukunft für sie beide. Egal, was sie vorbrachte, dass die Show zwar sexy, frivol und exotisch sein würde, sie sich auf der Bühne jedoch niemals komplett nackt zeigen würde, er ließ es nicht gelten. Ein Kompromiss war für ihn vollkommen unmöglich und damit das Ende ihrer Beziehung besiegelt.

Warum hatte er sich damals nicht dazu aufraffen können, diese vier kleinen Worte zu ihr zu sagen, als sie sich für Tage und Wochen bei Mariella und Monique verkroch und vor Liebeskummer und Sehnsucht nach ihm beinahe umkam? Kathryn zog den kleinen weißen Umschlag aus ihrer Handtasche und starrte einmal mehr verwundert auf die Nachricht. Ob ihm bewusst geworden war, dass eben nicht immer alles nach seinem Willen geschehen konnte? Konnte es sein, dass er sich in den Monaten, die sie sich nicht gesehen hatten, verändert hatte? Das herauszufinden, dafür gab es nur eine Möglichkeit. Sie musste mit ihm reden.

Kathryn steckte die Karte zurück in den Umschlag und legte ihn auf ihrem Schminktisch ab. Als Tyson mit ihr vor einer Stunde im Club ankam, war Tony nirgends zu sehen gewesen. Vielleicht war er ja inzwischen eingetroffen. Bevor sie ihren Entschluss jedoch in die Tat umsetzen konnte, klopfte es an der Tür.

„Herein."

Als Tony mit einem leichten Lächeln auf den Lippen ihre Garderobe betrat, setzte ihr Herz für einen Schlag aus, nur um im nächsten Augenblick wie verrückt in ihrer Brust zu hämmern.

„Ich wollte nur fragen, ob mit Tyson gestern alles glatt lief. Er kann manchmal … nun ja …"

„… einen mit seiner nervtötenden Art zur Weißglut treiben? Weil er sich gerne in Dinge einmischt, die ihn nichts angehen?", half sie ihm aus.

„Exakt."

„Als er mir zu viel wurde, habe ich ihn stehen lassen."

„Das war das Beste, was du tun konntest.“ Er wandte sich zur Tür um und Kathryn blinzelte verwirrt. War das alles? Wollte er schon wieder gehen?

„Tony …?“

Die Hand auf dem Türgriff, drehte er sich zu ihr um. „Ja?“

„Danke für die Rosen und deine Nachricht.“ Sie spürte, wie ihr zarte Röte ins Gesicht stieg. Um das zu wissen, brauchte sie noch nicht einmal in den großen Spiegel schauen.

„Du hast beides verdient. Es war nicht richtig von mir, über dich bestimmen zu wollen. Auch wenn es nichts daran ändert, dass ich mich für deinen Schutz verantwortlich fühle.“ Er schenkte ihr ein jungenhaftes Lausbubenlächeln, dass sich ihr Magen zusammenzog. Ihr gesamter Körper reagierte auf seine bloße Anwesenheit mit einer solchen Heftigkeit, wie sie sie schon lange nicht gespürt hatte. Am Tag zuvor konnte sie ihm nicht widerstehen, weil seine Leidenschaft sie mitriss. Und nur einen Tag später war sie es, die sich am liebsten auf ihn stürzen wollte - trotz ihrer Worte, dass es keine Wiederholung geben würde. Was geschah nur mit ihr?

Schweigend beobachtete sie, wie Tony die Tür öffnete. Aber statt die Garderobe zu verlassen, ließ er einen Hund hinein. Einen ziemlich großen Schäferhund, der sich sofort neben seinen Füßen auf den Boden setzte und ihn aufmerksam ansah, als würde er auf einen Befehl von Tony warten.

„Das ist Rusty“, stellte er ihr den Hund an seiner Seite vor und ging in die Hocke. Er kraulte den Schäferhund an den Ohren und schaute aus seiner hockenden Stellung zu ihr empor. „Ich habe mir überlegt, dass du ihn wahrscheinlich lieber in deiner Nähe hast als Ty, einen der anderen Männer aus dem Team oder mich.“

„Du willst mir einen *echten* Wachhund vor die Tür setzen?“, fragte sie ungläubig. Was zur Hölle sollte das werden? Hatte er es sich anders überlegt? War sie doch nicht mehr wert als ein bedeutungsloser Fick auf einer Couch? Und nach den Rosen und der Entschuldigung, mit der sie im Leben nicht gerechnet hatte, wandte er sich einfach von ihr ab? Dabei war sie davon ausgegangen, dass er mehr von ihr wollte. Aber da hatte sie wohl falsch gelegen.

„Rusty ist ein bestens ausgebildeter Cop. Ein Ex-Cop wie ich. Er wird zu jeder Zeit auf dich aufpassen, hört aufs Wort und was das Beste ist …“, verschmitzt zwinkerte er ihr zu, stand wieder auf und öffnete die Tür, „… er widerspricht dir nicht.“

Nachdem Kathryn sich vom ersten Schrecken erholt hatte, umrundete sie hastig den auf dem Boden sitzenden Hund und legte Tony eine Hand auf den Unterarm, um ihn zurückzuhalten.

„Und was wird mit heute Abend und Nacht? Ich meine …“, geriet sie ins Stammeln.

„Ist alles schon geregelt. Du nimmst ihn mit ins Hotel. Dort wissen sie bereits Bescheid, dass du für eine Weile einen vierbeinigen Gast haben wirst. Sein Futter habe ich dir schon liefern lassen.“

„Ich kann doch nicht … ich meine, *du* kannst nicht …“ Kathryn wusste nicht mehr weiter und wies hilflos auf Rusty.

„Keine Sorge, Rusty ist sehr umgänglich. Du wirst ihn gar nicht bemerken.“ Tony verkniff sich ein fettes Grinsen. Mit seiner Aktion verwirrte er sie mehr als erhofft. Kathryn war vollkommen sprachlos und wusste nicht, was sie von der Situation halten sollte. Im Stillen beglückwünschte er sich zu seiner Idee, Rusty zu ihrem Schutz einzusetzen. Etwas Besseres hätte ihm gar nicht einfallen können. Bevor Kathryn sich von dem Schock erholen konnte, stahl er sich rasch zur Tür hinaus und zog sie hinter sich zu. Jetzt blieb nur noch abzuwarten, wie sie auf die veränderte Situation reagieren würde.

Tony schob beide Hände in seine Hosentaschen und schlenderte den langen Gang entlang in Richtung Viktors Büro. Auf halber Strecke kam er an Tyson vorbei, der Adam in eine Nische gedrängt festhielt. Abwartend blieb er hinter Ty stehen, bis Adam ihn über dessen Schulter hinweg entdeckte.

„Das hast du nicht umsonst gemacht, Cunningham", spie er ihm hasserfüllt entgegen. „Nur weil du sie gestern gevögelt hast, heißt das nicht, dass sie jetzt dir gehört. Ich hatte sie vor dir und werde sie nach dir haben. Bisher ist sie immer wieder zu mir gekommen, egal, wie viele andere Kerle sie zwischendurch hatte."

Tony vorzog keine Miene, während er näher herantrat und Adam ruhig musterte. „Was macht dich so sicher, dass es dieses Mal nicht anders sein wird?"

„Weil ich weiß, was sie will. Und ich ihr das auch geben kann." Sein finsterer Blick wanderte von Tony zu Ty, der ihn noch immer gegen die Wand drückte. „Sobald dieser hirnamputierte Wichser mich loslässt."

„Hast du miese Ratte mich gerade einen hirnamputierten Wichser genannt?", knurrte Tyson wütend und machte eine Gesicht, als wolle er den anderen Mann am liebsten mit beiden Händen erwürgen.

„Lass ihn los, Ty", sagte Tony und trat zurück. „Soll er doch sein Glück versuchen."

Mit einem missmutigen Schnaufen ließ Tyson Adam los und trat einen winzigen Schritt zurück. Als Adam ihm einen kräftigen Stoß gegen die Schulter verpasste, um sich mehr Raum zu verschaffen und an ihm vorbei zu kommen, brummte Ty wie ein gereizter Bär. Nach einem Augenblick des Zögerns machte er ihm jedoch Platz.

„Keine gute Idee, ihn zu ihr gehen zu lassen“, grummelte Tyson neben ihm. „Jetzt fliegen wir auf.“

„Ich denke nicht.“

„Was macht dich so sicher?“

„Einfach beobachten.“ Tony zwinkerte ihm zu und richtete seinen Blick auf Kathryns Garderobentür, vor der Adam just in dem Moment ankam. Ohne anzuklopfen stieß er die Tür auf und betrat den Raum. Es nahm nicht mal die Zeitspanne eines Blinzelns in Anspruch, bis Rusty auf den Eindringling reagierte. Warnendes Knurren war zu hören, das von Adams lautem „verdammte Scheiße“ übertönt wurde. Im nächsten Moment sprang sein Rivale rückwärts aus der Garderobe und zog hastig die Tür hinter sich zu. Dann brachte er einen Sicherheitsabstand von mehreren Metern zwischen sich und die geschlossene Tür. Nachdem er scheinbar seine Chancen als gegen Null eingestuft hatte, stapfte er wütend den Gang entlang und zur Bar des Clubs.“

„1:0 für mich würde ich sagen.“

„2:0. Vergiss nicht das mit den Rosen.“

„Das war deine verkorkste Idee. So zu tun, als wären sie von mir … man, das ging mir mächtig gegen den Strich.“

„Dann hättest du vielleicht selbst dran denken sollen, ihr welche zu schicken.“

„Keine Sorge, *dieser* Fehler wird mir nicht noch einmal unterlaufen.“

„Wo Kathryn jetzt ihren ganz persönlichen Wachhund direkt neben sich sitzen hat, was machen wir beide?“, wollte Tyson wissen. „Rob kontrolliert mit den Jungs gerade noch einmal das Equipment.“

„Dann werden wir mit den Personalunterlagen weitermachen. Viktor arbeitet da leider nicht besonders sorgfältig. Ich habe in einigen Akten Unterlagen anderer Mitarbeiter gefunden. Ganz so, als hätte er die Papiere immer nur irgendwo reingestopft, egal zu wem die Akte gehört.“

„Das kann Wochen dauern, ehe wir da Ordnung drin haben“, grummelte Tyson genervt und lief neben Tony den Flur entlang zum Büro, in das er sich schon vor ein paar Tagen kurz reinquetschen musste, weil er sich einen Überblick verschaffen wollte. War er im Endeffekt beim letzten Mal um die unliebsame Aufgabe herumgekommen, weil Tony ihn zur Wache vor Kathryns Tür abkommandiert hatte. So sah dieses Mal alles danach aus, dass er die leidige Aufgabe nicht noch einmal loswerden würde.

# 13. Kapitel

Seinen letzten „Auftritt“ im Club konnte er wahrlich nicht unter *erfolgreich* verbuchen, grübelte Sam. Er hatte mit Viktor Nowak sprechen wollen, weil die Kriminaltechniker die Manipulationen an den Sicherungsseilen gefunden hatten und damit alles gegen einen Unfall sprach. Und dann hatte sich die ganze Angelegenheit verselbstständigt, als er Giselle auf der Bühne entdeckte. Diese altbekannte Wut über Mitchs sinnlosen Tod war in ihm hochgekocht, ohne dass er sich dagegen wehren konnte. Und dass Kathryn Dearing ihm obendrein die Stirn bot, brachte das Fass schließlich zum Überlaufen.

Sich erneut in diesen Club begeben zu müssen, behagte ihm nicht. Denn noch immer konnte er sich nicht mit der Tatsache abfinden, dass Giselle hier auftrat. Aber es beruhigte ihn ein wenig, dass Tony mit seinen Leuten für die Sicherheit sorgte. Cunningham war einer der wenigen Männer, die ihn akzeptierten, wie er war, und verstanden – aus welchem Grund auch immer.

Er sah zum Eingang des Clubs und drückte die glimmende Zigarette im überquellenden Aschenbecher seines Buicks aus, bevor er ausstieg und die Tür hinter sich zuknallte. Dann zog Sam den Kragen seiner Jacke hoch, steckte beide Hände tief in die Taschen und stapfte durch den kalten Regen über den Parkplatz.

Vor ein paar Tagen stand nur fest, dass Bridgets Unfall keiner gewesen war. Am Abend zuvor hatte er endlich den Obduktionsbericht auf den Tisch bekommen und der brachte mehr Erkenntnisse als erhofft. Vielleicht sogar das mögliche Tatmotiv. Und die anderen Zwischenfälle, die sich schon vorher ereignet hatten? Möglicherweise dienten sie nur zur Ablenkung, um den eigentlichen Mord zu verschleiern und als Unfall erscheinen zu lassen. Noch konnte er es nicht mit Sicherheit sagen. Aber das würde er schon noch herausfinden. So, wie er denjenigen finden würde, der für den Tod von Bridget verantwortlich war.

Entschlossen drückte er die Tür auf und lief zielstrebig den Gang zum Saal hinunter. Im Saal angekommen, schaute er sich kurz um und ließ seinen Blick über die Bühne schweifen, die gerade von Requisiten freigeräumt wurde. Ein elektrisches Summen war zu hören, als die Freitreppe weit in den Hintergrund gefahren wurde. Dann schob sich ein Vorhang in sein Sichtfeld, trennte den Bereich hinter der Bühne ab und verbarg die aufgestellten Requisiten vor den Blicken der Zuschauer. Zwei Männer räumten mehrere Stühle beiseite und gaben die Bühne für die nächste Probe frei.

Mit hochgezogenen Augenbrauen beobachtete Sam die Gruppe Tänzerinnen, die inmitten der Bühne Aufstellung nahm. Grell bunte Federn wogten um ihre lediglich in knappe Höschen und BHs gehüllte Körper herum, sobald sie sich bewegten, so dass sie wie ein Schwarm aufgeregter Paradiesvögel wirkten.

„Hallo Sheriff", wurde Sam von der Seite angesprochen und vom Anblick der Tänzerinnen abgelenkt. Missmutig kniff er die Lippen zusammen und wandte sich zu Layla um, die kaum wiederzuerkennen war. Statt einem limettengrünen Stretchkleid trug sie dieses Mal einen seriös wirkenden blauen Zweiteiler, unter dessen Jacke eine weiße Bluse mit großen Rüschen hervorlugte. Die pinke Mähne war einer weißen Langhaarperücke gewichen. Das weiße Kunsthaar reichte ihr fast bis zu den Hüften und war an den Spitzen schwarz eingefärbt.

„Detective, nicht Sheriff", korrigierte er sie automatisch. „Ich muss mit Viktor Nowak sprechen, dringend."

„Gibt es neue Erkenntnisse zu Bridgets Unfall?", erkundigte sich Layla neugierig und nahm vom Barkeeper eine Tasse Kaffee entgegen. Kurz nippte sie an der dampfenden schwarzen Flüssigkeit.

„Die werde ich nicht mit Ihnen besprechen, sondern mit Viktor Nowak. Was Nowak danach an seine Angestellten weitergibt, das ist seine Sache. Ich werde mich jedenfalls nicht am üblichen Theatertratsch beteiligen und den sogar noch fördern."

„Er ist leider nicht da."

Lawson verzog genervt das Gesicht und fuhr sich mit einer Hand über die gefurchte Stirn. Sollte er schon wieder umsonst in den Club gekommen sein? „Und wo finde ich Cunningham?" Er hoffte, dass er wenigstens Tony erwischte, bevor er anfing, einen Teil der Club-Angestellten aufs Revier zu beordern.

„Eben war er mit Tyson in der winzigen Kammer mit den Aktenschränken." Layla wackelte mit den Augenbrauen. „Ein sehr anregender Anblick, wie diese beiden muskelgestählten Männerkörper sich gezwungener Maßen aneinander rieben, während sie sich durch die Aktenstapel gewühlt haben." Sie schürzte die Lippen, stellte die Kaffeetasse auf dem Bartresen ab und wandte sich ihm wieder zu. „Sie haben doch sicherlich kein Problem damit, wenn ich Ihnen Gesellschaft leiste auf einen Abstecher bei den zwei Knackärschen?"

„Ich glaube kaum, dass ich Sie davon abhalten kann, oder?"

„Ganz sicher nicht." Layla wandte sich ab und lief vorneweg, während er ihr durch den Saal und den langen Gang entlang folgte. Sie schlängelten sich zwischen mehreren spärlich bekleideten Tänzerinnen durch, die neben der Bühne auf ihren Auftritt warteten, und bogen um eine Ecke. Zielstrebig lief Layla auf eine offen stehende Tür zu und wies mit einer Hand in das Zimmer hinein. Nach einem kurzen Blick in den Raum, verdrehte sie verzückt die Augen und zog sich dann zurück.

Als Layla wieder verschwunden war, trat Sam näher. Zig Aktenschränke, dazu noch zwei schmale Regale, die mit allerlei Kartons zugestapelt waren, und ein kleiner Tisch mit Stuhl wurden dicht an dicht in den fensterlosen Raum gequetscht, so dass darin kaum ein erwachsener Mann genug Platz für sich fand – geschweige denn zwei Männer von Tonys und Tysons Statur.

Als Lawson sah, dass Cunningham und Brand sich beim Sichten der Akten immer wieder in die Quere kamen, konnte er sich ein Grinsen nicht verkneifen. Tony zog ein Schubfach auf, trat zur Seite und stieß Tyson mit dem Ellenbogen an, dass die Akte, die er in der Hand hielt, ihm beinahe entglitt.

„Herrgott nochmal, Tony! Was soll dieser Mist? Warum lässt du uns den Kram nicht stapelweise durcharbeiten, wo wir mehr Platz haben als in dieser Sardinenbüchse hier?“

„Kannst dich gerne an den Tisch setzen.“ Mit dem Daumen wies er über seine Schulter nach hinten, ohne den Kopf zu heben. „Du hast doch auch schon mitbekommen, was für ein Durcheinander hier herrscht. Das müssen wir zuerst beseitigen, bevor wir anständig mit den Unterlagen arbeiten können.“

„Wie wäre es, wenn ich euch beiden eine kurze Verschnaufpause verschaffe?“, sagte Sam mit seiner rauen Stimme, lehnte sich mit der Schulter gegen den Türrahmen und verschränkte die Arme vor der Brust. „Es sei denn, ihr zwei kuschelt lieber weiter. Dann ziehe ich mich natürlich stillschweigend und schleunigst zurück und warte vor der geschlossenen Tür."

Tyson schaute von der Akte hoch und kniff die Augen zu Schlitzen zusammen. „Blödes Arschloch."

„Ein Kompliment, das ich nur zurückgeben kann, Brand." Sein Blick wanderte von Ty zu Tony, der sich langsam umdrehte und ihn aufmerksam musterte.

„Schön dich zu sehen." Sam hatte sich seit ihrem letzten Treffen im Verhörraum verändert. Er wirkte noch immer unnahbar. Aber vorher wäre es ihm nicht mal im Traum eingefallen, einen Scherz zu machen. Ein Funke seines alten Humors blitzte in seinen Augen auf.

Lawson hatte seit Mitchs Tod nur noch seinen Job gekannt. Und es war für ihn zu einem Zwang geworden, jeden Fall möglichst schnell zu einem Abschluss zu bringen – egal, wie hart er dabei durchgreifen musste. Nun schien es, als wären seine Worte im Verhörraum endlich auf fruchtbaren Boden gefallen.

Tony legte die Akte beiseite und drängte sich an Tyson vorbei. „Scheint, als hättest du dir meinen Rat zu Herzen genommen."

„Bevor du mir noch länger damit auf die Nüsse gehst. Hab gedacht, so ein Gespräch mit einem dieser Spinner kann nicht mehr Schaden anrichten als ohnehin schon da ist. Und wenn doch, hätte ich ja noch immer dir die Schuld zuschieben können."

„Damit kann ich leben." Er nickte lächelnd und krauste dann die Stirn. „Und weswegen bist du heute hier? Bestimmt nicht, um Ty und mir dabei zusehen zu können, wie wir uns gegenseitig durch einen nicht mal sechs Quadratmeter großen Raum schubsen."

„Ich habe den Obduktionsbericht bekommen. Bridget war in der 6. Woche schwanger."

Tony nickte verstehend. „Und du hältst diesen Umstand für ein mögliches Tatmotiv, nehme ich an?"

„Die menschliche Psyche ist unergründlich. Es wurden schon Morde aus weit geringerem Anlass begangen. Wer weiß schon, was sich zwischen ihr und dem Kerl abgespielt hat? Gut möglich, dass er sich durch ihre Schwangerschaft in die Ecke gedrängt fühlte und nur diesen Ausweg gesehen hat."

„Einen Menschen umzubringen, ist niemals ein Ausweg."

„Das weißt du und ich auch." Sein Blick wanderte zu Tyson, der schweigend hinter Tony getreten war. „Und wahrscheinlich selbst eine hohle Nuss wie er."

„Irgendwann werde ich dir für deine saudummen Kommentare den Arsch aufreißen", knurrte Ty und machte einen Schritt auf Lawson zu. Als Tony ihn an der Schulter zurück hielt, blieb er stehen und ballte die Hände an seinen Seiten zu Fäusten. „Oder zumindest die Nase brechen."

Sam lachte hämisch und tippte sich mit zwei Fingern gegen die Nase, die einen deutlichen Huckel im Nasenrücken aufwies. „Damit wärst du nicht der Erste."

„Bevor ihr zwei euch gegenseitig an die Gurgel springt … weswegen bist du noch hier, Sam?", wollte Tony wissen. „Willst du dir jeden männlichen Angestellten vorknöpfen, der Bridget eventuell geschwängert haben könnte?"

„Korrekt. Ich will alle bei mir auf dem Revier sehen. Am einfachsten wäre es natürlich, wenn sie sich freiwillig eines Gentests unterziehen würden. Damit würde ich mir eine Menge Fragerei ersparen. Nicht zu vergessen die Infos über jene Männer, die nicht mehr für Nowak arbeiten, aber trotzdem in Frage kommen könnten."

Tyson betrachtete die Aktenschränke mit einem abgrundtiefen Seufzen und zog eine Grimasse. „Also zuerst nach den Akten der Angestellten suchen, die zwischenzeitlich gekündigt haben oder wurden."

„In zwei Tagen ist Eröffnung", gab Tony zu bedenken. „Es liegt in deiner Hand, sie nicht zu versauen."

„Was willst du, dass ich tue? Däumchen drehen und abwarten, bis alle ihren Auftritt hatten? Und danach darf ich höflich anfragen, ob eventuell jemand mal auf einen Kaffee bei mir auf dem Revier vorbeischauen will? Vergiss es!" Da war er wieder, der altbekannte, zynische Ermittler von der Mordkommission. „Ich will diesen Mistkerl und ich werde ihn kriegen."

„Ich habe dich nicht darum gebeten, deine Arbeit nicht zu tun. Ich bitte dich lediglich um etwas Rücksicht, damit wegen deiner Ermittlungen die Eröffnung nicht in einer Katastrophe endet."

„Mach mir einen akzeptablen Vorschlag und ich ziehe ihn eventuell in Erwägung. Und wenn du einen speziellen Mann in Verdacht hast, der Bridget geschwängert haben könnte, dann will ich den zuerst haben."

„Ich habe keine Ahnung, wer genau infrage kommen könnte. Und sie darauf ansprechen wird nichts bringen, denn jeder einzelne wird wahrscheinlich aus Angst schweigen und abstreiten, eine sexuelle Beziehung mit ihr gehabt zu haben. Also werden wir alle in Betracht ziehen müssen. Der Club hat 44 männliche Angestellte, plus Viktor macht 45 …"

„Hast du in deiner Rechnung auch die Männer berücksichtigt, die es vorziehen, in Frauenkleidern herumzulaufen?"

„Layla? Sie steht nicht auf Frauen, sondern Männer und wird sicherlich nicht …"

„Wenn sie … er zeugungsfähig ist, bestehe ich trotzdem auf einen Test."

*Verdammte Scheiße*, fluchte Tony im Stillen und ignorierte Tysons bellendes Gelächter. Sein Freund wusste sehr wohl, was es bedeuten würde, Layla von einem Vaterschaftstest zu überzeugen.

„Mit Layla also 46. Ich werde dafür sorgen, dass alle bis morgen bei dir auf dem Revier waren, so dass die Jungs aus dem Kriminallabor Speicheltests zur DNA-Bestimmung machen können. Im Gegenzug erwarte ich von dir, dass du dich zurück hältst und deine üblichen Einschüchterungsversuche unterlässt."

„Du wirst mir nicht vorschreiben, wie ich meine Verhöre zu führen habe", knurrte Lawson angriffslustig mit verkniffenem Gesicht.

„Es wird zu keinem Verhör kommen, sondern lediglich dazu aufgefordert, sich freiwillig einem Gentest zu unterziehen. Und ich meine eine höfliche Aufforderung. Nur so werden die meisten der Männer auch kooperieren."

„Und das ist dein Vorschlag?"

Ohne mit den Wimpern zu zucken, hielt Tony Lawsons durchdringendem Blick stand. „Einen anderen habe ich nicht."

„Besser als nichts." Sam warf einen Blick auf seine Uhr und nickte bedächtig. „Ich erwarte in einer Stunde die ersten Männer. In der Zwischenzeit habe ich auch jemanden aus dem Labor für die Tests da." Dann wandte Lawson sich grußlos ab und ließ sie beide allein in der Aktenrumpelkammer zurück.

„Das heißt wohl, die Personalakten bleiben wieder liegen?", äußerte Ty seine Vermutung.

„Sieht so aus." Genervt fuhr Tony sich mit einer Hand durchs Haar und verpasste einer offenen Schublade einen Stoß, dass sie mit einem metallischen Quietschen in den Schrank zurückglitt. „Sammel eine Handvoll zusammen, alle, die momentan entbehrlich sind, und bring sie auf das Revier. Du wirst zur Sicherheit bei ihnen bleiben, damit Sam es nicht übertreibt."

„Und wenn er es trotzdem übertreibt?"

Tony schmunzelte und schloss hinter ihnen die Tür zum Archiv. „Hole ich dich aus der Arrestzelle, falls du ihm die Nase gebrochen haben solltest." Dafür bekam er einen kräftigen Hieb gegen die Schulter, der ihn beinahe aus dem Gleichgewicht brachte.

„Sehr witzig. Was wirst *du* in der Zwischenzeit tun? Dich mit deiner Frau vergnügen, während ich mich mit einem bösartigen Bullen auseinandersetzen muss?"

„Schön wär's. Aber nein, ich werde mich mit Layla befassen und ihr die Notwendigkeit des Tests klarmachen."

„Dann nehme ich es lieber mit dem bösartigen Bullen auf. Den kann man wenigstens ignorieren."

## 14. Kapitel

Kathryn steckte die Schlüsselkarte weg und stieß die Tür zu ihrer Hotelsuite auf. „Herein in die gute Stube, Rusty. Mach's dir gemütlich." Der Schäferhund sah sie einen Augenblick lang ruhig an, trottete dann an ihr vorbei in die Suite und schnüffelte sich durch alle Räume. Als er mit seinem Rundgang fertig war, leistete er ihr in der kleinen Küche Gesellschaft und beobachtete aufmerksam, wie sie seine Hundeschüssel und den Wassernapf befüllte und beides auf den Boden stellte.

Während Rusty gierig sein Fressen verschlang, öffnete Kathryn den Umschlag, der auf einem Karton auf der Küchentheke lag, und fand darin eine kaum zu entziffernde Nachricht von Tony.

*„Halte Rusty bitte von der Couch fern. Er ist es gewohnt, in seinem Korb oder auf dem Boden zu schlafen. Seine Decke ist im Karton."*

*Bis später*
*Tony*

Mehr hatte er ihr nicht zu sagen? Lediglich, dass sie den Hund nicht auf die Couch lassen sollte? Nicht nur, dass Tony sich den ganzen Tag über von ihr ferngehalten und sie regelrecht ignoriert hatte. Er ließ ihr auch noch eine solch vollkommen unpersönliche Nachricht zukommen. Und was sollte dieses *Bis später*?

Frustriert klatschte sie den Zettel auf die Anrichte, lief ins Badezimmer und schnappte sich eines der riesigen Badelaken aus dem Regal neben der Dusche. Tony war nicht hier, also würde er niemals erfahren, was sie tat. Im Wohnzimmer breitete sie das Badelaken auf einer Seite der Couch aus, holte die Hundedecke und legte sie auf das Handtuch.

„Rusty, komm her, mein Süßer!“, rief sie mit zuckersüßer Stimme. Sofort kam der Hund ins Wohnzimmer gelaufen und sah sie mit schiefgelegtem Kopf an, als würde er ihrem Tonfall misstrauen. Kathryn klopfte leicht auf seine Decke und lächelte. „Du darfst auf der Couch schlafen, wenn du willst.“

Dafür brauchte Rusty keine weitere Einladung. Mit einem Satz sprang er auf seine Decke, drehte sich einmal im Kreis und ließ sich mit einem zufriedenen Grunzen auf die Couch fallen.

„Feiner Junge.“ Sie kraulte ihn hinter den Ohren und richtete sich wieder auf. „Und nicht Tony verraten, dass ich dich auf der Couch schlafen lasse. Sonst bekommen wir beide Schwierigkeiten.“

Rusty stupste mit der Schnauze ihre Hand an und Kathryn lachte leise. „Ich sehe, wir beide verstehen uns.“

Nachdem der Hund versorgt war, war es Zeit, in etwas Bequemeres zu schlüpfen. Dann noch schauen, was der kleine Einbaukühlschrank hergab und nach einer entspannenden Badewannensession ins Bett, entschied sie und lief in ihr Schlafzimmer. Die Proben an diesem Tag waren mörderisch gewesen. Aber so kurz vor der Eröffnung hatte sie nichts anderes erwartet. Jeder einzelne Show Act musste sitzen, damit ihr Auftritt in zwei Tagen perfekt lief.

Kathryn schlüpfte in eine weiche Teddyhose, zog sich ein weit geschnittenes rotes Shirt über den Kopf, und steckte ihre Haare locker mit einer Klammer am Hinterkopf fest.

Als sie das Schlafzimmer verließ, klopfte es an ihrer Tür und Rustys Kopf tauchte mit gespitzten Ohren über der Rücklehne der Couch auf. Wachsam sah er zur Tür, schlug jedoch nicht an und legte sich einen Augenblick später wieder hin. Barfuß tapste Kathryn zur Tür, öffnete sie einen Spalt und spähte hinaus. Überrascht blinzelte sie, als sie Tony vor sich stehen sah. Eigentlich hätte ihr das Verhalten des Hundes zu denken geben müssen. Denn wenn er nicht reagierte, konnte es nur bedeuten, dass jemand vor der Tür stand, den er kennen musste und nicht als Gefahr einstufte.

„Ich hoffe, du hast noch nicht zu Abend gegessen." Er hielt lächelnd einen Korb in die Höhe, in dem verschiedene Sorten Gemüse lagen, eine Flasche Rotwein, eine Packung Reis und ein kleines Päckchen, worin sich scheinbar Fleisch befand.

Statt ihm zu antworten, öffnete sie mit einem Kopfschütteln die Tür etwas weiter, um ihn in die Suite zu lassen. Zu spät fiel ihr ein, dass Rusty noch immer auf der Couch lag. Ertappt biss sie sich auf die Unterlippe, als Tony sich mit gerunzelter Stirn zu ihr umdrehte.

„Hast du meine Nachricht nicht gelesen?"

„Nachricht?", stellte sie sich ahnungslos und sah ihn unschuldig lächelnd an.

Mit hochgezogenen Augenbrauen schaute er tadelnd auf sie herab. „Die, die ich auf den Karton mit der Decke gelegt habe." Dann wies er mit dem Daumen über seine Schulter nach hinten. „Und er liegt auf seiner Decke."

„Muss ich wohl in Gedanken gewesen sein, dass ich es vergessen habe."

„Und *das* soll ich dir glauben?"

„Das wirst du wohl müssen." Sie wandte sich ab und ließ ihn im Durchgang zwischen Wohnzimmer und Flur stehen.

„Kein Wunder, dass er nicht wie gewöhnlich zur Begrüßung zu mir gekommen ist. Er weiß ganz genau, dass er etwas Verbotenes tut. Die Couch ist für ihn tabu“, grummelte Tony und folgte ihr in die Küche. Er leerte den Korb auf der Anrichte aus und legte das Gemüse bis auf die Zwiebeln in die Spüle.

„Bist du mit deinem Vortrag über richtige Hundeerziehung fertig? Wenn ja, dann schwing den Kochlöffel. Wo du dich schon zum Abendessen eingeladen hast. Außerdem … *du* hast mir deinen Hund als Bodyguard zur Seite gestellt, also beschwer dich nicht, wenn ich ihn ein kleines Bisschen verwöhne.“

„Ein kleines Bisschen? Ich denke eher, dass ich bei ihm komplett von vorne werde anfangen müssen mit der Erziehung.“ Ein leichtes Lächeln spielte um seine Lippen, als er seine Jacke ablegte und die Küchenschränke durchstöberte. Nachdem er einen großen Topf mit Wasser und eine Pfanne auf den Herd gestellt hatte, drehte er sich mit zwei Schneidebrettern in den Händen zu ihr um. Tony legte sie auf die Anrichte und wusch das Gemüse, während Kathryn auf einem der Hocker Platz nahm.

Nachdem Tony das Gemüse zwischen die Schneidebretter auf die Arbeitsplatte gelegt hatte, nahm sie sich eine Paprika und fing an, sie zu zerkleinern. Erstaunt beobachtete sie, wie schnell Tony die Babyzucchini zu kleine Würfel verarbeitete. Früher hatten seine Kochkünste nur dafür ausgereicht, zwei Eier in die Pfanne zu schlagen.

„Seit wann kannst du eigentlich kochen?“, erkundigte sie sich neugierig und biss von einem Streifen Paprika ab.

Kurz schaute er auf und tippte sich gegen die rechte Schulter. „Seit dem hier. Das Kochen hat zur Therapie gehört. Wahrscheinlich, damit man das Gefühl bekommt, nicht komplett nutzlos zu sein."

„Kochen als Therapie?"

„Zumindest besser als Stricken oder Häkeln. Das stand nämlich auch noch zur Auswahl."

„Es wäre sicherlich ein interessanter Anblick, dir beim Stricken zuzusehen." Kathryn lachte, schnippelte weiter und schrie leise auf, als sie sich mit dem Messer in den Zeigefinger ritzte. Rasch presste sie die Lippen auf die Verletzung, aber Tony zog ihre Hand zu sich und begutachtete die Wunde. Dann riss er ein Stück von der Küchenrolle ab und tupfte das Blut weg.

„Ist nicht schlimm. Da reicht ein Pflaster. Das Badezimmer?"

„Den Flur entlang, die zweite Tür rechts", murmelte Kathryn und starrte verwirrt auf ihre Hand, die noch immer überall dort kribbelte, wo er sie sanft berührt hatte. Oder lag es an der Schnittwunde, dass sie glaubte, seine Finger auf ihrer Hand zu spüren? So war es doch immer, wenn man sich verletzte. Die direkt betroffene Stelle und die Umgebung drum herum reagierten überempfindlich, pochten und kribbelten. Sie hob den Kopf und sah zum Bad, in dem Tony im Spiegelschrank rumorte. Und wenn es doch er war?

Als Tony aus dem Bad kam, senkte sie den Blick wieder auf ihre Hand und wagte es nicht, ihm direkt in die Augen zu sehen, während er behutsam die kleine Wunde mit dem Pflaster bedeckte. Er durfte nicht wissen, wie sehr er sie durcheinander brachte. Sie selbst hatte ja noch nicht einmal herausgefunden, warum sie mit einem Mal so heftig auf ihn reagierte. Viel heftiger als früher, als wäre das zwischen ihnen … intensiver, tiefgehender.

„Ich denke, das Gemüse schneide ich wohl lieber alleine.“ Er nahm ihr mit einem frechen Zwinkern das Schneidebrett weg. „Bevor uns noch die Pflaster ausgehen oder ich einen Notarzt rufen muss.“

„Spinner.“

„Ein vorsichtiger Spinner.“ Tony entkorkte die Weinflasche, füllte zwei Gläser zur Hälfte und reichte ihr eines über den Tresen. Als ihre Finger sich dabei berührten, überlief Kathryn ein angenehmer Schauer. Von ihrem Magen breitete sich Wärme aus, die langsam in jeden kleinen Winkel ihres Körpers kroch und sie nur noch mehr verwirrte. Was tat Tony nur mit ihr? Sie fühlte sich, als hätte sie einen Schwips. Dabei hatte sie noch nicht einmal von dem Glas in ihrer Hand genippt.

Entschlossen rief Kathryn sich zur Ordnung, sie musste unbedingt wieder einen klaren Kopf bekommen. Am besten, sie suchte sich ein Gesprächsthema, das nichts mit ihnen beiden zu tun hatte. Das Wetter, ein unverfänglicheres Thema konnte man nicht finden, entschied sie und sagte: „Du bist also kein Cop mehr, hast eine eigene Sicherheitsfirma, einen Hund und kannst kochen. Was gibt es noch, was ich nicht über dich weiß?“ *Verdammter Mist! Das* war alles andere als unverfänglich.

„Willst du das wirklich wissen?“ Er wandte sich vom Herd ab, musterte sie kurz mit einem unergründlichen Blick und richtete dann seine Aufmerksamkeit wieder auf die beiden Töpfe vor sich.

„Sonst würde ich nicht fragen.“

„Ich habe mir ein Haus in einer etwas ruhigeren Gegend gekauft und bin aus New York weggezogen.“

„Und wohin genau?“ Kathryns Stimme klang erstickt. Es war immer ihr Traum gewesen, in einem Haus außerhalb von New York zu leben. Außerhalb aber noch nah genug an der pulsierenden Großstadt, dass man sie ohne Probleme und in kurzer Zeit erreichen konnte.

„In Elizabeth. Ist eine ruhige Gegend mit netten Nachbarn." Rusty kam in die Küche getrottet, setzte sich neben sein Herrchen und hielt schnüffelnd die Nase in die Luft. Tony lachte leise und fügte hinzu: „Nachbarn mit einer hinreißenden Pudeldame, nicht wahr, mein Junge?"

„Ihr beide lebt also sozusagen in einer Männer-WG? Du und Rusty."

„Seit Kurzem nicht mehr ganz allein."

Kathryns Herz schlug dumpf in ihrer Brust und das Atmen fiel ihr schwer. Wie hatte sie so dumm sein können, anzunehmen, dass es in seinem Leben keine Frau gab? Sie selbst hatte in den letzten Monaten mehrere Liebhaber gehabt. Meistens nur One-Night-Stands, einzig Adam bildete eine Ausnahme. Ob Tony eine ähnlich offene und ungezwungene Beziehung führte wie sie mit Adam?

„Solltest du dann jetzt nicht besser bei ihr und nicht bei mir sein?", zwang sie sich zu fragen. Sie konnte nur hoffen, dass er nicht bemerkte, wie sehr sie die Neuigkeit über seine Freundin traf.

„Ich habe die Süße versorgt, bevor ich hergekommen bin. Inzwischen dürfte sie zusammengerollt im Bett liegen und schlafen."

Kathryn blinzelte irritiert. Er hatte sie *versorgt*? Was sollte das denn bedeuten? Wollte er damit sagen, er hatte Sex mit seiner Freundin, um danach zu ihr zu fahren, mit ihr zu essen und – wenn es gut für ihn lief – noch einmal Sex zu bekommen? Wenn er das tatsächlich dachte, dann war er auf dem Holzweg. Das aufgeregte Kribbeln, das ihren Körper in Schwingungen versetzt hatte, wich aufkeimendem Zorn.

„Alles in Ordnung?“, erkundigte Tony sich mit einem arglosen Blick über die Schulter, während er im Topf rührte.

„Alles bestens“, presste sie hervor und wandte den Kopf zur Seite.

„Das glaube ich dir nicht.“ Er legte den Löffel auf einen Teller, wischte sich die Hände an einem Tuch ab und drehte sich zu ihr um. Seine Unterarme auf die Arbeitsplatte gestützt, lehnte er sich vor, so dass ihre Gesichter nur noch wenige Zentimeter voneinander entfernt waren. „Du bist wütend. Warum?“

Ihre Augen funkelten, als sie ihm ihr Gesicht zuwandte. „Vielleicht, weil du aus einem Bett rausgestiegen bist und sofort in das nächste rein willst.“

„Ich war nicht im Bett, bevor ich zu dir aufgebrochen bin.“

„Dann hast du es meinetwegen mit ihr auf dem Boden getrieben“, fauchte sie wutentbrannt und wollte vom Hocker aufstehen. „Und dann bist du auch noch so unverschämt und kreuzt bei mir auf.“ Sie musste weg von ihm, bevor er herausfand, dass heftige Eifersucht an ihr nagte. Eifersucht, zu der sie kein Recht hatte, sie überhaupt zu empfinden. Tonys Hand schoss nach vorne und drückte sie zurück auf den Hocker.

„Sex auf dem Teppichboden, am besten noch vor dem offenen Kamin. Eine verlockende Vorstellung, die hoffentlich bald Wirklichkeit wird – mit dir.“

„Du hast doch einen Knall. Glaubst du wirklich, ich lasse mich von dir flachlegen, wenn ich weiß, dass vielleicht gleich nebenan deine Freundin auf dich wartet oder womöglich jeden Moment zur Tür hereinkommen könnte?“ Angewidert wischte sie seine Hand von ihrer Schulter und stemmte sich hoch. Nur um im nächsten

Moment an den Oberarmen von ihm gepackt und festgehalten zu werden.

„Bei Adam stört es dich doch auch nicht, wenn er aus einem anderen Bett raushüpft und in deines rein."

„Adam bedeutet mir nichts, das mit ihm ist nur Sex und nicht mehr."

Ein Lächeln umspielte seine vollen Lippen, während er sie schweigend mit seinen warmen braunen Augen musterte. Dann ließ er sie so unvermittelt los, dass Kathryn beinahe vom Hocker gefallen wäre, und drehte sich zum Herd um. Verdutzt starrte sie auf seinen breiten Rücken und versuchte, sich einen Reim auf seine Reaktion zu machen. Aber sie fand keine Erklärung.

Tony probierte vom Reis und nickte zufrieden. „Das Essen ist fertig", sagte er und öffnete einen der Hängeschränke, um zwei Teller herauszunehmen. Die beiden befüllten Teller in den Händen umrundete er den Tresen und lief zum Esstisch. Als er das Besteck holte, blickte er sie auffordernd an. „Kommst du?"

Lustlos stocherte Kathryn in ihrem Essen herum, legte die Gabel auf den Rand und schob den Teller von sich. Sich Tony mit einer anderen Frau vorzustellen, hatte ihr den Appetit verdorben. Der Mann, von dem sie sich vor einem Jahr getrennt hatte, saß direkt vor ihr. Trotzdem war er nicht mehr der gleiche Mann. Er hatte sich wie sie verändert, sein Leben gelebt und das Beste draus gemacht. Warum war sie dann so wütend? Schließlich war daran nichts Falsches. Die Antwort darauf war denkbar einfach: Weil er ihre Träume für sich und eine andere Frau erfüllte. Träume, die sie freiwillig aufgegeben hatte.

Sie griff nach ihrem Glas und zuckte erschrocken zusammen, als seine Hand sich sanft über ihre legte. Fragend sah sie ihn an.

„Die kleine süße Lady, die in unsere Männer-WG eingezogen ist, ist eine Katze. Rusty hat sie vor ein paar Tagen mitgebracht. Keine Ahnung, wo er sie gefunden hat. Aber seitdem lebt sie bei uns."

„Eine Katze?" Erleichterung flutete durch ihren Körper und ließ sie aufatmen. Es gab keine andere Frau. Und trotzdem … „Du hast mich in dem Glauben gelassen …"

„… dass eine andere Frau auf mich wartet, während ich mich mit dir treffe? Dass ich sie mit dir betrügen würde, wenn sich mir die Chance dazu bietet? So wie in deiner Garderobe?"

„Ja."

Ernst sah er sie an und sein Blick brannte sich in ihren, dass ein erregender Schauer ihren Körper überlief und Hitze sich in ihrer Mitte sammelte. Seine nächsten Worte löschten die Lust in ihrem Inneren jedoch im Bruchteil einer Sekunde aus. „Das würde ich keiner Frau antun. Ich mag mich in den letzten Monaten verändert haben, aber nicht in dieser Hinsicht."

Beschämt wandte Kathryn den Blick ab. Auch wenn er sie mit seinem Kommentar nicht verletzen wollte. Sie fühlte sich plötzlich schmutzig. Denn sie hatte sich in dieser Hinsicht sehr wohl verändert. In den letzten Monaten hatte sie sich keinerlei Mühe gegeben, herauszufinden, ob ein Mann, mit dem sie ins Bett ging, vielleicht vergeben war. Sie war egoistisch gewesen und hatte nur an ihre Befriedigung gedacht. Dabei tat es nichts zur Sache, dass die Männer, wenn sie nicht mit ihnen ins Bett gestiegen wäre, mit absoluter Wahrscheinlichkeit eine andere für die Nacht gefunden hätten.

Einmal mehr wurde ihr bewusst, wie unvereinbar Tony und sie mittlerweile geworden waren. Sie beide verband nichts mehr, außer eine überwältigende körperliche Anziehungskraft, gegen die sie sich nicht zur Wehr setzen konnte. Und die ihre Sehnsucht nach ihm ins Unermessliche steigerte, sie jedoch gleichermaßen in die Verzweiflung trieb.

„Kathryn?“ Tony erhob sich von seinem Stuhl, umrundete den Esstisch und zog sie in seine Arme. Behutsam strich er ihr mit den Fingerspitzen eine Haarlocke hinter das Ohr und hauchte ihr einen Kuss auf die Stirn. „Irgendetwas stimmt nicht und ich würde gerne wissen, was es ist.“

„Ich will nicht darüber sprechen, Tony.“ Sie schmiegte ihre Wange an seine Brust und schloss die Augen, damit er nicht sah, dass sie mit den Tränen kämpfte. Ihn zu wollen reichte nicht aus. Denn sie wusste, dass sie nicht bereit war, ihm zu geben, was er sich wünschte. Es gab nur eine Sache, die sie ihm geben konnte. Aber das würde ihm nicht genug sein. Sie strich mit einem niedergeschlagenen Seufzen über seine breite Brust. Was, wenn es ihm doch genug war?

„Himmel, Kathryn, du machst es mir unglaublich schwer, Zugang zu dir zu finden“, stöhnte er gequält, küsste sie auf den Scheitel und streichelte behutsam über ihren Rücken. „Alles, was ich will, ist doch nur …“

„Nein.“ Hektisch schüttelte sie den Kopf und sah ihn flehentlich an. Wenn sie jetzt darüber sprachen, würde sie nicht einmal mehr *das* von ihm bekommen. „Nicht reden, Tony. Schlaf einfach mit mir“, wisperte sie leise, schlang ihre Arme um seinen Nacken und zog seinen Kopf zu sich herunter. Stürmisch presste sie ihre Lippen auf seinen Mund und rieb sich aufreizend an seinem Körper.

Seine Arme schlangen sich fester um ihren biegsamen Leib und er verlor sich in ihrem Kuss. Gierig sog er ihre leisen Seufzer in sich auf und lechzte nach mehr. Ihre Zungen tanzten umeinander, zogen sich zurück, nur um im nächsten Augenblick einen erneuten sinnlichen Reigen anzustimmen. Tony wollte mehr von ihr, alles und war kaum noch in der Lage, sich zurück zu halten. Schwer atmend schob er sie ein Stück von sich und zog Kathryn das Shirt über den Kopf. Er wollte ihre Haut an seiner spüren und fühlen, wie sie vor Leidenschaft erzitterte, während sie sich ihm hingab. Und wie es schien, konnte sie es ebenso wenig erwarten wie er. Kathryn zerrte ungeduldig am Gürtel seiner Jeans und fluchte ungehalten, als sich die Schnalle nicht schnell genug öffnen ließ. Eiserne Entschlossenheit blitzte in ihren wundervollen blauen Augen auf und wirkte auf ihn wie ein Kübel Eiswasser, das man ihm über den Kopf geschüttet hatte. Jegliche Lust wurde weggeschwemmt und übrig blieb die traurige Gewissheit, dass sie ihn nur zur sexuellen Befriedigung wollte. Aber das war ihm zu wenig, viel zu wenig.

„Nein, Kathryn." Seine Brust hob und senkte sich heftig unter tiefen Atemzügen. Er packte ihre Handgelenke und hielt sie fest. „Nicht so."

Ungläubig starrte sie ihn an und versuchte, ihre Hände aus seiner Umklammerung zu befreien. „Was soll das? Ich dachte, du willst Sex? Mit mir."

„Und ob ich dich will. Aber nicht auf diese Art und Weise." Kurz schloss er die Augen, atmete tief durch und richtete dann seinen Blick wieder auf ihr Gesicht. „Ich will mehr für dich sein als ein bedeutungsloses Intermezzo zwischen Tür und Angel. Aber das geht nur, wenn du dich mir anvertraust, mir vertraust. Das eben, das lief in die falsche Richtung. Nur Sex ist nicht genug."

„Natürlich ist es genug“, beharrte sie auf ihrem Standpunkt. „Sex ist toll, befriedigt, wirkt entspannend.“ Ein sinnliches Lächeln spielte um ihre Lippen. Sie drängte ihren Oberkörper gegen seinen, stellte sich auf die Zehenspitzen und knabberte an seinem Kinn. „Oder ist es dir lieber, wenn ich deutlicher werde?“

„Kathryn …“

„Fick mich, Tony“, flüsterte sie rau an seinem Mund und fuhr zärtlich mit ihrer Zungenspitze über seine Unterlippe. „Reiß mir die Klamotten vom Leib, wirf mich aufs Bett und fick mich so hart du kannst.“

„Nein.“ Entschieden schob er sie von sich, schnappte sich seine Jacke von der Stuhllehne und lief zur Tür. Eine Hand auf dem Türgriff hielt er inne und sagte, ohne sich noch einmal nach ihr umzusehen: „Ich will mehr von dir als nur deinen Körper. Ich will alles.“

Sekundenlang starrte Kathryn auf die Tür, die hinter Tony mit einem leisen Klicken ins Schloss gefallen war. Seine Worte hallten in einer Endlosschleife in ihrem Kopf nach. *Ich will mehr von dir als nur deinen Körper.*

Verstand er denn nicht, dass sie ihm nicht mehr geben wollte und konnte? Dass sie Angst davor hatte, ihn erneut zu lieben? Nur, um ihn wieder zu verlieren und dieses Mal vielleicht daran zu Grunde zu gehen.

## 15. Kapitel

Tyson saß an der Bar des Clubs und trank einen Kaffee, als Tony den Club betrat. Mit hochgezogenen Augenbrauen begutachtete er Tonys zerknautschte Erscheinung aus der Entfernung. „Du siehst vielleicht Scheiße aus“, begrüßte er ihn mit einem breiten Grinsen. „Fast so, als hättest du die letzte Nacht in deinem Wagen verbracht und einen Verdächtigen observiert.“

„Das habe ich auch.“ Er gab dem Barkeeper ein Zeichen und bestellte sich einen extragroßen Kaffee.

Hellhörig richtete Ty sich auf dem Barhocker auf. „Wir haben einen Verdächtigen?“

„Nein. Ich habe die letzte Nacht im Wagen verbracht. Um in dem Dodge eine bequeme Nacht zu verbringen, dafür bin ich eindeutig zu groß.“

„Oder zu alt.“

Er nippte an seinem Kaffee und schoss Ty einen giftigen Blick über den Rand der Tasse hinweg zu.

„Sagst du mir auch, warum du im Wagen übernachtet hast?“

„Ich war gestern bei Kathryn. Wir haben gekocht und …“

„Und sie hat dich rausgeworfen?“, mutmaßte Tyson und presste die Lippen zusammen, um nicht lauthals zu lachen.

„Nein. Sie wollte mit mir schlafen.“

„Ist doch prima.“ Ty krauste die Stirn und rieb sich grübelnd das Kinn. „Ich verstehe dein Problem nicht. Du warst mit der Frau deiner Träume zusammen, ihr habt euch einen netten Abend gemacht, sie wollte Sex und du …“

„Ich bin gegangen.“

„Bist du bescheuert?“

„Das habe ich mich hinterher auch gefragt“, murmelte Tony niedergeschlagen und nippte gedankenverloren an seiner Tasse. Er hätte nehmen sollen, was sie ihm anbot. Auch wenn es ihm zu wenig war, so wäre es zumindest ein Anfang gewesen.

„Und du hast im Auto übernachtet, weil …?“

„… ich eine scheiß Angst hatte, dass sie zu Adam gehen könnte.“

„Was sie wohl nicht getan hat. Denn als sie vorhin hier reinkam, wirkte sie genauso niedergeschlagen, wie du gerade aussiehst.“ Ty klopfte ihm ermutigend auf die Schulter. „Falls es dich aufbaut, sie hat Adam abblitzen lassen. Er hat sich trotz Rusty an sie herangetraut, aber Kathryn hat ihn nicht zu Wort kommen lassen und ist gleich in ihre Garderobe verschwunden.“

Das baute ihn tatsächlich auf. Kathryn hatte selbst gesagt, dass mit Adam war für sie nur Sex gewesen und nicht mehr. Und sie hatte eindeutig eifersüchtig reagiert, als sie annahm, dass es sich bei der Katze um eine andere Frau handeln musste. Wo Eifersucht im Spiel war, waren auch noch andere Gefühle. Er musste sie nur noch ausgraben, wo auch immer Kathryn sie verborgen hielt. Mehr oder weniger hatte sie sie ja bereits eingestanden. Ob ihr selbst das überhaupt bewusst gewesen war?

Tony drehte sich mit der Kaffeetasse in der Hand auf seinem Hocker um und beobachtete das Gewusel auf der Bühne. Es war der letzte Tag vor Eröffnung des Clubs und die Proben liefen auf Hochtouren. Alle Tänzerinnen trugen Kostüme. Sehr freizügige Kostüme bestehend aus Netzstrümpfen, High Heels und eng anliegenden, knappen Korsetts mit Applikationen, die im Scheinwerferlicht funkelten. Der Fantasie eines Mannes wurde damit kaum Spielraum gelassen. Wenn er ehrlich zu sich selbst war, ihm graute davor, den Saal voller Männer zu sehen, die Kathryn allein mit ihren Blicken die wenigen Kleider vom Leib rissen und sie verschlangen.

Tony trank den letzten Schluck Kaffee, stellte den Becher auf dem Tresen ab und drehte sich zu Ty um. „Die Generalprobe wird sicherlich noch einige Zeit dauern und ich brauche dringend zwei oder drei Stunden Schlaf, dazu noch eine heiße Dusche und zwei weitere Tassen Kaffee. Hab also bitte ein Auge auf Kathryn, während ich weg bin."

„Kein Problem, Boss. Die Männer waren inzwischen alle bei Lawson, so dass ich den ganzen Tag die Show genießen kann." Ein freches Grinsen erhellte sein Gesicht. „Klingt nach einem tollen Job."

Tony zog eine Grimasse und erhob sich mit einem Ächzen vom Hocker. Nach einem letzten Blick Richtung Bühne verließ er den Club.

* * *

Kathryn öffnete die Tür zu ihrer Garderobe und spähte nach draußen auf den Gang. Normalerweise tauchte Layla immer zu den unmöglichsten Zeitpunkten auf. Aber wenn man sie einmal brauchte, war von ihr weit und breit nichts zu sehen.

„Alles in Ordnung?", erkundigte sich Tyson und kam ihr vom seitlichen Bühnenaufgang entgegen. Kurz musterte er ihr Kostüm, einen zweiteiligen schwarzen Anzug, dessen Jacke offenstand, so dass der darunter befindliche BH mit glitzernden Strasssteinen gut zu sehen war.

„Weißt du, wo Layla ist? Ich bräuchte hier etwas Hilfe."

„Vorhin ist sie hinter dem Choreografen her gewesen. Aber jetzt? Keine Ahnung. Ist es dringend?“

„Ich bin gleich dran mit einer Probe, also ja. Ziemlich dringend.“

Tyson zuckte mit den Schultern. „Dann wirst du wohl mit mir vorlieb nehmen müssen.“

Sie öffnete die Tür weiter und ließ ihn in ihre Garderobe. Rusty, der es sich auf dem schmalen Teppich vor der Couch gemütlich gemacht hatte, hob den Kopf. Als er Tyson erkannte, legte er sich mit einem Brummen wieder hin und schlief weiter.

„Wie kann ich dir behilflich sein?“, fragte Ty und drehte sich zu ihr um. Seine Augen weiteten sich erstaunt, als sie die Jacke über die Schultern ein Stück herunterrutschen ließ.

„Irgendwie hat sich der Verschluss vom BH mit dem Innenfutter der Jacke und meinen Haaren verheddert. Und alleine bekomme ich das nicht auseinander, ohne das Kostüm zu ruinieren.“ Sie wandte ihm den Rücken zu, drehte und wendete den Kopf und wies mit dem Zeigefinger über ihre Schulter. „Siehst du das?“

„Ich sehe hier eine ganze Menge, vor allem Haare. Hättest du die nicht vorher hochstecken können?“

„Hinterher ist man immer schlauer. Habe es vergessen und als das Malheur passierte, war es zu spät.“

Mit einem abgrundtiefen Seufzen fing Tyson an, nach dem eigentlichen Problem zu suchen. Vorsichtig schob er ihre Locken nach vorne über die Schultern, bis er einen freien Blick auf den Knoten aus Locken und einem verbogenen, festgeklemmten Häkchen im Jackeninnenstoff hatte. „Dafür brauchst du einen Chirurgen und keinen Kerl von der Security, der riesige Hände hat.“

„Deswegen ja auch Layla. Sie hat für solche Probleme ein Händchen.“

„Ich könnte schauen, ob ich sie finde“, bot er ihr an und suchte über den Schminkspiegel Kathryns Blick.

„Zu spät. Du hast deine Hilfe angeboten und jetzt sieh zu, dass du mich da raus befreist. Ich habe nur noch fünf Minuten, bis ich auf die Bühne muss. Also beeil dich gefälligst.“

„Was machst du da, Ty?“, kam es mit einem wütenden Knurren von der Tür her.

Kathryn schob sich den Vorhang schwarzer Locken aus dem Gesicht und sah zu Tony, der mit versteinerter Miene vor ihnen stand. Seine Kiefer mahlten aufeinander und die Hände an seinen Seiten ballten sich zu Fäusten. „Er hilft mir nur.“

„Aus deinen Klamotten?“

Sie verdrehte demonstrativ die Augen und schnaufte. „Etwas, was du gestern ja nicht wolltest.“

„Das war nicht sehr hilfreich, Kathryn“, beschwerte Tyson sich hinter ihr. „Er überlegt nämlich gerade, ob er mir erst den Arsch aufreißen soll oder dir deinen versohlen.“ An Tony gewandt sagte er: „Ich hätte übrigens nichts dagegen, wenn du meinen Platz hier übernimmst oder Layla suchen gehst. Ansonsten besteht die Gefahr, dass ich ihr ein ganzes Büschel Haare ausreiße.“

„Wag es dir ja nicht“, zischte sie über die Schulter und fluchte, als er an ihren Haaren zerrte.

„Tut mir leid.“

Als Tony ihn beiseite schob, hob Tyson beide Hände und trat kopfschüttelnd den Rückzug an. „Ich werde nie wieder meine Hilfe anbieten, wenn ich nicht *vorher* weiß, worum es geht.“ Dann beeilte er sich, aus der Garderobe herauszukommen. Die Tür fiel mit einem lauten Knall hinter ihm zu und Kathryn biss sich auf die

Unterlippe, als sie ihn durch die Tür hindurch wüste Flüche ausstoßen hörte.

„Du wirst jetzt aber nicht über Ty lachen, oder?“ Tony suchte ihren Blick über den Spiegel, versuchte ernst dreinzuschauen, aber scheiterte dabei kläglich. Ein Schmunzeln zupfte an seinen Mundwinkeln. Er räusperte sich und senkte den Blick wieder auf ihren Rücken. Behutsam löste er erst den BH-Verschluss aus dem Jackeninnenstoff und dann die verhedderten Haare aus dem Verschluss.

Tony ließ die Hände sinken und trat einen Schritt zurück. „Erledigt.“

„Danke.“

Während sie ihre Haare locker mit zwei langen schwarzen Nadeln hochsteckte, ließ er seine Augen über ihre Erscheinung gleiten. Wachsam beobachtete er, wie sie in aller Eile hinter einen Garderobenständer verschwand, ihn rasch durchwühlte und den Glitzer-BH tauschte. Um ihr nicht im Weg zu sein, lehnte Tony sich seitlich an den beleuchteten Frisier- und Schminktisch und durchstöberte nebenbei die Utensilien auf der Ablagefläche. Er öffnete eine kleine silberfarbene Dose, schnupperte am Inhalt und stellte sie zurück.

Kathryn huschte zurück zum Tisch, frischte das Make-up auf und schloss den einzigen Knopf an der Jacke des Zweiteilers. Der Glitzer-BH und der Ansatz ihrer vollen Brüste waren deutlich zu sehen. Sobald das *Godess* seine Pforten öffnete, würden noch viele mehr sie so und mit weniger am Leib zu sehen bekommen. Tony fragte sich, wie er das durchstehen sollte, wenn bei jedem ihrer Auftritte die Eifersucht ihr hässliches Haupt erhob und in seinem Inneren wütete.

Er nahm eine Schachtel von der Ablage, klappte den Deckel auf und starrte irritiert auf etwas, das auf den ersten Blick wie Aufkleber aussah. Jede mögliche Form und Farbe war vertreten – Kreise, Herzen, Diamanten, Schmetterlinge mit und ohne Glitzer, mit Schleifen und kleinen Quasten. Tony runzelte die Stirn, nahm eines der Päckchen heraus und hielt es sich näher vor Augen. Wofür brauchte sie die Dinger? Sein Blick glitt von dem Accessoire im Doppelpack zu ihr. Dann runzelte er die Stirn, als er Kathryn breit grinsen sah.

„Überlegst du gerade, wozu diese Teile gut sind?"

„Im ersten Moment wusste ich nichts damit anzufangen. Aber ich glaube, jetzt habe ich eine Ahnung." Sein Blick rutschte von ihrem Gesicht nach unten auf ihre Brüste.

„Erraten." Sie stand auf und kam mit einer geschmeidigen Bewegung näher, bis sie direkt vor ihm stand und ihm ihr blumiges Parfüm in die Nase stieg. Sein Puls beschleunigte sich und er musste an sich halten, sie nicht in seine Arme zu reißen. „Das sind Nippel Cover." Kathryn tippte mit beiden Zeigefingern auf ihre Brüste. „So ein klein wenig soll doch geheim bleiben."

Tony legte das Päckchen zurück in die Box und stellte sie auf die Ablage. „Du steigst aber nicht nur mit diesen Teilen am Körper auf die Bühne, oder?"

„Nein, wo denkst du denn hin?" Kathryn zog die langen Nadeln aus ihrem Haar, dass ihre Mähne in wilden Locken über ihre Schultern fiel. Dann schnappte sie sich den schwarzen Zylinder vom Schminktisch, setzte ihn sich leicht schräg auf den Kopf und zwinkerte ihm verschmitzt zu. „Wenn, dann steige ich nur mit diesen Teilen am Körper *von* der Bühne."

Geräuschvoll sog er die Luft ein und öffnete den Mund, um zu widersprechen. Jedenfalls glaubte sie, dass es eben dies war, was er tun wollte. Aber bevor er auch nur ein Wort herausbringen konnte, klopfte es an der Tür und Layla lugte durch den Spalt.

„Beeil dich, Herzchen. Du bist gleich dran."

„Wünsch mir Glück und genieß die Show." Kathryn drückte ihm einen schnellen Kuss auf den Mund und huschte aus der Garderobe.

„Verdammte Scheiße", fluchte Tony und fuhr sich verzweifelt mit einer Hand durchs Haar. „Das halte ich nie im Leben durch, wenn sie ständig mit diesen winzigen Klebchen auf dem Körper durch die Gegend läuft." Im Stillen zählte er bis zwanzig und verließ die Garderobe, um sich die Probe anzusehen.

Als er bei Tyson an der Bar ankam, wurde das Licht im Saal gedämpft und die Scheinwerfer richteten sich auf die sieben Frauen auf der Bühne. Ihre Aufstellung bildete ein „V" mit Kathryn an der Spitze. Sie alle saßen in der Ausgangsposition mit gespreizten Beinen rittlings auf Stühlen, die Köpfe gesenkt und eine Hand am Zylinder. Erste Takte von *Christina Aguileras „Express"* waren zu hören und sie begannen sich langsam und sinnlich zu bewegen. Vollkommen synchron hoben sie die Köpfe, ergriffen die Stuhllehnen mit beiden Händen und streckten die Beine durch, als der Song an Fahrt aufnahm. Die Strasssteine ihrer BHs funkelten im Scheinwerferlicht und zogen wie Magneten die Blicke aller Anwesenden auf sich.

„Meine Fresse", stöhnte Tyson neben ihm und beobachtete wie hypnotisiert die Vorstellung, die ihnen geboten wurde. „Ich glaube, ich krall mir auch eine der Tänzerinnen. Die Ladies lassen einem angezogen ja schon das Blut in den Adern kochen. Wenn sie auch noch anfangen, sich zu entblättern, platzt mir der Schädel … oder die Hose."

„Ich tippe auf letzteres“, murmelte Tony, ohne den Blick von Kathryn zu nehmen. Ihre Bewegungen, wie sie um und mit dem leblosen Stuhl tanzte, über das Holz strich und es liebkoste, schürte sein Verlangen nach ihr ins Unermessliche. Sie war eine sinnliche Versuchung und strahlte pure Sünde aus.

Ihre Finger strichen über ihren Körper, wanderten zu dem einzelnen Knopf an der Jacke und lösten ihn. Bevor der Stoff noch ganz auseinanderklaffte, drehte sie sich mit einer geschmeidigen Bewegung um, so dass sie mit den Rücken zum Publikum stand. Mit einem aufreizenden Blick über die Schulter, ließ sie die Jacke ein Stück herunterrutschen und entblößte einen Teil ihres Rückens. Im Rhythmus der Musik streifte sie die Jacke komplett ab, warf sie beiseite, wo sie nicht mehr vom Scheinwerferlicht erfasst wurde, und drehte sich erneut um. Mit Zeige- und Mittelfinger fuhr sie den Rand des Zylinders entlang, riss ihn sich vom Kopf und schleuderte ihn von sich.

Tony schluckte schwer, als die Hose als nächstes fiel und sie nur noch in funkelnder Unterwäsche, Netzstrümpfen und High Heels auf der Bühne stand.

„Sag mir Bescheid, wenn ich dich ausknocken soll, Kumpel. Du starrst sie so gierig an, als wolltest du jeden Moment auf die Bühne stürmen und Kathryn in die nächste dunkle Ecke zerren, um sie wie ein wilder Hengst zu besteigen.“

Da hatte Tyson verdammt noch mal recht. Das war es, was er in diesem Moment tun wollte. Nur mit Mühe hielt er sich zurück und betete sich im Geist vor, dass er damit die Probe torpedieren und von Viktor wahrscheinlich des Clubs verwiesen werden würde. Und das wollte er ganz sicher nicht riskieren. Also schnappte er sich stattdessen das halbvolle Glas Cola aus Tysons Hand und leerte es in wenigen Zügen. Dann fischte er sich mit zwei Fingern einen der Eiswürfel heraus und kaute verbissen darauf herum, während Kathryn eines ihrer langen Beine über die Stuhllehne schwang, die Arme hob und sich durch die Locken fuhr. Ihre wilde Mähne flog um ihren Körper, umspielte ihn und ließ ihn seine Hände zu Fäusten ballen. Herrgott nochmal, er wünschte sich nichts sehnlicher, als seine Finger in ihren langen Locken zu vergraben und sie zu küssen, bis sie beide vollkommen außer Atem waren.

Erleichterung durchflutete ihn, als die Tänzerinnen die Stühle zurückließen, sich um Kathryn versammelten und zu ihren beiden Seiten näher an den Rand der Bühne traten. Der letzte Takt verklang und sie erstarrten in einem Abbild atemberaubender, exotischer Schönheit. Trotzdem hatte er nur Augen für Kathryn, die seinen Blick mit einer Mischung aus Stolz und Herausforderung erwiderte.

Der Choreograf Steven, der direkt an der Bühne Platz genommen hatte, sprang von seinem Stuhl auf, klatschte und überschüttete *seine* Mädchen mit Lob. Einen Augenblick später stimmte ein reiner Männerchor von der Seite des Saals her ein. Lautes Grölen und Klatschen zog Tonys Aufmerksamkeit auf sich. Rob ließ einen Daumen nach oben in seine Richtung sehen und der Rest des Security-Teams bekam sich auch nicht mehr ein vor Begeisterung.

„Ich denke, die Jungs hier irgendwann wieder wegzubekommen, das wird seeeehr schwer werden, nachdem sie *das* gesehen haben." Tyson bog sich fast vor Lachen neben ihm und Tony zog eine leidende Grimasse. Seinem Freund zu widersprechen war sinnlos, denn ihm selbst war der Gedanke auch schon gekommen.

Adam tauchte neben ihm auf und sofort war Tony in Alarmbereitschaft. Er richtete sich auf und bedachte seinen Rivalen mit einem eisigen Blick. Was sah Kathryn nur in ihm, dass sie sich auf ihn eingelassen hatte? Dieser Typ war ein falscher Mistkerl, wie er im Buche stand. Als Adam die Jacke seines Nadelstreifenanzugs zurecht zog und ein schmieriges Grinsen aufsetzte, ahnte Tony, dass er etwas im Schilde führte.

„Wenn dir der Auftritt schon gefallen hat, Cunningham, dann schau nachher genau hin, wenn Kiki und ich unser one-on-one auf der Bühne haben werden. Der wird garantiert noch größere Begeisterungsstürme auslösen." Er griff zwischen Tony und Tyson hindurch in eine Schale Erdnüsse und warf sich locker aus dem Handgelenk eine in den Mund. „Wir sehen uns später, Jungs", verabschiedete er sich mit einem hämischen Grinsen und lief zwischen den Tischen hindurch zu Steven.

„Du glaubst gar nicht, wie sehr ich diesen Kerl hasse", knurrte Tony wütend. „Am liebsten würde ich ihm den Arsch aufreißen, damit er einen Monat im Stehen essen muss."

„Das solltest du aber besser nicht Kathryn sehen lassen. Es gibt zwar eine Menge Frauen, die es toll finden, wenn zwei Männer sich um sie streiten. Aber sie gehört meiner Meinung nach nicht dazu."

Tony atmete tief durch, um sich zu beruhigen, und nickte bedächtig. Tyson hatte recht. Kathryn würde es ganz sicher nicht gut aufnehmen, wenn er Adam angriff. Er konnte nur hoffen, dass er ruhig bliebe, wenn dieser Mistkerl ihn herausforderte.

## 16. Kapitel

Fast den ganzen Tag über hielten die Proben schon an und bisher war alles hervorragend gelaufen. Kathryn war zwar erschöpft, aber auch aufgeregt. In nicht einmal 24 Stunden würde der Club für Gäste geöffnet werden und ihr Traum würde endlich wahr werden. Sie würde als Hauptattraktion auf der großen Bühne stehen – vor hunderten Zuschauern, die sie sehen wollten.

Sie lauschte auf die Musik, die von der Bühne in ihre Garderobe drang und lächelte. In diesem Moment hatten *The Sinderellas* ihre letzte Generalprobe vor dem großen Auftritt am kommenden Abend. Und direkt nach ihrem Auftritt würden sie für einen kurzen Abstecher nach Las Vegas aufbrechen, bevor sie für ihre *„Let there be Sin"* Revue zurück nach Deutschland mussten. Und sie würde die Mädchen vermissen. Sie hatte mit ihnen geprobt, im Tanzstudio geübt und sich mit ihnen und den anderen Tänzerinnen ihres Ensembles gemeinsam auf ihre Auftritte vorbereitet. Vielleicht ergab sich ja noch einmal die Möglichkeit, zu einem späteren Zeitpunkt erneut mit ihnen zusammenzuarbeiten.

Ein kurzes Klopfen riss Kathryn aus ihren Gedanken und sie hob den Kopf. Laylas quietschgrüne Wuschelmähne war das erste, was sie zu sehen bekam, als die Tür sich öffnete. „Du bist in zehn Minuten dran, Kiki. Also hopp hopp, rein in den Edelfummel, das Make-up auffrischen und ab auf die Bühne. Damit du die Kerle zum gefühlten 1000. Mal heute aus den Schuhen hauen kannst. Die Security-Jungs liegen dir übrigens alle zu Füßen und können es kaum noch erwarten. Allen voran dein Süßer."

„Mein Süßer?“ Kathryn lüpfte skeptisch eine Augenbraue und schüttelte den Kopf.

„Streite es ruhig ab. Aber selbst über die Entfernung von der Bar bis zur Bühne habe ich Funken fliegen sehen zwischen euch beiden. Tony ist dir vollkommen verfallen und du kannst ihm genauso wenig widerstehen.“ Layla kam näher, fasste ihre Haare im Nacken zusammen und steckte sie locker fest. Dann zupfte sie vereinzelt Locken rechts und links aus der Hochsteckfrisur, so dass sie Kathryns Gesicht umrahmten und sie damit noch weiblicher wirkte als ohnehin schon. „Ich frage mich, wie lange du noch brauchst, um dir selbst endlich einzugestehen, dass er der Richtige für dich ist.“

„Das mit Tony würde niemals gutgehen, Layla. Es hat damals schon nicht funktioniert, weil er nicht mit meinen Vorstellungen einer Karriere zurechtkam. Und ich denke nicht, dass er sich so sehr geändert hat, dass er es jetzt akzeptieren kann.“

Layla hob ihr Gesicht mit zwei Fingern an, puderte es ab und schenkte ihr ein süffisantes Lächeln. „Ja, sicher. Rede dir nur ein, dass es nicht klappen kann. Wie wäre es, wenn du es einfach mal versuchen würdest? Jeder Trottel mit dem IQ einer Packung Toastbrot kann sehen, was zwischen euch ist. Und nur du allein wehrst dich vehement dagegen, es zuzulassen.“

„Ich kann nicht, Layla.“

„Warum?“

„Weil *ich* es bin, die sich in den letzten Monaten zu sehr verändert hat. Dadurch wird eine Beziehung mit ihm unmöglich. Tony hat etwas Besseres als mich verdient.“

„Du hast eine selten dämliche Logik, Süße. Bei euch beiden geht es um Liebe. Und die spielt nach ihren eigenen Regeln.“ Layla wühlte in dem Kleinen Kästchen mit den Lippenstiften herum, griff sich einen dunkelroten und zog Kathryns Lippen nach. Dann reichte sie ihr ein Kosmetiktuch, damit sie die überschüssige Farbe entfernen konnte. Mit einem prüfenden Blick begutachtete Layla ihr Gesicht und seufzte theatralisch. „Oh Gott, Herzchen, würde ich nicht auf Kerle mit Knackärschen stehen, ich würde dich hier und jetzt flachlegen."

Sie sah auf ihre Uhr und scheuchte Kathryn von ihrem Stuhl hoch. „Jetzt aber schnell auf die Bühne. Nur noch ein Auftritt, dann hast du es für heute geschafft."

Bevor sie die Garderobe verließ, drehte Kathryn sich noch einmal um. „Danke, Layla."

Ihre Freundin nickte lächelnd. „Für dich immer, Süße. Und nun hau sie um da draußen."

„Ich versuch's." Kathryn streifte die langen Handschuhe über, raffte das lange Kleid hoch und lief rasch zum seitlichen Aufgang der Bühne. Sie erklomm die wenigen Stufen, wich Viktors Assistentin Vanessa aus, die während des Gehens eilig etwas auf ihr Klemmbrett kritzelte und sie nicht bemerkte. Erschrocken zuckte Vanessa zusammen und lächelte dann freundlich, als sie sie erkannte. Kathryn richtete das hoch geschlitzte Kleid, zupfte die Schlinge um ihren Hals zurecht, die das rückenfreie Oberteil an ihrem Körper oben hielt, und betrat die Bühne.

„Ein *Bett*? Was zur Hölle hat ein verfluchtes Bett auf der Bühne zu suchen?" Tony kam sich vor, als hätte er einen kräftigen Hieb in die Magengrube bekommen. Die ganze Zeit hatte er auf das one-on-one gewartet, das Adam angekündigt hatte. Und jetzt wurde ausgerechnet ein Bett auf die Bühne geschoben?

„Keine Sorge, das ist doch nur eine Requisite und gehört zum Auftritt. Da passiert sicher nichts, worüber du dir Gedanken machen müsstest“, versuchte Tyson, ihn zu beruhigen. Aber Tony wurde das Gefühl nicht los, dass eben doch etwas passieren würde. Unruhig stand er von seinem Hocker auf, lief vor dem Bartresen wie ein gefangener Löwe in einem Käfig auf und ab und rieb sich die Schulter.

„Ich hoffe, du hast recht“, murmelte er, blieb stehen und wartete angespannt, dass Kathryn auf der Bühne auftauchte. Als sie es endlich tat, atmete er durch. Sie sah wunderschön aus in dem schwarzen Abendkleid auf dem die goldene Applikationen des Oberteils im sanften Scheinwerferlicht aufblitzten.

„Worum geht es bei dem Auftritt?“, wollte er von Layla wissen, die zu ihnen an die Bar kam und sich einen Cocktail bestellte, und sah sie eindringlich an. „Sollen sie sich in dem Bett herumwälzen?“

„Nein. Es dient nur als Requisite. Im Großen und Ganzen werden sie tanzend ein kleines Theaterstück aufführen, das Unterwerfung und Verführung gleichermaßen beinhaltet.“

„Das gefällt mir nicht.“

„Sieh es dir doch erst einmal an und entscheide danach, ob es tatsächlich so schlimm ist, wie du vorher gedacht hast“, schlug Layla lächelnd vor.

Etwas anderes würde ihm wohl nicht übrig bleiben, entschied Tony und nickte widerstrebend. Mit vor der Brust verschränkten Armen lehnte er sich gegen den Bartresen und wartete auf den letzten Auftritt für diesen Abend.

Das Licht wurde noch etwas weiter gedimmt, so dass der Zuschauerraum lediglich von den Lampen auf den Tischen erhellt wurde, und *„Me & Mr Jones“* von *Amy*

*Winehouse* setzte ein. Kathryn betrat mit sinnlichen Bewegungen die Bühne von der Seite her, tanzte um das Bett herum und ergriff einen der Pfosten. Mit einem verruchten Lächeln auf den Lippen ging sie langsam in die Hocke, dass der seitliche Schlitz auseinander klaffte und ihr nacktes Bein sichtbar wurde. Dann richtete sie sich wieder auf, setzte sich auf das Bett und streckte ein Bein aus. Ohne den Blickkontakt zum Publikum zu unterbrechen, beugte sie sich nach vorne und ließ ihre Hände quälend langsam an ihrem Bein nach oben wandern. Über ihre Hüften, an den Seiten ihrer Brüste entlang und weiter über ihren Hals. Ihre Bewegungen wirkten dabei so erotisch, dass ihm das Blut in die untere Körperregion schoss und Tony wünschen ließ, sie beide wären allein. Denn dann würde er im Eiltempo auf die Bühne stürzen, sie in seine Arme reißen und …

„Heilige Scheiße, mir platzt gleich die Hose", brummte Tyson neben ihm und Layla lachte leise.

„Das ist der Sinn der Sache, Hübscher. Ihre Darbietung soll ja auch anregend wirken."

Kathryn streckte ihren Oberkörper, wandte den Kopf zur Seite und strich sich mit dem Handrücken von der Schläfe zum Kinn. Als sie ihren Blick dem Publikum wieder zuwandte, führte sie ihre Finger an den Mund, biss in die Spitze ihres Zeigefingers und zog mit den Zähnen spielerisch an dem schwarzen Handschuh.

„Wenn sie so weiter macht, brauche ich eine eiskalte Dusche oder Sex", kam es mit einem unterdrückten Stöhnen von Ty und Tony stimmte ihm im Stillen zu. Den brauchte er auch, dringend. Er hoffte inständig, der Auftritt wäre bald vorüber, damit er sie in ihre Garderobe schleppen und über sie herfallen konnte.

Als Adam plötzlich auf die Bühne trat und sich Kathryn näherte, richtete er sich alarmiert auf. Die Lust, die er eben noch verspürt hatte, war mit einem Mal verraucht. Angespannt beobachtete er, was weiter geschah.

Kathryn sprang ertappt auf und flüchtete tanzend hinter das Bett. Aber davon ließ Adam sich nicht abschrecken. Er folgte ihr um das Bett herum, fing sie ein und riss sie in seine Arme. Ein erotischer Tanz begann, bei dem sein Rivale Kathryn zärtlich liebkoste, ihr dabei langsam die Handschuhe von den Händen zog und auf das Bett fallen ließ.

Tony ballte die Hände zu Fäusten und ihm fiel das Atmen schwer. Nichts täte er in diesem Augenblick lieber, als nach vorne zu stürmen und Kathryn aus seinen Armen zu reißen. Nur mühsam gelang es ihm, sich zurück zu halten.

„Keine Sorge, das Spiel geht in eine andere Richtung als du denkst“, sagte Layla leise, als hätte sie gespürt, was in ihm vorging. „Nicht er unterwirft sie, sondern sie ihn. Viktor hat Kiki nicht umsonst den Spitznamen *Godess of Sin* verpasst.“

Tony nickte langsam, ohne den Blick von der Szene vor sich zu wenden. Für ihn tat es nichts zur Sache, wer wen unterwarf. Er wollte den Kerl nicht in ihrer Nähe haben.

Als hätte Adam seine Gedanken gelesen, hob er den Kopf und sah in seine Richtung. Selbst über die Entfernung hinweg, wirkte sein Gesichtsausdruck auf Tony heimtückisch, was seine innere Unruhe nochmals anstachelte.

Adam legte ihr eine Hand flach auf den nackten Rücken, griff mit der anderen in Kathryns Haar, zog ihren Kopf zur Seite und leckte demonstrativ über ihren Hals. Tonys Magen verkrampfte sich. Es fühlte sich an, als wären seine Gedärme zigfach verknotet und schwer wie Blei. Und irgendetwas sagte ihm, dass die Darbietung so nicht vorgesehen war. Sein Blick huschte zu Steven, der unruhig auf seinem Stuhl herumrutschte, und dann zu Layla, die die Stirn runzelte.

„Was passiert da gerade?“, wollte Tony mühsam beherrscht wissen.

„Ich habe keine Ahnung, aber das ist so nicht vorgesehen. Adam ändert eigenmächtig die Choreografie.“

Ihre Worte hingen noch in der Luft, als die Atmosphäre auf der Bühne sich schlagartig änderte. Die sinnliche Erotik wich gewaltsamer Unterwerfung. Adam riss Kathryn mit einem Ruck das Oberteil herunter, warf sie auf das Bett und stürzte sich auf sie. Ihr erschrockener Aufschrei war selbst über die Musik hinweg zu hören. Steven sprang von seinem Stuhl auf und schrie Adam an, aber Tony verstand kein Wort von dem, was er brüllte. Blutroter Nebel hatte sich über seine Gedanken gelegt. Alles, woran er denken konnte, während er auf die Bühne zurannte, war, zu Kathryn zu kommen. Und dass er diesen Mistkerl mit bloßen Händen in kleine Stücke reißen würde, sobald er ihn in die Finger bekam.

Immer zwei Stufen auf einmal nehmend, stürmte er die Bühne hoch. Tony stürzte auf das Bett zu, riss Adam von Kathryn weg und rammte ihm mit voller Wucht die Faust ins Gesicht, dass er rückwärts taumelte und zu Boden ging.

„Du mieses Stück Scheiße wirst sie nie wieder anfassen“, brüllte er wutschnaubend und wollte sich erneut auf Adam stürzen. Aber mehrere Hände griffen nach ihm, zerrten ihn zurück und hielten ihn eisern fest. Tony zappelte und tobte im Griff seiner eigenen Männer, wollte nichts lieber, als zu seinem Rivalen gelangen und ihm die Abreibung seines Lebens verpassen.

„Lasst mich los, verdammt nochmal! Ich bin noch nicht fertig mit diesem Hurensohn.“

„Er sieht aber ziemlich fertig aus“, redete Tyson beruhigend auf ihn ein und verstärkte seinen Griff um Tonys linken Arm, als er sich weiter zur Wehr setzte. „Der eine Schlag von dir hat ausgereicht, ihm die Nase zu brechen. So schnell wird er sich an keine Frau mehr heranwagen mit dem lädierten Gesicht. Von Auftritten jedweder Art ganz zu schweigen.“

Nur langsam lichtete sich der Nebel aus Wut in seinem Kopf. Tony starrte auf Adam hinab, der sich mühsam in eine sitzende Position aufrichtete und mit einer Hand seine Nase hielt. Blut rann zwischen seinen Fingern hindurch und tropfte von seinem Kinn auf das weiße Hemd. Und seine Augen tränten vor offensichtlichem Schmerz. Trotzdem hielt ihn dieser nicht davon ab, Tony einen hasserfüllten Blick zuzuwerfen.

„Lasst mich los“, verlangte er bedeutend ruhiger und atmete tief durch.

„Nur, wenn du versprichst, dich nicht gleich wieder auf ihn zu werfen und zu Hackfleisch zu verarbeiten.“

„Tyson …“

„Okay.“ Langsam lockerten Tyson und Rob ihren Griff und ließen ihn los. Sie blieben jedoch zu seinen beiden Seiten stehen, um notfalls sofort reagieren zu können, falls er sich doch nicht zu beherrschen vermochte. „Du hältst dich brav von ihm fern. Denn wenn nicht, fessle und kneble ich dich und du bekommst eine Auszeit auf der stillen Treppe.“

Tony wandte den Kopf und sah sich nach Kathryn um. Das zerrissene Oberteil mit beiden Händen hochgerafft, saß sie auf der Kante des Bettes und starrte mit schreckgeweiteten Augen von Adam zu ihm. Als ihr Blick auf seinen traf, schluckte er hart. Sie war verwirrt und geschockt über das, was passiert war. Er machte einen Schritt auf sie zu, wollte sie in seine Arme ziehen und nie wieder loslassen. Doch sie zuckte zurück, so dass er abrupt stehen blieb und hilflos die Hände zu Fäusten ballte. Layla statt seiner zog Kathryn vom Bett hoch, schlang einen Arm um ihre Schultern und führte sie von der Bühne.

„Fuck!" Tony verpasste dem Bett einen wütenden Tritt und fuhr sich mit beiden Händen ratlos durchs Haar.

„Ja, Fuck!", meldete Adam sich mit näselnder Stimme hinter ihm zu Wort. Argwöhnisch wandte Tony sich um, als ihn der Verdacht beschlich, in eine wohldurchdachte Falle getappt zu sein. „Was meinst du eigentlich, wem sie sich jetzt zuwenden wird? Dem Mann, der keinen Hehl daraus macht, dass es ihm missfällt, was sie tut, und wie ein Irrer ihren Tanzpartner deswegen niederschlägt? Oder dem, der die Choreografie nur ein klein wenig abgeändert hat, um noch mehr Pepp in den Show Act zu bringen?"

„Halt deine verdammte Fresse!", raunzte Tyson ihn an. „Oder ich breche dir die Nase gleich noch einmal, Arschloch."

„Etwas anderes könnt ihr nicht." Schwerfällig hievte Adam sich vom Boden hoch und zog ein Taschentuch aus seiner Hosentasche, um es gegen seine Nase zu pressen. „Die Konkurrenz wegprügeln. Nur blöd, wenn sich die Konkurrenz als schlauer herausstellt."

„Schaff mir endlich einer diesen Idioten aus den Augen", zischte Ty aufgebracht und sah auffordernd zu Rob. Sein Kollege beeilte sich, Adam von der Bühne zu schaffen. Erst als die beiden Männer verschwunden waren, wandte Tyson sich zu Tony um.

„Gib ihr etwas Zeit. Und wenn sie sich beruhigt hat, rede mit ihr. Dann wird sich alles wieder einrenken."

„Was, wenn nicht? Zwischen uns war noch nicht einmal alles geklärt, bevor ich ihn umgenietet habe." Er ließ sich mit einem niedergeschlagenen Seufzen auf das Bett plumpsen und starrte auf den Boden. „Was, wenn er mit seiner Aktion genau das erreicht hat, was er wollte?"

„Das wirst du wohl herausfinden müssen. Aber selbst wenn dieses Arschloch es geschafft haben sollte, Kathryn zu verunsichern. Er kann nicht so ohne Weiteres die Anziehung zwischen euch beiden außer Kraft setzen."

„Ich hoffe, du hast damit recht. Falls nicht, hab ich nämlich keine Ahnung, was ich noch tun kann." Tief atmete er durch, stand vom Bett auf und lief auf die Seitentreppe zu. Er musste sie sehen und mit ihr reden, damit er sicher sein konnte, dass es ihr gut ging. Sonst würde er tatsächlich noch Amok laufen.

Vor ihrer Garderobe angekommen, zögerte er kurz, hob dann jedoch die Hand, um zu klopfen, als die Tür von innen geöffnet wurde und er Layla gegenüber stand. „Wie geht es ihr?", fragte er mit rauer Stimme und versuchte einen Blick in die Garderobe und auf Kathryn zu erhaschen.

„Sie ist ein bisschen durcheinander. Aber das wird schon wieder." Layla drängte ihn zurück und zog die Tür hinter sich zu. „Lass ihr noch ein paar Minuten Zeit, geh an die Bar und trink einen Whisky. Du siehst aus, als könntest du was Hochprozentiges gebrauchen."

„Nein." Vehement schüttelte er den Kopf. „Was ich brauche, ist Kathryn zu sehen. Ich muss mich mit eigenen Augen davon überzeugen, dass es ihr gut geht und dass …"

„… dieser Hornochse mit seiner Inszenierung nicht alles kaputt gemacht hat. Ich weiß. Trotzdem wirst du jetzt mit mir an die Bar kommen, dir einen doppelten Whisky bestellen und ihn trinken.“

„Aber …“

Layla hakte sich bei ihm unter und zog Tony einfach mit sich. „Kiki bekommt übrigens von mir exakt die gleiche Medizin verschrieben. Wollen doch mal sehen, ob wir sie damit nicht wieder in die richtige Spur bekommen.“

## 17. Kapitel

Als Kathryn die Augen aufschlug, wunderte sie sich im ersten Augenblick darüber, wo sie sich befand. Das war nicht ihr Bett und auch nicht die Couch in ihrer Suite. Sie richtete sich auf, schob die Decke von sich und sah an sich herab.

Nach dem misslungenen letzten Auftritt der Generalprobe, hatte sie sich wütend das zerrissene Kleid abgestreift, eine Hose und ein weites Oberteil angezogen und wollte nur noch weg. Aber Layla hatte sie nicht gehen lassen und ihr stattdessen ein großes Glas Whisky in die Hand gedrückt, der sie so schläfrig gemacht haben musste, dass sie im Club eingeschlafen war. Aber warum hatte niemand sie geweckt, nicht einmal Layla?

Sie stand von der Couch auf und tapste barfuß zur Tür. Als sie sie geöffnet hatte, war nur eine schwache Beleuchtung zu erkennen, die von der Bühne zu kommen schien. Langsam lief sie zum Seitenaufgang, erklomm die wenigen Stufen und sah sich um. Auf der Bühne stand noch immer das Bett, auf das Adam sie während der eigenmächtig abgeänderten Choreografie geworfen hatte. Darüber würde sie noch mit ihm sprechen müssen, wenn er sich erst einmal von Tonys Schlag erholt hatte.

Langsam ging Kathryn weiter, hörte das leise Geräusch von klirrenden Eiswürfeln, die in einem Glas aufeinanderprallten, und schaute sich um. Am Rand der Bühne saß Tony, den Rücken ihr zugewandt, und nahm einen Schluck aus einem Glas. Es war sein Job, sie im Auge zu behalten, also nicht verwunderlich, dass er noch hier war. So leise, wie sie sich an ihn herangeschlichen hatte, so heimlich versuchte sie, sich zurückzuziehen. Aber Tony musste ihre Anwesenheit trotzdem bemerkt haben.

„Egal, was du vielleicht davon halten magst. Es tut mir nicht leid, dass ich ihm die Nase gebrochen habe“, sagte er, ohne sich zu ihr umzudrehen. Als sie nicht antwortete, redete er weiter: „Allein dich mit ihm auf der Bühne zu sehen, hat mich an die Grenzen des Erträglichen gebracht. Mir auch noch vorzustellen, dass du und er …“ Er schüttelte den Kopf und stieß einen kellertiefen Seufzer aus. „Ich kann ihn nicht an deiner Seite akzeptieren.“

„Warum?“ Ihre Stimme war nur ein Flüstern. Sie sollte ihn nicht danach fragen, denn sie ahnte, dass seine Antwort dafür sorgen könnte, dass sie erneut in einem schmerzhaften Gefühlschaos versank. Das hatte sie bereits erlebt und noch einmal wollte sie sich nicht daraus freikämpfen müssen.

Tony stellte das Glas auf dem Bühnenrand ab, stemmte sich hoch und wandte sich zu ihr um. Sein Blick bohrte sich unnachgiebig in ihren und jagte ihr heiße Schauer über den Körper. Unwillkürlich trat sie einen Schritt zurück, als er seine Augen über sie gleiten ließ und wildes, unverhohlenes Verlangen in ihnen aufflammte. „Weil ich dich zurück will. Du sollst mir gehören, nur mir.“

Bei seiner Erwiderung beschleunigte sich ihre Atmung. Heftig pochte das Herz in ihrer Brust, als würde es sie jeden Moment sprengen wollen. Bereits, als sie ihm nach langen Monaten in Viktors Büro zum ersten Mal wieder gegenüber stand, hatte sie geahnt, dass es genau das war, was er von ihr wollte. Da war dieser kleine Funken Hoffnung in seinen Augen gewesen. Eine Hoffnung, die sie ihm nicht erfüllen konnte. Für sie beide gab es keine gemeinsame Zukunft mehr. Zu viel stand zwischen ihnen.

„Nein." Sie trat einen weiteren Schritt zurück, wandte den Blick ab und starrte auf einen der mattschwarz lackierten Pfosten des Bettes. Alles war besser, so lange sie ihm nicht weiter in die Augen und die Enttäuschung sehen musste, die jeden Moment darin zum Vorschein kommen würde.

„Nenn mir einen triftigen Grund, der dagegen spricht."

„Du willst nicht mit einer Frau zusammen sein, deren Job deinem Ansehen schaden könnte. Reicht das nicht?"

„Himmel Herrgott …", stieß er frustriert aus und fuhr sich mit einer Hand durchs Haar. Das Verlangen verschwand aus seinem Blick und machte unendlicher Trauer Platz. „Du hast keine Ahnung, wie sehr ich meine Reaktion von damals bereue. Es war der größte Fehler in meinem Leben, dich vor die Wahl zu stellen."

„Warum? Weil du so egoistisch warst und nicht damit gerechnet hast, den Kürzeren zu ziehen?"

„Das auch. Und weil ich ein solcher Trottel war, zu glauben, dass mein Ansehen bei der New Yorker Polizei darunter zu leiden hätte. Dabei wäre das vollkommen unerheblich gewesen. Nur wir beide waren wichtig, dass ich dich liebe und du mich."

„Das ist lange her, Tony", murmelte sie leise, schlang die Arme um ihren Körper und strich mit den Händen über ihre Oberarme als würde sie frieren. „Ich bin nicht mehr die Frau von damals. Meine Zukunftspläne haben sich geändert. Darin kommen eine Traumhochzeit, ein Haus mit Garten, Hund oder Katze als Haustier und zwei bis drei Kinder nicht mehr vor. Sie stehen jedenfalls nicht mehr ganz oben auf der Liste." Sie hob den Kopf und sah ihn wieder an. „Für mich gibt es nur meine Karriere im *Godess*. Alles andere habe ich bis auf unbestimmte Zeit verschoben. Vielleicht werde ich es auch niemals haben. Aber dieses Risiko nehme ich in Kauf – für mich. Und nur für mich."

„Wenn du es wolltest, könntest du alles haben."

„Nein, Tony. Es wäre unfair. Aus dem Grund habe ich mich seit unserer Trennung auch auf nichts Festes mehr eingelassen. Nicht, dass es da tatsächlich jemanden gegeben hätte, der infrage gekommen wäre." Sie lachte freudlos und seufzte dann niedergeschlagen. „Aber ich wollte nicht wie bei dir erneut eine Entscheidung treffen müssen, die mich innerlich zerreißt. Deswegen …" Kathryn geriet ins Stocken, stieß geräuschvoll den Atem aus und schüttelte den Kopf. Es hatte keinen Sinn, mit ihm darüber zu sprechen. Tony hatte vollkommen andere Vorstellungen als sie. Inzwischen waren sie so unvereinbar wie Feuer und Wasser.

„Deswegen bekommt ein Mann von dir nur Sex und nicht mehr. Richtig?"

„Tony, bitte …"

„Antworte mir, Kathryn", bat er mit sanfter Stimme. „Ist es so? Mehr als Sex bist du nicht bereit zu geben?"

„Ja."

„Ich akzeptiere."

„Was?" Ihr Kopf ruckte herum, Kathryn stierte ihn ungläubig an und konnte nicht fassen, was er gerade gesagt hatte.

„Ich sagte, ich akzeptiere deine Bedingungen. Nur Sex, zu mehr werde ich dich nicht drängen und nicht erwarten. Wenn du einen Mann für deine Befriedigung benutzen willst, dann benutz mich." Tony würde sich mit dem zufrieden geben, was er von ihr bekommen konnte – im Moment. Denn verlangte er mehr von ihr, was sie nicht bereit war zu geben, stünde er auf verlorenem Posten und würde am Ende gar nichts bekommen. Wenn Kathryn sich jedoch auf sein Angebot einließ, bestand noch immer die Chance, dass sich mehr daraus entwickelte. Und er würde alle Hebel in Bewegung setzen, dass eben dies geschah. Zu viele Monate hatte er sich nach ihr verzehrt, da würde er sich die einzige Chance nicht ungenutzt durch die Finger schlüpfen lassen.

„Das ist nicht dein Ernst?“

„Und ob, Süße. Mein voller Ernst. Ich kann es natürlich auch anders und deutlicher formulieren, wenn du möchtest.“ Ihr verwirrter Gesichtsausdruck war unbezahlbar. Und er hatte vor, sie noch viel öfter zu verwirren. Damit sie nicht wusste, wie ihr geschah, während er sie langsam aber sicher fester an sich band. „Entweder ich bin es, der dich vögelt, oder keiner. Denn ich werde jedem anderen Kerl die Tour bei dir vermasseln.“

„Du drohst mir?“

„Nein. Ich zeige dir die Möglichkeiten auf und leiste Überzeugungsarbeit.“ Wie ein Raubtier, das sich an seine Beute heranpirscht, näherte er sich ihr, während ein verheißungsvolles Lächeln um seine Lippen spielte. „Es gibt aber noch andere Möglichkeiten, Überzeugungsarbeit zu leisten. Soll ich sie dir zeigen?“

Kathryn stockte der Atem, als sie die wilde Gier in seinem Blick sah. Sie wich vor ihm zurück, bis sie etwas Hartes in ihrem Rücken spürte, das nur eine Requisite sein konnte. Flach presste sie ihre Hände gegen die glatte Oberfläche und wusste nicht, was sie noch sagen oder tun konnte, um ihn aufzuhalten. Denn wenn sie ihn nicht aufhielt, war sie verloren. Sie beide wären verloren, weil sie sich unweigerlich in einem Gefühlschaos verstricken würden, das kein gutes Ende nehmen konnte. Weil er niemals akzeptieren würde, was sie tat.

Unaufhaltsam näherte er sich ihr, ließ sie nicht einmal für einen Wimpernschlag aus den Augen. Das Herz klopfte ihr bis zum Hals, als er eine knappe Armlänge von ihr entfernt stehen blieb und auf sie herabsah. Sein Blick glitt mit einer Intensität über sie hinweg, dass Kathryn ihn fast schon körperlich spürte. Tausende Schmetterlinge stoben in ihrem Magen auf, schürten das Verlangen nach ihm und ließen sie erzittern. Egal, wie falsch es sein mochte, sie konnte sich nicht mehr selbst belügen, gestand Kathryn sich ein. Sie wollte ihn, wollte Tony mit jeder kleinen Faser ihres verräterischen Körpers. Trotzdem musste sie versuchen, ihm und sich selbst Einhalt zu gebieten. Ein letzter Versuch, bevor es zu spät war.

„Tony …“, wisperte sie flehentlich und legte ihm eine Hand auf die Brust, um ihn aufzuhalten, „… wir dürfen nicht …“

„Und ob wir dürfen“, unterbrach er sie und bedeckte ihre zitternden Finger mit seiner warmen Hand. Sanft hielt er sie gegen seine Brust gedrückt, über der Stelle, wo sein Herz heftig pochte. „Wir beide können gar nicht anders, Kathryn. Das war damals schon so. Ich will dich und du mich. Wenn du mir nicht mehr als Sex geben kannst oder willst, werde ich mich damit zufrieden geben.“

„Aber das wäre nicht fair. Es wäre wider deine Natur, Tony. Dich von Bedingungen knebeln lassen, das bist nicht du.“

Behutsam legte er ihr eine Hand an die Wange und strich mit seinem Daumen über ihre volle Unterlippe. Ein sehnsuchtsvoller Ausdruck trat in seine Augen. „Nicht nur du hast dich in den letzten Monaten verändert. Ich habe aus meinen Fehlern gelernt, Kleines.“

„Tony …“

„Nein." Er senkte den Kopf, bis sein Mund nur noch einen Hauch von ihren Lippen entfernt war, und sein Atem warm über ihr Gesicht strich. „Jetzt ist nicht die Zeit zu reden", murmelte er rau und zog ihren biegsamen Körper in seine Arme.

Seine warmen Lippen pressten sich unnachgiebig auf ihre, bewegten sich verlockend über ihnen und ließen sie sich verzweifelt nach mehr sehnen. Mit einem leisen Seufzen öffnete sie den Mund, gewährte seiner Zunge Einlass und erwiderte seinen hungrigen Kuss mit der gleichen Inbrunst.

Von Anfang an hatte sie keine Chance auf ein Entkommen gehabt, gestand Kathryn sich ein. Die unwiderstehliche Anziehungskraft zwischen ihnen beiden, gegen die sie sich gewehrt hatte, aber die sie schlussendlich doch in die Knie zwang und ihr bewusst machte, wie sehr sie sich nach Tony verzehrte, zog sie magisch zu ihm. Kathryn schlang die Arme um seinen Hals und hielt sich an ihm fest, als wäre er ihr einziger Halt.

Schwer atmend unterbrach Tony den Kuss und sah mit so viel Feuer im Blick auf sie hinab, dass es ihr heiß den Rücken herunterlief. Das süße Prickeln in ihrem Schoß nahm zu und wuchs zu einem sehnsuchtsvollen, fast schon schmerzhaften Ziehen. Mehr, sie wollte und brauchte mehr von Tony, der die rasende Hitze in ihrem Inneren ausgelöst hatte.

„Tony", flüsterte sie, neigte den Kopf und ließ ihre Zunge über seine Kehle zu seinem Kinn wandern. Dabei rieb sie ihren Unterleib aufreizend an seiner Härte, die sich unter seiner Jeans deutlich abzeichnete. „Ich will dich."

„Und du wirst mich auch bekommen", versprach er ihr mit rauer Stimme. „Aber erst …"

Kathryn lehnte sich etwas in seiner Umarmung zurück und sah ihn abwartend an. „Ja?“

Tony ließ seine Hände unter ihren Pullover wandern und strich mit leichtem Druck über ihren Rücken. „Tanze für mich.“

Ihre Lippen verzogen sich zu einem Lächeln. Dann hob sie in einer katzenhaft geschmeidigen Bewegung die Arme über ihren Kopf, spielte dabei mit ihren Haaren und rieb ihren Leib an seinem Körper, dass er unterdrückt aufstöhnte und sein Griff sich um sie verstärkte. „Hältst du das für eine so gute Idee?“

„Wir befinden uns auf einer Bühne. Eine perfekte Idee würde ich sagen.“

„Wie du willst.“ Kathryn legte ihre Hände auf seine Brust, schob ihn ein kleines Stück von sich, bis er sie widerstrebend losließ, und wandte ihm mit einer anmutigen Drehung den Rücken zu. Lasziv blickte sie über ihre Schulter hinweg, begann sich geschmeidig zu bewegen und streifte wie zufällig mit ihrem Hintern seinen Unterleib. Er zuckte zusammen und saugte geräuschvoll Luft in seine Lungen.

„Fuck, Kathryn!“

„Du wolltest doch, dass ich für dich tanze.“ Kathryn wich geschickt seiner Hand aus, mit der er nach ihr griff, schlich wie ein Kätzchen um ihn herum und berührte ihn immer wieder beiläufig und so sanft, dass er sich nicht sicher sein konnte, ob sie es wirklich getan hatte. Sie schmiegte sich an seinen breiten Rücken, schlang von hinten einen Arm um seinen Körper und schob ihre Hand unter das eng anliegende Shirt. Behutsam ertastete sie die harten Muskeln unter seiner warmen Haut, liebkoste ihn und legte ihre Hand mit gespreizten Fingern flach auf seinen Bauch, während sie ihm ins volle Haar griff und seinen Kopf in den Nacken zog. Kathryn biss in seine Schulter und zog mit ihrer Zunge eine feuchtheiße Spur seinen Hals hinauf.

„Tanz mit mir“, wisperte sie an seinem Ohr, zeichnete mit der Zungenspitze seine Ohrmuschel nach und gab ihm den Rhythmus mit ihren sinnlichen Bewegungen vor.

„Es war tatsächlich eine beschissene Idee“, knurrte Tony, der bis zu diesem Zeitpunkt nicht einmal im Entferntesten geahnt hatte, wie stark er auf ihre sexy Privatdarbietung reagieren würde. Seine Brust hob und senkte sich heftig unter schweren Atemzügen. Dann schloss er die Augen und bewegte sich mit ihr im Gleichklang. Heiße Lust nach Kathryn stieg in ihm hoch, wurde angestachelt von ihren zarten Berührungen, ihres sichtlichen Verlangens nach ihm und dem herrlich femininen Duft ihres Parfüms, das sie beide einhüllte. Seine Selbstbeherrschung zerfiel zu Staub, machte es ihm unmöglich, sich länger zurückzuhalten. Er musste sie haben. Sofort!

Tony fuhr blitzschnell herum, so dass Kathryn keine Chance hatte, überhaupt reagieren zu können, und riss sie in seine Arme. Als sie den Mund öffnete, erstickte er ihren eventuellen Protest mit seinen Lippen und ließ sie seinen wilden Hunger spüren.

Kathryn ergab sich ihm mit einem Seufzen und begann vor Erregung zitternd an seinem Shirt zu zerren. „Runter mit den Klamotten!“, forderte sie, riss ihm das Shirt vom Körper und schleuderte es von sich. Sie legte ihm eine Hand in den Nacken, zog seinen Kopf wieder zu sich herunter und presste ihre geöffneten Lippen auf seinen Mund, während sie ihre schmale Hand über seinen flachen Bauch nach unten gleiten ließ.

„Gott verdammt, Kathryn …“, keuchte er in ihren Mund, als sie ungeduldig am Reißverschluss seiner Hose fummelte. Ihre Leidenschaft schwappte über ihn hinweg und riss ihn mit. Nichts erschien ihm in diesem Moment wichtiger, als Kathryn zu besitzen und zu der Seinen zu machen. Ihre Körper prallten aufeinander, als er sie in Richtung des Bettes drängte und ihr dabei das weit geschnittene Oberteil über den Kopf zog. Achtlos ließ er es auf den Boden fallen, löste den Verschluss des weißen Spitzen-BHs und schob ihr die dünnen Träger von den Schultern.

Im nächsten Moment hob Tony sie auf seine Arme, überbrückte die kurze Distanz zum Bett und ließ sie auf die Matratze gleiten. Starr den Blick auf sie gerichtet, befreite er erst sich von seiner einengenden Hose und beugte sich dann zu Kathryn herunter.

„Du hast keine Ahnung, wie sehr ich dich will", murmelte er und erforschte jeden einzelnen Zentimeter ihres Körpers. Er zog ihr die Hose von den Beinen und entlockte Kathryn sinnliche Laute, als er sich mit dem von ihrer Nässe getränkten Slip besonders viel Zeit ließ.

„Tony …" Aus lustgetrübten Augen sah sie zu ihm auf und streckte den Arm nach ihm aus. Aber er entzog sich ihr, kniete sich zwischen ihre gespreizten Beine und hauchte ihr einen Kuss auf den Bauch. Seine Zunge tauchte in ihren Bauchnabel, ehe er sich weiter nach unten vorarbeitete. Ohne den Blickkontakt abzubrechen, küsste er sie auf den Venushügel, ließ vorsichtig seine Finger zwischen ihre Schamlippen gleiten und erkundete ihre empfindlichste Stelle.

„Du fühlst dich wundervoll an …", flüsterte er entrückt und sog tief den Atem ein, „… und dein Duft bringt mich um den Verstand." Sein Blick senkte sich über ihren Leib hinweg in ihren, verbrannte sie innerlich und ließ sie vor Sehnsucht vergehen.

Kathryn winkelte ihre Beine an und versuchte ungeduldig, ihn auf sich zu ziehen. „Halte mich nicht mehr länger hin und fick mich endlich."

„Wenn du so mit mir redest, könnte ich glatt meine guten Vorsätze vergessen." Sein Blick senkte sich auf ihren pochenden Unterleib. „Aber bevor ich dich ficke, will ich von dir kosten", bestimmte er und senkte den Kopf zwischen ihre Schenkel.

Nach Halt suchend krallte Kathryn sich an seinem Haar fest, während heißkalte Schauer durch ihren Körper rieselten. Ihr Becken zuckte gegen seinen Mund, als Tony mit seiner Zunge über ihre geschwollene Perle fuhr, an ihr saugte und mit den Lippen an ihr zupfte. Tief versenkte er einen Finger in ihrer Hitze, so dass Wellen purer Lust durch ihren Körper rasten. Kathryn keuchte, bog ihren Rücken durch und wand sich auf dem Bett.

„Tony, bitte …", bettelte sie ihn um Erlösung an und stöhnte, weil er mit seinem Finger härter in sie stieß und die Klitoris unerbittlich weiterreizte, bis die Anspannung in ihrem Inneren ein unerträgliches Ausmaß annahm und Kathryn über die Klippe stürzte. Sie bäumte sich auf, kam mit einem erleichterten Aufschrei und fiel schwer atmend zurück auf die Matratze.

Langsam schob Tony sich an ihrem Körper empor. Dabei verteilte er Küsse auf ihrem Bauch und widmete sich ihren Brüsten. Er ließ seine Zunge um eine der verhärteten Brustwarzen kreisen, zupfte mit den Lippen an ihr und saugte sie in seinen Mund, dass Kathryn sich ihm entgegenbog und seufzte. Tony hangelte nach seiner Hose, die neben dem Bett lag, fischte eine Kondomverpackung aus der Tasche und riss sie mit den Zähnen auf. Eilig rollte er den zarten Schutz über seinen pochenden Schwanz, führte ihn mit einer Hand zu ihrem feuchten Eingang und drang mit einem harten Stoß in sie ein. Kathryns leises Stöhnen erstickte er mit seinem Mund und drängte seine Zunge zwischen ihre vollen Lippen, so dass sie sich selbst schmecken konnte.

Beinahe grob packte er mit einer Hand Kathryns Hüfte und fing an, sich mit drängenden Stößen zu bewegen. Allein, sie so nah bei sich zu haben und die leichten Zuckungen ihrer Muskeln um seinen harten Schaft zu spüren, brachten ihn an den Rand des Orgasmus.

Kathryn grub zitternd ihre Nägel in seine Schultern, umschlang ihn mit ihren langen Beinen und kam seinen mächtigen Stößen entgegen. Ihr heißes Inneres krampfte sich um seinen steinharten Schwanz zusammen, saugte ihn tiefer in sich und ließ ihn endgültig die Beherrschung verlieren. Mit immer härteren und fast schon brutalen Stößen nagelte er sie unter sich auf dem Bett fest, während sein Blick sich in ihren brannte, ihn gefangen hielt und nicht mehr losließ. Tony versenkte sich in ihrer Hitze, machte seinen Besitzanspruch auf sie geltend und ließ es sie sehen und spüren.

Er würde sie nicht gehen lassen. Nie wieder, beschloss er und verlor sich in einer nicht enden wollenden Spirale unbeschreiblicher Lust. Kathryn bäumte sich unter ihm auf und krallte sich mit einem erlösenden Aufschrei, der laut über die Bühne hallte, an ihm fest.

In dem Augenblick war es um Tony geschehen. Er konnte nicht mehr an sich halten und verfiel in einen schnellen unkontrollierten Rhythmus. Kraftvoll stieß er in ihre verlockende Wärme hinein, bis seine Muskeln unter der Anspannung zu zittern anfingen und ihn die Welle der Erlösung mit voller Wucht traf. Den Rücken durchgebogen, ließ Tony den Kopf in den Nacken fallen und stöhnte erleichtert auf.

Ermattet ließ er sich auf Kathryn sinken, schlang seine Arme um ihren Leib und drehte sich mit ihr auf die Seite. Dann streichelte er liebevoll über ihren Rücken und vergrub sein Gesicht in ihrer weichen Lockenmähne, während er mit abgehackten Atemzügen nach Luft schnappte und darauf wartete, dass sein Herzschlag einen normalen Rhythmus annahm.

Als Kathryn in seiner Umarmung nachgab, ihre Atmung tiefer und ruhiger ging, wusste er, dass sie eingeschlafen war. Er hob den Kopf, strich behutsam eine wirre Haarsträhne aus ihrer Stirn und betrachtete ihre entspannten Gesichtszüge. Auch wenn er ihre Bedingungen akzeptiert hatte, hieß das nicht, er würde nicht alles versuchen, damit sie ihre Sichtweise änderte. Und dafür würde er sich alle Zeit der Welt nehmen, wenn es sein musste. Sie beide gehörten zusammen. Und das nicht nur im Bett. Früher oder später würde sie es einsehen.

# 18. Kapitel

Tony öffnete verwirrt die Augen, als Layla fröhlich neben seinem Bett zwitscherte: „Aufwachen, ihr Turteltauben!“ Wie, zur Hölle, kam Layla in sein Haus? Und woher wusste sie überhaupt, wo er wohnte?

Er versuchte, seinen Arm zu bewegen, um sich die Müdigkeit aus den Augen zu wischen, als ihm auffiel, dass er ihn nicht bewegen konnte. Mit einem Mal war er hellwach und alles wieder da. Die Erinnerung an den misslungenen Abschluss der Generalprobe, den er verschuldet hatte. Und die leidenschaftliche Nacht mit Kathryn, von der er geglaubt hatte, sie endgültig an einen anderen Mann verloren zu haben.

Tony wandte den Kopf und lächelte, als er sie ruhig neben sich schlafen sah. Vertrauensvoll hatte sie sich an ihn gekuschelt, den Kopf an seiner Schulter und eine Hand locker entspannt auf seiner Brust. Ihre langen Locken breiteten sich fächerförmig über ihrem Oberkörper aus und hüllten sie beide ein.

„Wenn du nicht willst, dass euch die komplette Belegschaft des Clubs hier auf der Bühne nackt im Bett liegen sieht, dann solltest du Kiki schleunigst in ihre Garderobe schaffen“, erinnerte Layla ihn daran, wo sie sich befanden. Er hob den Kopf, sah sich um und zischte einen Fluch. Ihre Sachen lagen verstreut um das Bett herum und aus dem Gang zum Saal drang leises Gemurmel. Die ersten Angestellten hatten sich offensichtlich schon eingefunden und waren kurz davor, sie in flagranti zu erwischen.

Hastig zerrte er die dünne Decke über Kathryns Körper, zog seinen Arm unter ihrem Kopf hervor und sprang aus dem Bett. Sie war noch immer im Halbschlaf, als er sie samt Decke auf seine Arme hob und eilig über die Bühne lief. Bevor er die Seitentreppe erreichte, drehte er sich noch einmal um und starrte auf die Sachen am Boden.

„Könntest du …?“

Layla nickte mit einem breiten Grinsen und bückte sich bereits, um ihre Sachen einzusammeln.

„Tony?“, murmelte Kathryn verschlafen und schmiegte ihre Wange an seine Brust. „Wo bringst du mich hin?“

„In deine Garderobe.“

„Was!?“ Plötzlich hellwach zuckte sie zusammen, sah sich panisch um und zappelte in seinen Armen. „Oh mein Gott, lauf schneller“, trieb sie ihn zur Eile an. Sie musste die lauter werdenden Stimmen gehört haben und wollte scheinbar genauso wenig in einer eindeutigen Situation erwischt werden wie er.

„Wenn du aufhören würdest zu zappeln, wären wir schon in der Garderobe.“

Sofort hielt sie still, klammerte sich nur mit beiden Armen an seinem Hals fest und presste beschämt ihr Gesicht in seine Halsbeuge. Umständlich öffnete Tony die Tür, stieß sie mit dem Fuß weiter auf und sah sich nach Layla um. Dabei fiel sein Blick auf Tyson, der in den Gang zu den Garderoben einbog und mit überraschtem Gesichtsausdruck abrupt stehen blieb. Ein breites Grinsen verzog seinen Mund, weil er Tony nackt mit Kathryn im Arm entdeckte. Dann schob er beide Hände in die Hosentaschen, machte auf dem Absatz kehrt und lief in die andere Richtung.

„Husch, rein mit euch.“ Layla tauchte mit dem Berg Wäsche in den Armen hinter ihm auf, schob ihn in die Garderobe und verpasste der Tür einen Fußtritt. „Puuuhhh … das war vielleicht knapp“, keuchte sie geschafft, lehnte sich mit dem Rücken gegen die geschlossene Tür und fächelte sich mit einer Hand hektisch Luft zu. „Auch wenn ungewöhnliche Orte den Sex interessanter machen. Tut mir so etwas nie wieder an! Ich dachte, ihr bleibt in der Garderobe, wo keiner so schnell über euch stolpert. Musste es denn ausgerechnet die Bühne sein?“

„Da war ein Bett“, wies Tony sie auf das Offensichtliche hin und konnte sich ein Lachen nicht mehr verkneifen. Kathryn verpasste ihm einen kräftigen Knuff gegen die nackte Brust und er lachte noch heftiger. Fest drückte er sie gegen seinen Körper, ließ sich mit ihr auf die Couch plumpsen und presste seine Lippen auf ihre. „Du kannst nicht abstreiten, dass es stimmt.“

Kathryn zappelte erneut mit den Beinen und versuchte, von seinem Schoß zu rutschen. Aber er schlang seinen Arm fester um ihre Mitte und hielt sie fest. Jetzt, wo er sie endlich da hatte, wo sie seiner Meinung nach hingehörte, wollte er sie nicht so schnell wieder loslassen.

„Ich muss ins Bad“, wimmerte sie leise und drückte sich mit beiden Händen von ihm weg.

Er stahl sich einen letzten Kuss und ließ sie schließlich los. Dann sah er ihr nach, wie sie eilig ins Badezimmer lief und dabei die dünne Decke wie eine Schleppe hinter sich her schleifte. „Wenn du zu lange brauchst, komme ich hinterher. Und dann …“

„*Das* will ich jetzt gar nicht wissen“, unterbrach Layla ihn und warf ihm Kathryns und seine Sachen in den Schoß. Mit einem großen Schritt stieg sie über Rusty hinweg, der nach einem kurzen Heben des Kopfes schnaufte, sich auf die Seite rollte und weiterschlief, und setzte sich neben Tony. „Also ist zwischen euch beiden jetzt wieder alles in Ordnung? Ich meine, hat sich meine

Aktion gelohnt, dass ich ihr den stärksten Whisky eingeflößt habe, den ich finden konnte?"

„Um was zu tun?"

„Sie auszuknocken, bis alle anderen den Club verlassen haben." Layla zuckte mit den Schultern, betrachtete eingehend ihre in dunklem Pink lackierten Fingernägel und stieß genervt den Atem aus. „Ihr beide habt euch aber auch dumm angestellt. Vor allem Kiki. Da musste ich eingreifen, sonst wäre das nie was geworden."

„Danke."

Empört wandte sie ihm das Gesicht zu. „Mehr nicht? Ich bekomme nur ein läppisches *Danke*?"

„Vielen Dank?"

„Dass ihr Männer immer so unsensibel sein müsst", warf sie ihm vor und verschränkte schmollend die Arme vor der Brust. „Ich hatte gedacht, ihr würdet mich fragen, ob ich eure Brautjungfer sein möchte. Was ich übrigens sehr gerne wäre, nebenbei bemerkt. Außerdem wollte ich schon immer mal eines dieser süßen Rüschenkleider anziehen. Und dann noch bei einem solchen Anlass …", geriet sie ins Schwärmen.

Tony räusperte sich und überlegte, wie er Layla am schonendsten beibringen konnte, dass sie noch nicht an dem Punkt waren, an eine Heirat zu denken. Auch wenn für ihn feststand, dass Kathryn die Richtige war. Sie war noch nicht so weit, eine festere Bindung zu ihm einzugehen. Und er würde sich hüten, Kathryn zu drängen. Das zwischen ihnen war noch zu frisch. „Wenn wir jemals wieder mit dem Gedanken spielen sollten, dann wirst du die Erste sein, die wir fragen."

„Versprochen?"

„Ehrenwort."

„Damit kann ich leben." Sie stemmte sich von der Couch hoch, stieg wieder über Rusty hinweg und lief mit wiegenden Hüften zur Tür. Die Hand auf der Klinke drehte sie sich noch einmal zu ihm um und schürzte die Lippen. „Und wenn ich euch beiden jetzt ein tolles Frühstück besorge?"

„Ja?" Tony konnte sich nicht vorstellen, was sie noch von ihm und Kathryn wollen könnte.

„Patentante?"

„Raus jetzt!"

„Ein Versuch war's wert." Sie zwinkerte ihm keck zu und schlüpfte auf den Gang. Kopfschüttelnd legte er ihre Sachen beiseite und folgte Kathryn. Kurz lauschte er an der Badezimmertür, hörte das Wasser der Dusche rauschen und entschied, dass Kathryn lange genug allein gewesen war. Tony betrat das Badezimmer und beobachtete sie sekundenlang durch die beschlagene Duschkabinentür. Kathryn seifte ihren Körper ein, reckte sich dem Wasserstrahl entgegen und ließ ihn den Schaum von ihrem Körper spülen.

Als die Tür hinter ihr aufgeschoben wurde und ein kalter Luftzug ihren Rücken traf, drehte sie sich überrascht um und sah Tony zu ihr in die Dusche steigen. Umständlich zog er die Glastür hinter sich zu, nachdem er sich zu ihr in die winzige Dusche gequetscht hatte.

„Du hast für meinen Geschmack zu lange gebraucht. Also musste ich nachsehen, ob alles in Ordnung ist." Er schlang einen Arm um ihren Körper, zog sie näher zu sich und vergrub eine Hand in ihrem feuchten Haar. Tony senkte den Kopf, verteilte tupfend Küsse auf ihrem Gesicht, nur um einen Augenblick später mit einem tiefen Stöhnen seinen Mund gierig auf ihren zu pressen.

„Tony.“ Kathryn konnte kaum noch einen klaren Gedanken fassen, weil er wie ein Sturm über sie hinwegfegte. Er musste sie nur berühren und sie war ihm hilflos ausgeliefert. Halt suchend klammerte sie sich an seinen Schultern fest, erwiderte seinen Kuss und wisperte leise: „Tony, die Eröffnung.“

„Verdammt.“ Er hob den Kopf, runzelte die Stirn und lächelte wie ein frecher Lausbube, der dabei war etwas auszuhecken. „Aber für einen Quickie haben wir doch sicher Zeit?“

„Dafür immer. Du wirst dich einfach beeilen und mich auf die Schnelle vögeln müssen.“ Sie drängte sich enger gegen seinen Körper, schlang die Arme um seinen Nacken und schrammte dabei mit dem Ellenbogen die Wand der Duschkabine. Ihr Gesicht verzog sich vor Schmerz.

„Diese Dusche ist eindeutig zu klein“, murrte Tony und griff nach ihrem Arm. Vorsichtig zog er ihn von seiner Schulter, begutachtete ihren Ellenbogen und küsste sanft die gerötete Stelle. „Besser, ich schaffe dich hier raus. Sonst wird das nichts mit Sex auf die Schnelle ohne Verletzungen.“

„Dann solltest du dich beeilen, bevor ich es mir anders überlege.“

Das musste sie ihm nicht zweimal sagen. Tony griff um ihren Körper herum, drehte das Wasser ab und bugsierte sie rasch aus der Dusche. Dann rubbelte er ihren Körper in Windeseile mit einem Handtuch trocken, eroberte ihren Mund mit seinen Lippen und drängte sie rückwärts in die Garderobe.

„Die Tür“, erinnerte Kathryn ihn keuchend daran, dass jederzeit jemand in ihr Stelldichein platzen könnte. Während Tony die Tür von innen verriegelte, entdeckte Kathryn ein reich beladenes Tablett auf ihrem Frisiertisch. Kaffee, Croissants, Marmelade und eine Schale mit frischem, in mundgerechte Stücke geschnittenem Obst befanden sich darauf. Allein der Anblick der aufgetafelten Leckereien ließ ihren Magen laut knurren und rief ihr in Erinnerung, dass sie seit dem Mittag am Vortag nichts mehr gegessen hatte.

Kathryn bediente sich von dem Obst und schob sich ein Stück Mango in den Mund. Fragend richtete sie ihren Blick auf Tony. „Layla?“, erkundigte sie sich kauend und klaubte sich mit spitzen Fingern eine Erdbeere aus der Schale.

„Sieht so aus.“ Tony nahm das Tablett und stellte es neben der Couch auf einen Beistelltisch. Dann zog er Kathryn auf seinen Schoß und fing mit einem Lachen ihren Arm ein, als sie an ihm vorbeihangelte und sich erneut vom Essen bedienen wollte. „Das musst du dir verdienen.“

„Was?“ Sie zog eine Schnute und sah sehnsüchtig auf das Obst. „Wie?“

„Eine Erdbeere, ein Kuss.“ Tony pickte eine Erdbeere aus der Obstschale und nahm sie zwischen die Zähne. Seine Lippen verzogen sich zu einem verheißungsvollen Lächeln, als sie sich vorbeugte und den Mund öffnete. Kathryn nahm ihm die Erdbeere ab und hauchte ihm einen sanften Kuss auf den Mund.

„Was willst du für ein Croissant mit Marmelade?“, fragte sie mit einem verführerischen Schnurren in der Stimme und zeichnete kleine Kreise mit ihrem Zeigefinger auf seiner Brust. „Auch einen Kuss?“

„Mehr, viel mehr.“ Er nahm eines der Gebäckstücke und tauchte die Spitze in das Schälchen mit der Marmelade. Als er es ihr hinhielt und sie mit der Zungenspitze einen Tropfen Marmelade von seinen Fingern leckte, nahmen seine Augen die Farbe dunkler Schokolade an. Ohne den Blickkontakt mit ihm abzubrechen, stülpte Kathryn ihre Lippen über die Spitze des Croissants und biss mit einem genießerischen Stöhnen ab.

„Gott, Kathryn!“, stieß er mit rauer Stimme hervor und schluckte heftig, dass sein Adamsapfel auf und ab hüpfte. Seine Kiefer mahlten aufeinander und er rutschte unruhig unter ihr herum.

„Habe ich es mir damit verdient?“, erkundigte sie sich mit einem unschuldigen Augenaufschlag und leckte sich etwas Marmelade von der Oberlippe.

„Voll und ganz verdient. Aber jetzt bin ich dran.“ Ein weiteres Mal tunkte er das Croissant in das Schälchen, hielt es ihr vors Gesicht und tat überrascht, als ein Klecks Marmelade auf ihre Brust tropfte. „Ups!“

„Ups?“ Kathryn tat einen Bissen und blickte bedeutungsvoll an sich herunter auf die verkleckerte Marmelade. „Du hast es versaut, du machst es sauber.“

„Nichts lieber als das.“ Er warf den Rest des Croissants achtlos in die Richtung, wo er das Tablett vermutete, und umschlang ihren Körper mit seinen Armen. Ganz nah zog er sie zu sich heran und neigte den Kopf. Als seine Zunge über ihre Haut fuhr, um die Marmelade aufzulecken, rieselten heiße Schauer durch ihren Körper. Hitze schoss in ihren Unterleib und ließ Kathryn in seiner Umarmung erzittern. Sie schlang ihre Arme um seinen Nacken und presste seinen Kopf mit einem leisen Stöhnen gegen ihre Brust.

„Beeil dich“, trieb sie ihn zur Eile an. „Wir haben keine …“

Lautes Klopfen ließ sie zusammenzucken und gemeinsam mit Tony zur Tür sehen. Layla hatte tatsächlich ein Händchen dafür, immer zum falschen Zeitpunkt aufzutauchen.

„Kiki?“ Noch einmal klopfte Layla, wobei es sich dieses Mal eher um ein Wummern gegen die Tür handelte. „Das Fernsehteam ist hier und zusätzlich ein paar Presseleute. Viktor beschäftigt sie zwar schon, aber du solltest dich trotzdem beeilen. Sie wollen von dir Fotos und ein kurzes Interview.“

„Ich bin in 15 Minuten da“, rief Kathryn.

„Fünf und keine Minute mehr, Herzchen.“

„Zehn“, stieg Tony lachend in die Verhandlung ein.

„Himmel Herrgott, Cunningham, mach dich endlich runter von ihr! Du hast dich die ganze Nacht mit Kiki ausgetobt, also lass sie jetzt gefälligst ihren Job machen.“

„Bitte, Layla. Noch zehn Minuten“, erbat sich Kathryn eine Gnadenfrist.

„Wenn ihr diese verdammte Tür nicht in exakt zehn Minuten öffnet, dann lasse ich sie von Tyson eintreten“, drohte Layla, ehe sie das sich entfernende Klackern ihrer High Heels hörten.

Kathryn wühlte sich hastig durch den Berg Klamotten, die neben ihnen auf der Couch lagen, schnappte sich Tonys Hose und schob ihre Hand in eine der rückwärtigen Taschen. Mit einem siegessicheren Grinsen förderte sie eine Kondomverpackung zutage, warf die Hose beiseite und zog Tony mit sich auf die Couch.

## 19. Kapitel

Im *Godess* wimmelte es nur so von Menschen, deren Stimmengewirr bis in Kathryns Garderobe drang. Mit jeder Minute, die verging, bis sich der Vorhang zum ersten Mal hob, wurde sie nervöser. Zum gefühlt 100. Mal begutachtete sie ihr Outfit für den ersten Auftritt im Spiegel. Das dunkelrote Korsett schmiegte sich eng an ihren Körper und brachte ihre Brüste vorteilhaft zur Geltung. Die hochhackigen Stiefel mit der aufwendigen Schnürung reichten ihr bis zu den Knien und ließen ihre Beine länger wirken. Jetzt fehlte nur noch die Spitzenmaske, die ihre geheimnisvolle Wirkung auf die Zuschauer noch verstärken sollte. Aber würde das ausreichen, um die Besucher des Clubs dauerhaft zu fesseln und immer wieder neue Gäste anzulocken? War sie gut genug, sie in ihren Bann zu ziehen?

Ein leises Klopfen an der Tür riss sie aus ihren Gedanken. Kathryn atmete tief durch, straffte sich und setzte ein einstudiertes Lächeln auf, das über ihre Nervosität hinwegtäuschen sollte. Bei den Presseleuten, mit denen sie am Morgen geredet hatte, hatte es jedenfalls geklappt.

Sie öffnete die Tür und hielt freudig überrascht den Atem an, als sie Mariella und Monique vor sich stehen sah. Die beiden Schwestern betrachteten sie lächelnd und mit mütterlichem Stolz in den Augen von oben bis unten.

„Du siehst wunderschön aus, Kleines“, brachte Mariella mit erstickter Stimme hervor und Monique nickte zustimmend. „Ich wusste, du bist wie dafür geschaffen. Deine Mutter könnte nicht stolzer auf dich sein, als wir beide es sind.“

Tapfer hatte sie die Tränen zurückgehalten. Doch nach Mariellas Worten war es ihr nicht mehr möglich. Kathryn umarmte die beiden Frauen, schniefte leise und ließ ihren Tränen freien Lauf. „Vielen Dank, dass ihr gekommen seid. Ihr wisst gar nicht, wie viel mir das bedeutet.“

„Du glaubst doch nicht ernsthaft, dass wir uns dieses Ereignis entgehen lassen, oder?“ Monique tupfte sich mit einem Stofftaschentuch die Augen und legte ihr eine Hand an die Wange. „Auch wenn ich es ungern zugebe. Mariella hatte von Anfang an recht. Du wärst eingegangen wie eine Primel, wenn du in der Akademie als Tanzlehrerin geblieben wärst. Ich habe dich noch nie zuvor so strahlen sehen wie jetzt.“

„Oh mein Gott“, quietschte Layla aufgeregt hinter Mariella und Monique im Gang. Sie drängte sich an den Schwestern vorbei, um in die Garderobe und zu Kathryn zu kommen. „Konntet ihr beide nicht bis nach der Show warten, um sie zum Weinen zu bringen? Ihr habt ihr das Make-up ruiniert.“

Mariclla verdrehte die Augen, machte eine abwehrende Handbewegung und strich ihren eleganten schwarzen Hosenanzug glatt. Den gleichen Anzug, wie ihn ihre Schwester trug. Noch immer glichen Mariella und Monique sich wie ein Ei dem anderen. „Dann sieh zu, dass du es wieder richtest, Layla. Deine übertriebenen Ausbrüche jedes Mal.“

„Ich übertreibe nie!“ Layla drückte Kathryn auf den Stuhl vor dem Frisiertisch und begutachtete das verschmierte Make-up. Sie wedelte mit einer Hand Richtung Tür. „Husch, ihr zwei. Nach der Show könnt ihr gerne wiederkommen für eine weitere Runde Gruppenheulen. Aber nicht jetzt. Ich habe schon den ganzen Tag Probleme damit, Cunningham von ihr fernzuhalten, weil er die Finger und so einiges andere nicht von ihr lassen kann. Da müsst ihr es mir nicht noch schwerer machen.“ Vorsichtig wischte sie mit einem Kosmetiktuch die verlaufene Wimperntusche aus Kathryns Gesicht und sah sie streng an. „Und wehe, du heulst noch einmal, bevor wir die heutige Show hinter uns haben.“

Kathryn lachte leise und versuchte, einen Blick zur Seite auf Mariella und Monique zu erhaschen. „Layla ist wahrscheinlich aufgeregter als alle Tänzerinnen zusammengenommen.“

„Da hast du gar nicht mal so unrecht, Schätzchen. Ihr Mädchen treibt mich in den Wahnsinn und Viktor ist auch nicht mehr er selbst, vollkommen aufgelöst und nervös wie ein werdender Vater.“ Auffordernd sah Layla zu den Zwillingsschwestern. „Was haltet ihr davon, wenn ihr euch um euren Bruder kümmert? Inzwischen werde ich hier den Schaden beheben, den ihr angerichtet habt.“

Über den Spiegel konnte Kathryn sehen, wie Mariella ihr lächelnd einen Handkuss zuwarf. „Toi toi toi, Kleines. Wir sehen uns nachher noch einmal, wenn deine Amme nicht mehr ganz so streng über dich wacht“, sagte sie und zog sich mit Monique zurück.

Layla zog ihren Lidstrich nach und tuschte ihre Wimpern neu. Dann nahm sie die rote Spitzenmaske von der Ablage und legte sie ihr an.

„Fertig.“ Laylas Gesicht tauchte neben ihrem im Spiegel auf. Sie lächelte zuversichtlich und zupfte ihre Locken zurecht. „Wenn du gleich auf die Bühne gehst, hau sie alle um. Ich weiß, dass du das schaffst.“

„Danke!“

„Nicht dafür. Niemals dafür, Herzchen.“

Kathryn atmete tief durch und legte eine Hand auf den Handlauf des rückwärtigen Aufgangs, der zum Podest an der Spitze der beweglichen Treppe führte. Bis vor wenigen Minuten war sie unsicher gewesen, dass sie den ersten offiziellen Auftritt im *Godess*, das Viktor genau genommen um sie als seine Hauptattraktion herum aufgebaut hatte, überstehen würde. Aber die Nervosität ließ langsam nach. *Das* war es, was sie sich gewünscht und worauf sie die ganze Zeit hingearbeitet hatte. Nach monatelanger Vorbereitungszeit war es endlich soweit. Sie wusste, sie konnte und würde es schaffen. Die Bühne wartete auf sie, ebenso wie das Publikum, das bereits bei der Ankündigung des Auftritts der *Sinderellas* in wahre Begeisterungsstürme ausgebrochen war. Von den Mädchen hatte sie sich schon vor deren Auftritt verabschieden müssen, denn sie würden direkt nach ihrem Auftritt zum Flughafen müssen, um ihren Flug nach Las Vegas nicht zu verpassen.

Nathalies sagenhafte Stimme drang durch den dichten Vorhang zu ihr, riss sie mit und wirkte gleichzeitig beruhigend auf ihre angespannten Nerven.

„Layla hat mir zwar verboten, dich auf den Mund zu küssen, bis die Show vorbei ist …“, murmelte Tony hinter ihr, trat näher an sie heran und schlang einen Arm um ihre Mitte, „… aber das hier ist ja nicht dein Mund.“ Behutsam strich er ihre Haare zur Seite und küsste sie erst auf die Schulter und dann auf den Hals. Kathryn wandte den Kopf und erwiderte seinen liebevollen Blick. „Auch wenn du mich vielleicht nicht siehst, ich werde immer in deiner Nähe sein.“

„Und auf mich aufpassen?“

„Das natürlich auch. Aber ich denke, ich werde dich in erster Linie anhimmeln wie ein verliebter Vollidiot.“

„Tony …“

Er schüttelte lächelnd den Kopf. „Jetzt ist nicht der Zeitpunkt, darüber zu sprechen. Außerdem habe ich gesagt, ich würde nichts von dir erwarten, was du nicht bereit bist zu geben. Und das meinte ich auch so.“ Seine Lippen strichen über ihre Schläfe, ehe er sich zurückzog und sie wieder alleine ließ.

Die letzten Takte von *„My Mother Used To Tell Me“* erklangen und Kathryn beeilte sich, den Aufgang hinauf zu kommen. Sie nahm Aufstellung auf dem Podest, das nur schwach beleuchtet war. Dann stemmte sie eine Hand in die Hüfte, atmete tief durch und setzte ihr verführerischstes Lächeln auf, als sie die Ankündigung hörte. Der Vorhang öffnete sich, die Musik setzte ein und die Scheinwerfer wurden auf sie ausgerichtet. Kathryn setzte ihren Fuß auf die erste Treppenstufe und ihre Nervosität verflüchtigte sich endgültig. Die Show begann …

* * *

„Du warst großartig, Süße.“ Layla legte ihr einen seidigen Morgenmantel um die nackten Schultern und steckte ihre Haare locker hoch, während Kathryn vorsichtig die paillettenbesetzten goldenen Nippel Cover in Sternform von ihren Brüsten löste. Danach schlüpfte sie in die Ärmel, zog den dünnen Stoff des schwarzen Morgenmantels um ihren Körper und verknotete den Gürtel. „Ich wusste, dass du sie aus den Schuhen haust. Das Publikum konnte sich kaum beruhigen, nachdem sie dich zu sehen bekommen haben.“

„Apropos Schuhe. Meine Füße bringen mich um.“ Sie löste die Schnürung der Stiefel und zog sie mit einem erleichterten Stöhnen von den Füßen.

Layla hob ihr Gesicht an und musterte sie eindringlich. „Du siehst müde aus.“

„Das bin ich auch. Nach der ganzen Aufregung in den letzten Wochen und Monaten wirkt die Erleichterung, die Eröffnung geschafft zu haben, wie ein Hammerschlag.“

„Die After Show Party schaffst du aber noch, oder? Du solltest dich wenigstens für eine Stunde sehen lassen.“

Kathryn betrachtete sehnsüchtig die Couch, vor der Rusty selig schlief und sich von dem Trubel um ihn herum überhaupt nicht stören ließ. Der Schäferhund hatte den Eröffnungsstress mit einer beneidenswerten Ruhe hingenommen.

„Ich würde mich ja lieber für eine Weile auf die Couch legen …“

„Oh nein, ganz sicher nicht“, widersprach Layla energisch. „Du gehst kurz unter die Dusche und ich besorge dir einen extra starken Kaffee, damit du die nächste Stunde durchhältst. Morgen lasse ich dich dafür auch ausschlafen.“

„Wie großzügig von dir“, sagte Kathryn mit einem leisen Lachen und ging ins Bad. Als sie nach der erfrischenden Dusche zurück in die Garderobe kam, wartete Layla bereits auf sie und reichte ihr eine große Tasse schwarzen Kaffees. Kräftig würziger Kaffeeduft stieg ihr in die Nase. Kathryn setzte sich auf den Stuhl vor ihrem Frisiertisch, nahm einen winzigen Schluck und zog eine Grimasse.

„Meine Güte, ist der stark. Das ist kein Kaffee, sondern flüssiger Straßenbelag.“

„Das ist Kaffee im Layla-Style, Herzchen. Also runter damit und du kannst die ganze Nacht durchtanzen. Und sogar hinterher noch stundenlang wilden Sex mit Tony haben.“

Kathryn schmunzelte und leerte Schluck für Schluck

die Tasse. Als sie den Kaffeebecher auf der Ablage abstellen wollte, musste sie mehrfach blinzeln, um ihre Sicht zu klären. Mit zitternder Hand stellte sie die Tasse auf den Tisch. Sollte der Kaffee nicht eigentlich dafür sorgen, dass sie wacher wurde? Und warum hatte sie plötzlich das Gefühl, nicht mehr richtig atmen und schlucken zu können?

„Ist alles in Ordnung?“ Layla beugte sich mit besorgter Miene vor und musterte sie eindringlich. „Kiki? Du bist leichenblass.“

„Keine Ahnung. Irgendwie …“ Kathryn presste eine Hand auf ihren Bauch und stöhnte vor Schmerz, als sich ihr Magen zusammenkrampfte. Sie rang nach Luft, ein Zittern überlief ihren Körper und sie versuchte, sich am Tisch hochzuziehen. Erneut verkrampfte sich ihr Magen und sie wäre vor Schmerz fast in sich zusammengerutscht, wenn Layla nicht aufgesprungen wäre und sie festgehalten hätte. „Mir ist schlecht. Ich muss ins Bad …“

„Ganz ruhig, Kleines. Das kommt sicher von der Aufregung“, versuchte Layla sie zu beruhigen und half ihr ins Badezimmer. Kathryn klammerte sich an ihr fest, sog so schnell und hektisch Luft in ihre Lungen, dass es unnatürliche Pfeifgeräusche verursachte. Verzweifelt kämpfte sie gegen die aufsteigende Panik an, die Rusty offenbar nicht verborgen blieb. Der Schäferhund sprang von seinem Schlafplatz auf, folgte ihnen ins Badezimmer und lief dann wieder in die Garderobe. Kurz bevor sie neben der Toilette in sich zusammensank und sich würgend übergab, hörte sie noch Rustys aufgeregtes Bellen. Ihre Sicht verschwamm zusehends, weil ihre Augen immer stärker tränten. Sie umklammerte Laylas Hand, brachte den kompletten Mageninhalt wieder heraus und kämpfte gegen die unerbittliche Schwärze, die sich in ihr Sichtfeld drängte.

„Verdammte Scheiße.“ Tony stürmte in das Badezimmer, schob die völlig aufgelöste Layla beiseite und beugte sich über Kathryn. Er tastete nach ihrem Puls und fluchte erneut, weil der rasend schnell war. „Ruf einen Rettungswagen“, wies er Tyson, der mit ernster Miene in der Tür des Badezimmers stand, mit einem kurzen Schulterblick an und richtete seine Aufmerksamkeit wieder auf Kathryn. Ihr Gesicht war leichenblass, ihre Haut wirkte fast schon durchscheinend und sie rang mit pfeifenden Atemgeräuschen nach Luft.

„Was hat sie gegessen?“, wollte er wissen und hielt Kathryn fest, als ihr Körper sich erneut verkrampfte und sie zu würgen begann. „*Layla!* Antworte mir, verdammt nochmal!“

Dass er sie anbrüllte, riss Layla aus der Schockstarre. Sie blinzelte erschrocken, sah von Kathryn zu Tony und überlegte kurz. „Nichts. Sie hat nichts gegessen.“

„Sie muss irgendwas gegessen haben, in dem ein hoher Anteil an Erdnüssen drin war. Und das erst vor kurzer Zeit. Sonst würde ihr Körper nicht so heftig reagieren. In geringem Maß verträgt sie Erdnüsse, nur nicht in großen Mengen.“

„Wir haben nur einen Kaffee zusammen getrunken, weil sie müde war. Sie hat nichts gegessen. Und ich würde ihr niemals etwas mit Erdnüssen geben. Dass sie darauf allergisch reagieren könnte, weiß ich.“

„Sie müsste in ihrer Handtasche ein Notfallset mit Fertigspritzen haben. Bring mir das Set, Tyson“, sagte Tony, als der erneut in der Garderobe auftauchte. Sein Freund quittierte mit einem knappen Nicken die Anweisung und durchwühlte Kathryns Handtasche nach besagtem Set. Als er nichts fand, schüttelte er den gesamten Inhalt heraus und verteilte alles auf der Couch.

„Sie hat nichts dabei.“

Tony nickte und presste die Lippen zusammen. Kathryn war kaum noch bei Bewusstsein und rang mit jedem Atemzug schwerer nach Luft. Wo blieben nur die beschissenen Sanitäter? Ihr desolater Zustand machte ihm Angst. Panik stieg in ihm auf, weil er nichts tun und nur untätig neben ihr ausharren konnte, bis endlich Hilfe eintraf. Und so lange Kathryn immer wieder würgte und sich übergab, konnte er sie nicht in Schocklage bringen. Denn sonst bestünde die Gefahr, dass sie erstickte.

In dem Moment, als die Sanitäter in der Tür zum Badezimmer auftauchten, sackte Kathryn bewusstlos in seinen Armen zusammen. Tony fing sie auf, hob sie auf die Arme und trug sie in die Garderobe, wo bereits eine Trage abgestellt wurde. Er legte Kathryn darauf ab, trat zurück und machte für die beiden Sanitäter Platz. Mit zu Fäusten geballten Händen beobachtete er, wie sie Kathryn versorgten.

„Sie hat eine leichte Erdnussallergie“, informierte er die Sanitäter.

„Das hier ist alles andere als eine leichte allergische Reaktion.“ Während einer der Sanitäter ihr eine Atemmaske anlegte, holte der zweite ein Notfallset aus dem Koffer und verabreichte ihr die Medikamente. Nach kurzer Zeit normalisierte sich ihre Atmung. Sie atmete deutlich ruhiger, die beunruhigende Blässe verschwand, Kathryn blieb jedoch bewusstlos. „Sie dürfte sich rasch wieder erholen. Zur Sicherheit sollte sie eine Nacht im Krankenhaus bleiben, wo wir sie unter Beobachtung haben.“ Mit geübten Handgriffen sicherten die Sanitäter Kathryn für den Abtransport und Tony folgte ihnen zum Rettungswagen. Auf keinen Fall würde er sie auch nur für eine Sekunde aus den Augen lassen. Nicht, nachdem er nur kurz zuvor noch befürchten musste, sie eventuell zu verlieren.

## 20. Kapitel

Kathryn öffnete die Augen und sah verwirrt auf die längliche Lampe an der Wand, die gedämpftes Licht spendete. Sie drehte den Kopf und entdeckte eine Krankenschwester Mitte 40 neben ihrem Bett, die einen Infusionsbeutel wechselte und den Zugang an ihrem Arm begutachtete.

„Was ist passiert?“, wollte sie leise wissen und versuchte sich zu erinnern. Sie hatte mit Layla Kaffee getrunken und danach war ihr unsagbar schlecht geworden.

„Sie hatten eine starke allergische Reaktion. Aber jetzt ist alles wieder gut.“ Die Krankenschwester maß ihren Puls, lächelte und wies zur anderen Seite des Bettes. „Auch wenn Ihr Verlobter das wohl etwas anders sieht. Er ist Ihnen die ganze Zeit über nicht von der Seite gewichen und hat verlangt, dass jeder Angestellte des Krankenhauses, der sich Ihrem Bett nähert, einen deutlich sichtbaren Ausweis zu tragen hat.“

*Verlobter?* Kathryn wandte den Kopf und betrachtete Tony, der in einem Sessel neben ihrem Bett eingeschlafen war. Obwohl er schlief, sah er so erschöpft aus, wie sie sich fühlte. Der dunkle Bartschatten verstärkte den Eindruck zusätzlich. Seine Haare waren verstrubbelt, als wäre er stundenlang damit beschäftigt gewesen, mit den Händen hindurchzufahren.

„Er ist ein Cop, oder?“, fragte die Krankenschwester leise und strich sich mit einer Hand eine blonde Haarsträhne aus dem Gesicht.

„Ein Ex-Cop.“

„Ich hatte hier im Krankenhaus in den letzten 20 Jahren immer wieder mit Männern wie ihm zu tun. Ob da ein „Ex“ davor steht oder nicht, das tut nichts zur Sache, wenn es um ihre Frauen geht.“ Sie nahm ein Klemmbrett in die Hand, vermerkte etwas darauf und lächelte mütterlich auf sie hinab. „Sie sollten sich noch etwas ausruhen und schlafen, Miss Dearing“, riet sie ihr und verließ das Zimmer.

Die Tür fiel mit einem Klicken hinter ihr ins Schloss und Tony zuckte auf dem Sessel zusammen. Er richtete sich auf und streckte seinen Körper mit einem leisen Ächzen. Dann rieb er sich mit einer Hand über die Augen und sah sie an. Als er bemerkte, dass sie wach war, sprang er vom Sessel auf. Tony setzte sich vorsichtig auf den Rand des Bettes, ergriff ihre Hand und beugte sich zu ihr herab, um ihr einen Kuss auf die Stirn zu hauchen.

„Du hast mir einen wahnsinnigen Schrecken eingejagt, Süße“, murmelte er leise und legte ihr eine Hand an die Wange. „Mach das nie wieder.“

Das sanfte Streicheln seines Daumens wirkte unglaublich beruhigend auf sie. Kathryn schmiegte ihre Wange an seine Handfläche und lächelte leicht.

„Du bist bei mir gewesen und hast mich festgehalten.“

„Ich hatte dir versprochen, ich würde in deiner Nähe sein.“ Er runzelte die Stirn und zog eine Grimasse. „Aber wohl nicht nah genug, dass ich den Zwischenfall hätte verhindern können.“

„Du solltest dir keine Vorwürfe machen. Ich denke nicht, dass man den überhaupt hätte verhindern können. Konnte doch niemand wissen, dass in dem Kaffeepulver offensichtlich ein größerer Erdnussbestandteil drin war. Layla muss wohl flavored Coffee erwischt haben. Und so stark, wie Layla den Kaffee mag, muss der Anteil an Erdnüssen ebenfalls hoch gewesen sein.“

„Es hätte aber keiner drin sein dürfen. Tyson hat die Inhaltsangaben auf der Verpackung geprüft. Und es war kein flavored Coffee, sonst hättest du es riechen müssen.“

„Du meinst …?“ Kathryn wurde die Brust eng, weil Tony mit ernster Miene langsam nickte. Sie blinzelte, um die Tränen zurückzudrängen, und fragte dann hoffnungsvoll: „Habt ihr schon einen Verdacht?“

„Bis jetzt nicht.“ Tief atmete er durch und blickte sie eindringlich an. „Und so lange wir nicht einmal einen Anhaltspunkt, geschweige denn den Schuldigen haben, halte ich es für besser, wenn du so lange bei mir bleibst. Die Suite im Hotel erscheint mir nicht sicher genug. Unsicherer denn je.“

Ruhig sah er sie an und wartete ihre Entscheidung ab. Es musste ihn unglaubliche Überwindung gekostet haben, es als Vorschlag zu formulieren und nicht darauf zu bestehen, dass sie in sein Haus zog, um sie besser schützen zu können.

„Wenn es das Beste ist …“, stimmte Kathryn zögerlich zu.

„Ist es. Aber das regeln wir später ganz in Ruhe, wenn du aus dem Krankenhaus entlassen wirst. Schlaf jetzt noch etwas. Ich bleibe in der Nähe.“ Tony strich ihr eine Haarlocke aus der Stirn und küsste sie auf die Nasenspitze. Dann zog er den Sessel näher ans Bett, setzte sich und nahm ihre Hand in seine. Behutsam strich er über ihren Handrücken und Kathryn fielen die Augen vor Erschöpfung zu.

Fast hätte er sie verloren. Und wie knapp es gewesen war, hatte er von Kathryns behandelnden Arzt erfahren. Sie hätte bei der heftigen Reaktion ihres Körpers auf die Erdnüsse ersticken oder an Herz-Kreislaufversagen sterben können, wenn niemand bei ihr gewesen wäre, um zu reagieren und den Rettungsdienst zu rufen. Einen weiteren Zwischenfall dieser oder anderer Art musste er unbedingt verhindern. Wer wusste schon, wo noch weitere Gefahren auf sie lauerten?

Zwar hatte er ihr versprochen, sich an ihre Bedingungen zu halten und sie nicht einzuengen. Aber was blieb ihm anderes übrig? Um Kathryn besser schützen zu können, musste sie möglichst nah bei ihm bleiben. Liebevoll strich er ihr eine Haarlocke aus der Stirn und betrachtete sie im Schlaf.

Tony verschränkte vorsichtig seine Finger mit ihren und murmelte: „Auch wenn die Dinge sich gerade überstürzen, wir werden einen Schritt nach dem anderen gehen, Liebes. Dieses Mal schaffen wir es."

* * *

Ein leises Schnurren weckte Tony und ließ ihn den Kopf zur Seite drehen. Auf der Matratze neben seinem Kopfkissen saß die Katze, die sich innerhalb kürzester Zeit vollkommen erholt hatte, und starrte ihm mit ihrem hypnotisierenden Blick in die Augen. „Du hast wie Rusty nichts auf dem Bett zu suchen, Kiki. Das solltest du dir merken."

„Setzt du mich etwa mit dem Hund gleich?" Kathryn hob den Kopf von seiner Brust und bedachte ihn mit einem gespielt wütenden Blick. Dann verzog sich ihr Mund zu einem Schmunzeln. Sie streckte den Arm aus und kraulte die Katze unter dem Kinn, dass die kleine Samtpfote laut schnurrend den Hals streckte, um ihr besseren Zugang zu verschaffen.

„Ich würde dich niemals mit Rusty gleichsetzen. Du schläfst schließlich in meinem Bett, was ich dem Hund nicht erlaube“, erwiderte er belustigt und lachte, als sie ihn kräftig gegen die Brust knuffte.

„Du *erlaubst* es mir, in deinem Bett zu schlafen? Vielleicht sollte ich dann besser ins Gästezimmer umziehen, das du mir vor zwei Tagen angeboten hast.“ Kathryn zog sich von ihm zurück und richtete sich im Bett auf. Sie hatte ihre Füße noch nicht einmal auf den Boden gesetzt, als sein Arm sich blitzschnell um ihre Taille schlang, er sie zurückzerrte und sich über ihren Körper schob.

„Vergiss es! Jetzt, wo ich dich endlich in meinem Bett habe, bleibst du auch hier“, bestimmte er und presste seine Lippen hart auf ihren Mund. Wie von selbst schlangen sich ihre Arme um seinen Nacken. Kathryn wölbte sich ihm entgegen, stöhnte an seinem Mund und strich mit ihrem Fuß an seinem Bein entlang.

„Wenn du so weitermachst, schaffen wir es die nächsten zwei Wochen nicht aus dem Bett raus, Kathryn.“

„Also ich hätte nichts dagegen einzuwenden“, wisperte sie verführerisch und fing mit ihren Zähnen seine Unterlippe ein.

„Auch wenn ich nichts lieber täte, wir müssen in den Club. Sonst riskieren wir einen Überfall von Layla und Viktor, weil sie dich sehen wollen, um sich mit eigenen Augen davon zu überzeugen, dass es dir gut geht.“

„Hm …“ Kathryn schürzte die Lippen und nickte dann zustimmend. „Da sollte ich mich wohl besser langsam fertig machen. Wofür du mich natürlich aufstehen lassen müsstest …“

Tony überlegte noch, ob er sie beide im Club für einen weiteren Tag als „nicht einsatzfähig“ melden konnte, als ihm die Entscheidung von seinem klingelnden Handy abgenommen wurde. Nach einem letzten schnellen Kuss rollte er sich zur Seite, schnappte sich das

Handy vom Nachtschrank und meldete sich knapp: „Cunningham."

„Ich hoffe, ich habe euch nicht bei etwas besonders Wichtigem gestört?", kam es von Tyson statt einer Begrüßung.

„Sagen wir mal so, du hast ein beschissenes Timing."

Tys bellendes Gelächter drang an sein Ohr, während er Kathryn dabei beobachtete, wie sie geschmeidig aus dem Bett stieg und dabei das dünne weiße Laken mit sich zog. Sie lief um das Bett herum zum Fußende, hielt das Laken vor ihren Körper gepresst und sah ihn unter halb gesenkten Lidern hervor an.

„Weswegen ich anrufe. Wie es scheint, war der Erdnussanschlag auf Kathryn keiner. Habe eben noch einmal mit den Barkeepern gesprochen."

„Und was sagen sie?" Tonys Augen weiteten sich, als Kathryn mit sinnlichen Bewegungen zu tanzen begann. Sie warf ihm über die Schulter einen koketten Blick zu, hob einen Arm und strich ihre Haare beiseite, so dass er einen ungehinderten Blick auf ihre verlockende Kehrseite hatte. Er war kaum noch in der Lage, Tysons Worten zu folgen.

„Am Abend der Eröffnung hat einer von ihnen beim Einräumen eines Regals einen Behälter mit Erdnüssen umgestoßen. Der Deckel hat sich gelöst und es sind Erdnüsse in das Mahlwerk der Kaffeemaschine gefallen."

„Und das soll ich glauben?", brachte er mit rauer Stimme hervor, während seine Augen an Kathryn klebten. Seine Atmung beschleunigte sich und das Herz setzte für einen Schlag aus, ehe es in seiner Brust wie verrückt weiterpochte, als sie sich zur Seite drehte, ein Bein hob und den Fuß auf das Bett stützte. Dann beugte sie sich vor und ließ ihre Finger vom Unterschenkel über ihr Knie in Richtung Oberschenkel wandern. Noch immer hielt sie mit einer Hand das Laken gegen ihre Brust gedrückt, von wo er es am liebsten weggerissen hätte.

„Es wäre auf alle Fälle eine Möglichkeit, was passiert sein könnte. Der Barkeeper war ziemlich fertig, als er hörte, was passiert ist, weil er nicht alle Erdnüsse aus dem Mahlwerk gefischt hat."

Kathryn schenkte ihm ein sinnliches Lächeln, führte ihre Hand zu ihrem Gesicht, leckte mit der Zunge über ihren Zeigefinger und stöhnte leise. Tony sog geräuschvoll die Luft ein und musste nicht mal einen Blick auf seine untere Körperpartie riskieren, um zu wissen, dass sein Schwanz wie ein Schiffsmast in die Höhe ragte. Hastig versuchte er, das Gespräch mit Ty zu beenden.

„Sowie ich da bin, spreche ich mit ihm", stieß er hervor. „Sehen uns in zwei Stunden."

„Sag mal, was treibt ihr eigentlich, während wir beide telefonieren?", wollte Tyson entrüstet wissen.

„Exakt das, was du dir gerade in deiner dreckigen Fantasie ausmalst."

„Fuck …"

Tony beendete das Gespräch und warf das Handy auf den Nachttisch. „Komm zurück ins Bett. Sofort!", forderte er sie unmissverständlich auf und ließ Kathryn die wilde Lust sehen, die in seinen Augen aufflackerte.

Sie wandte sich ab, tänzelte in Richtung Badezimmer und warf ihm einen herausfordernden Blick über die Schulter zu. Dann verpasste sie ihrem nackten Hintern einen Klaps und lachte fröhlich, weil Tony lauthals fluchte.

„*Leck mich am Arsch?* Das kannst du haben." Er sprang mit einem Satz aus dem Bett und nahm ihre Verfolgung auf. Kathryn quietschte erschrocken auf, raffte das Laken hoch und lief eilig auf die Badezimmertür zu. Bevor sie sie jedoch erreichte, schnappte Tony sie um die Taille und riss sie gegen seinen harten Körper. Dann schleppte er seine zappelnde Last zum Bett zurück, zerrte ihr das Laken aus den Händen und drängte sie rückwärts auf die Matratze. „Hast du tatsächlich gedacht, ich würde dich nach dieser Einlage ins Bad verschwinden lassen?“, knurrte er.

„Aber du hast doch gesagt, wir müssen in den Club.“

„Das kann noch etwas warten.“ Er schob mit seinem Knie ihre Beine auseinander und presste seinen Unterleib gegen ihren. „Aber das hier nicht.“

„Tony …“, murmelte sie leise und zog seinen Kopf zu sich herunter. Sie knabberte an seinem Kinn und rieb ihre Wange an seiner. Die Bartstoppeln kratzten an ihrer zarten Haut und ließen sie wohlig erschauern. „*Das* kann tatsächlich auf keinen Fall warten“, wisperte sie an seinem Ohr und zupfte mit den Lippen an seinem Ohrläppchen. „Bekomme ich noch mehr davon?“

„Alles, was du willst. Aber zuerst …“ Mit einer schnellen Bewegung drehte er sie auf den Bauch, neigte sich zu ihr herab und knabberte an ihrer Schulter. Dann arbeitete er sich langsam ihren Rücken hinab, verteilte ihre Wirbelsäule entlang eine endlose Reihe Küsse und fuhr mit beiden Händen über ihre seidig weiche Haut.

Kathryn murmelte seinen Namen und wölbte ihren Rücken. Ein herrliches Prickeln senkte sich in ihren Schoß, als er sanft über ihren Hintern streichelte. Sein warmer Atem strich über sie hinweg, bevor er seine Lippen über die Wölbung ihres Hinterns wandern ließ und kurz zubiss. Kathryn stöhnte leise und ihre Muskeln zogen sich vor heißem Verlangen nach ihm zusammen.

„Wenn du mich wieder wie letzte Nacht hinhältst, werde ich mich furchtbar dafür rächen“, prophezeite sie und sah ihn über die Schulter hinweg auffordernd an, während sie sich langsam auf Hände und Füße aufrichtete und ihm ihren Hintern entgegen streckte. Sie spürte, wie Nässe aus ihr heraus und an den Innenseiten ihrer Oberschenkel herab lief und glaubte, vor Lust zu vergehen, wenn er ihr nicht endlich Erleichterung verschaffte.

„Du bringst mich irgendwann um den Verstand", knurrte Tony und kramte in der Schublade seines Nachtschranks herum. Eilig riss er die Kondomverpackung auf und streifte den hauchdünnen Schutz über.

Sie stupste ihn ungeduldig mit ihrem Hintern an. „Wenn du nicht willst, dass ich es mir selber mache, solltest du dich lieber beeilen."

Kathryn wollte es schnell und heftig? Er würde sie in den Wahnsinn treiben und es ihr so hart besorgen, bis sie garantiert keinen anderen mehr als ihn wollte. Tony schob ihre Beine weiter auseinander und drückte ihren Oberkörper auf das Bett. Dann packte er seinen Schwanz mit einer Hand und versenkte sich mit einem mächtigen Stoß in ihrer feuchten Hitze. Ihr Aufschrei untermalte sein tiefes Stöhnen und trieb den letzten Rest Zurückhaltung aus seinem Körper. Tony griff mit beiden Händen nach ihren Hüften und begann, in einem schnellen drängenden Rhythmus in sie hineinzupumpen. Sein Unterleib klatschte gegen ihren Hintern und mit jedem kräftigen Stoß entlockte er ihr kleine Seufzer und leises Stöhnen.

*Himmel, es war zu viel*, schoss es Kathryn durch den Kopf. Zu viel Lust, die über sie hinwegschwappte, sie mitriss und die sie kaum noch aushielt. Heißes Verlangen schlug über ihr zusammen, das von Tonys harten Stößen ins Unermessliche geschürt wurde. Mit einem Schluchzen krallte sie ihre Finger in die Decke unter ihrem Körper und sehnte sich verzweifelt nach Erlösung.

Tony beugte sich über ihren Rücken, drängte sie dazu, sich auf ihre Hände zu stützen und hauchte ihr einen Kuss auf die nackte Schulter. Dann umfing er sie mit einem Arm, richtete sich auf und zog ihren Rücken gegen seine Brust.

„Nicht aufhören!“ Kathryn hob einen Arm über den Kopf und legte ihm eine Hand in den Nacken. Den Hinterkopf gegen seine Schulter gepresst, schloss sie die Augen und stöhnte leise, als Tony über ihre Brüste strich, die Brustwarzen zwischen seinen Fingern rollte und dann eine Hand an ihrem Leib nach unten und zwischen ihre gespreizten Beinen wandern ließ.

Mit seinen Fingern teilte er ihre Schamlippen. Er reizte ihr empfindsames Fleisch, suchte und fand ihre Klitoris und rieb in einem betörenden Rhythmus darüber, während er mit tiefen Stößen immer wieder in sie eindrang. Jeder seiner Stöße entlockte ihr lustvolle Seufzer, die sich zu heiserem Stöhnen steigerten, je näher sie ihrem Höhepunkt kam. Kathryn bedeckte seine Hand auf ihrer Brust mit ihrer, verschlang ihre Finger mit seinen und hielt sich an ihm fest. Als sie sich in seinen Armen anspannte, aufschrie und sich ihre Muskeln rhythmisch zuckend um seinen Schaft zusammenzogen, hielt Tony schwer atmend in seinen Bewegungen inne. Das Herz pochte heftig in seiner Brust, während er mit geschlossenen Augen die Wellen ihres Orgasmus auskostete. „Ich hoffe, du verträgst noch mehr“, stieß er schwer atmend hervor und presste seinen Mund auf ihren Hals.

„Ja. Mehr klingt hervorragend.“ Kathryn bewegte aufreizend ihr Becken mit leicht kreisenden Bewegungen und schmiegte sich in seine Umarmung. Er löste ihre Hand aus seinem Nacken, drängte sie wieder auf alle Viere vor sich auf die Matratze und begann, sich erneut in ihr zu bewegen. In einem quälend langsamen Rhythmus schob er sein Becken vor, während er mit seinen Händen jeden Zentimeter ihres Körpers erkundete. Tony strich ihren Rücken hinauf, beugte sich vor, umfasste ihre festen, runden Brüste und rieb mit den Daumen über die verhärteten Brustwarzen. Sie wölbte mit einem Stöhnen ihren Rücken, kam seinen Stößen mit ihrem Unterleib entgegen und forderte unmissverständlich, dass er ihr endlich geben sollte, wonach sie verlangte.

„Verdammt nochmal, vögel mich richtig!“, fuhr sie ihn unbeherrscht an.

Tony richtete sich auf und griff mit einer Hand in ihre wilde Lockenmähne. Er zog Kathryns Kopf in den Nacken und stieß gleichzeitig kräftig zu, so dass sie lustvoll aufstöhnte. „So besser?“, keuchte er und drang erneut tief in sie ein. „Ist es das, was du willst? Einen harten Fick?“

Lustvoll schrie sie auf und gab ihm damit die Antwort, die er wollte. Mit beiden Händen packte er sie an den Hüften und stieß Mal um Mal in sie ein. Ihr leises Stöhnen machte ihn verrückt, spornte ihn an und er steigerte das Tempo seiner Bewegungen weiter.

Kathryns Brüste schwangen im gleichen Rhythmus vor und zurück, mit dem Tony kräftig in sie hinein stieß. Sein Schwanz bohrte sich tief in ihre pochende Hitze, spießte sie auf und ließ sie leise ächzen. Seine Hoden schlugen bei jedem Stoß gegen ihr empfindliches Fleisch und stimulierten sie zusätzlich. Enger und immer enger zog sich die Spirale der Lust in ihrem Inneren zusammen, bis heftige Schauer ihren Körper durchzogen, sich ihre Muskeln zuckend um seinen Schaft zusammenzogen und ihn noch tiefer in sich hinein saugten.

Tonys Stöße wurden härter, drängender und unkontrollierter. Fast schon brutal nahm er sie, um sich endlich Erlösung zu verschaffen und ihr auf den Gipfel der Lust zu folgen. Das Blut rauschte in seinen Ohren, als er ein letztes Mal sein Becken vorschob und mit einem lauten Stöhnen zitternd zum Höhepunkt kam.

Vollkommen erschöpft ließ er sich mit Kathryn in den Armen aufs Bett sinken und schob die wirren Haarsträhnen aus ihrem Gesicht. Zärtlich küsste Tony sie auf die Schulter und drückte seinen Mund auf ihren Hals, direkt über ihren heftig pochenden Puls.

„Ich denke …“, stieß er noch immer schwer atmend hervor, „… wir werden zu spät in den Club kommen.“

Kathryn schmiegte sich in seine Umarmung und lachte leise. „Was eindeutig deine Schuld ist. Du hättest mich nur entkommen lassen müssen.“

„Vergiss es!“ Seine Arme schlangen sich fester um ihren Leib. „Ich lasse dich bestimmt nicht noch einmal entkommen, Süße. Nie wieder“, schwor er und Kathryn versteifte sich für einen Augenblick. Im nächsten Moment entspannte sie sich wieder und fragte sich, warum bei seinen Worten keine Angst in ihr hochgekrochen war. Denn sie war sich absolut sicher, dass er jedes Wort genau so gemeint hatte, wie er es sagte.

## 21. Kapitel

Tony beschlich ein ungutes Gefühl, als er den *Dodge Challenger* in Richtung des *Godess* lenkte. Zwar hatte Tyson sich nicht bei ihm gemeldet und auch sonst keiner seiner Männer, aber trotzdem. Irgendetwas stimmte nicht.

Er warf Kathryn einen Seitenblick zu, die eifrig in ihrer Handtasche kramte und etwas zu suchen schien. Ein Schmunzeln breitete sich auf seinem Gesicht aus, als sie eine kleine Schminktasche, einen Schal, eine verhedderte Kette, mehrere Haarbänder und -klammern und Stück für Stück einen Seidenstrumpf aus den Tiefen der Tasche heraus zog. Sein Schmunzeln wandelte sich zu einem breiten Grinsen, als auch der zweite Seidenstrumpf zum Vorschein kam und Kathryn ihn auf die Ablage warf.

„Was suchst du eigentlich so verzweifelt?", wollte er wissen und bremste den Wagen an einer roten Ampel ab.

„Mein Handy." Mit einem Schnauben machte sie schließlich kurzen Prozess mit dem Inhalt ihrer Tasche und schüttelte den gesamten Inhalt in ihren Schoß. Kathryn schob achtlos das neue Notfallset beiseite, das sie im Krankenhaus bekommen hatte. Dann wühlte sie sich durch Geldbörse, mehrere Packungen Taschentücher, Kaugummipackungen, eine Tüte Hustenbonbons und allerlei anderen Krimskrams, von dem er sich nicht einmal im Entferntesten vorstellen konnte, welcher Notfall eintreten musste, damit eine Frau das alles zum Einsatz brachte. „Ich glaube, ich habe es im Hotel irgendwo liegen gelassen."

„Wir holen es nachher auf dem Rückweg“, versprach er ihr lächelnd und bog auf das Gelände des Clubs ein. Als sein Blick auf den Eingang und die beiden Fahrzeuge fiel, die direkt davor abgestellt wurden, verblasste sein Lächeln. Lawson war wieder im Club und dieses Mal war er nicht alleine. Er hatte Verstärkung mitgebracht, was nur heißen konnte, er hatte etwas gefunden, das sogar eine Festnahme rechtfertigte.

Er stellte den Wagen ab, lief um ihn herum und öffnete die Beifahrertür. Während Kathryn noch ihre Habseligkeiten zurück in die Tasche stopfte, behielt er den Eingang im Auge und zischte einen Fluch, als zuerst Lawson und hinter ihm zwei weitere Polizeibeamte auftauchten. Zwischen ihnen eingekeilt lief Adam mit auf den Rücken gefesselten Händen.

Eigentlich sollte er froh darüber sein, den Rivalen loszuwerden. Aber Tony wusste, dass es an Kathryn nicht spurlos vorübergehen würde, wenn feststand, dass Adam die Schuld an Bridgets Tod trug.

Kathryn stieg aus dem Wagen und schaute sich verwirrt um, als sie Tony fluchen hörte. Dann entdeckte sie Adam und hielt erschrocken den Atem an. Adam starrte sie über das Autodach des Polizeiwagens hinweg an. Dabei huschten unterschiedlichste Emotionen über sein Gesicht. Unübersehbare Wut wechselte zu Hass, als er Tony neben ihr stehen sah, und dann zu schmerzlicher Reue.

Reue? Sie hielt sich krampfhaft an der Autotür fest und versuchte das Gefühlschaos in ihrem Inneren unter Kontrolle zu bekommen. Hatte sie tatsächlich eine Affäre mit einem Mörder gehabt? Hatte er es am Ende auch auf sie abgesehen gehabt? Aber warum? Und Bridget war ein bedauernswertes Zufallsopfer gewesen?

Nein, das konnte nicht sein. Kathryn konnte nicht glauben, dass ausgerechnet Adam für die Anschläge im Club und sogar Bridgets Tod verantwortlich sein sollte. Er war egoistisch, ja. Aber er war ganz sicher kein Mörder. Sie konnte sich nicht so sehr in ihm getäuscht haben, oder doch?

Adams Kopf wurde nach unten gedrückt und er auf den Rücksitz des Polizeifahrzeugs geschoben. Als ihr Blickkontakt brach, sah Kathryn betroffen zu Tony auf. „Was hat das zu bedeuten? Warum nehmen sie Adam fest? Ich kann mir nicht vorstellen, dass …“

Er schlang ihr einen Arm um die Schulter, zog sie an sich und küsste sie beruhigend auf die Stirn. „Noch weiß ich nichts Genaueres. Aber normalerweise nimmt Sam jemanden nicht ohne Grund fest. Dich einmal ausgeschlossen, Kleines. Da hat er überreagiert.“

„Und wenn er dieses Mal wieder überreagiert? Es könnte doch sein. Kannst du denn nichts tun?“

Eben das hatte er befürchtet, dass Kathryn ihn darum bat, Adam zu helfen.

„Kathryn …“

„Bitte, Tony!“ Flehentlich sah sie ihn an, als das erste Fahrzeug mit Adam vom Gelände fuhr. Ihr Blick huschte von Tony zum Detective, der abwartend neben seinem Buick stand und in ihre Richtung schaute, und wieder zurück. „Kannst du nicht zumindest mit Lawson sprechen? Ich weiß, ich verlange viel von dir, aber …“

„In Ordnung.“ Tony zog sie vom Auto weg und warf die Tür mit einem ergebenen Seufzen zu. „Ich werde mit ihm reden und herausfinden, was los ist.“

Dass just in dem Moment Layla in der offenen Eingangstür auftauchte, als sie die Straße überquert hatten, empfand er als Geschenk. Tony schob ihr Kathryn in die

Arme, schickte sie zusammen in den Club zurück und wandte sich zu Sam um.

„War er es?“

„Das wird sich zeigen. Fest steht auf alle Fälle, dass er es war, der Bridget geschwängert hat. Der Test war eindeutig. Und wenn ich mal davon ausgehe, wie er auf den Anblick der Kollegen in Uniform reagiert und wie sehr er sich gegen die Festnahme gewehrt hat, stehen die Chancen nicht schlecht, dass wir den richtigen erwischt haben.“

„Hast du was dagegen, wenn ich beim Verhör dabei bin?“ Er wollte sicher gehen, dass tatsächlich Adam für die Anschläge verantwortlich gewesen war. Tony musste mit eigenen Ohren hören, dass Kathryn und die anderen Tänzerinnen endlich in Sicherheit waren.

„Ich denke nicht, dass es eine gute Idee ist, wenn du beim Verhör dabei wärst“, wandte Sam ein. „Aber du kannst es vom Nebenzimmer aus mitverfolgen. Mehr kann ich dir nicht zugestehen.“

„Weil ich kein Cop mehr bin.“

Sam ging um den Buick herum und öffnete die Fahrertür. „Das auch. Aber hauptsächlich wegen ihr.“ Mit dem Kopf wies er auf den Eingang des Clubs, durch den Kathryn nur Augenblicke vorher verschwunden war. „Wer weiß, wie er reagiert, wenn er dich sieht? Der Mann, der ihm die Frau ausgespannt hat, die er sich als nächste auserkoren hat – für was auch immer. Ich will kein Risiko eingehen.“

Tony nickte verstehend. Er wollte ganz sicher nicht riskieren, dass Sam wegen eines Ermittlungsfehlers der Täter durch die Lappen ging. „Einverstanden. Ich komme gleich nach.“

Lawson hob kurz die Hand zum Gruß, klemmte sich hinters Steuer und fuhr vom Parkplatz. Nachdem er auf die Straße eingebogen war, wandte Tony sich ab und lief auf den Eingang zu. Er musste mit Kathryn und Tyson sprechen. Und sobald er das getan hatte, würde er seinem Ex-Kollegen aufs Revier folgen.

* * *

„Ist alles in Ordnung, Herzchen?“ Layla setzte sich neben Kathryn auf einen Hocker an der Bar und strich ihr beruhigend über den Rücken.

„Nichts ist in Ordnung. Was, wenn es wirklich Adam war? Ich bin gerade so durcheinander, dass ich nicht mehr weiß, was ich noch glauben soll. Bridget war von ihm schwanger und er … und ich …“ Tief holte sie Luft, als ihr Tränen in die Augen schossen. „Ich wusste ja, dass er auch mit anderen Frauen ins Bett steigt. So wie ich mit anderen Männern. Aber ich hätte nie im Leben weiterhin mit ihm …“

„Gevögelt?“

„Layla!“

„Aber das war es doch. Ihr habt euren Spaß miteinander gehabt, nur dass du ahnungslos warst und er scheinbar nicht.“

„Ich kann mir nicht vorstellen, dass er für ihren Tod verantwortlich sein soll.“ Traurig sah sie zu ihrer Freundin, die dem Barkeeper ein Zeichen gab. „Ich will es mir nicht vorstellen.“

Der Barkeeper stellte eine Tasse Tee und eine Flasche Whisky auf dem Tresen ab, aber Kathryn schüttelte den Kopf.

„Und ob du den jetzt trinken wirst, Kleines. Das hilft dir, dich etwas zu entspannen, bis Tony wieder da ist und sich um dich kümmern kann.“ Layla gab einen großzügigen Schuss Whisky in den dampfenden Tee und schob ihn zu ihr rüber. „Im ganzen Club herrscht eine Grabesstimmung, die keineswegs förderlich ist. Ich bin nur froh, dass heute der einzige Tag der Woche ist, an dem das *Godess* für Gäste geschlossen hat und ausschließlich Proben angesetzt sind. Kein Gast will griesgrämige Gesichter bei den Tänzerinnen auf der Bühne sehen."

„Dann unternimm etwas dagegen."

„Bin ich längst dabei. Und bei dir fange ich an. Danach ist Viktor dran. Der läuft auch vollkommen aufgelöst durch die Gegend. Bis morgen habe ich euch alle wieder so weit, dass ihr vorzeigbar seid."

Wider Willen lachte Kathryn leise und nippte am Tee. Wohlige Wärme breitete sich in ihrem Körper aus und sorgte dafür, dass sie sich allmählich entspannte.

„Danke, Layla! Du bist wie immer unser rettender Engel."

„Das solltest du Steven mal sagen. Vielleicht bekomme ich ihn dann ja rum." Layla zwinkerte ihr zu, erhob sich vom Barhocker und lief den Gang entlang in Richtung Büro.

* * *

„Beschissener hätte der Tag nicht anfangen können", murmelte Viktor vor sich hin, während er in seinem Büro auf und ab lief und sich die Haare raufte.

„Da gebe ich dir recht."

Er sah auf und zu Layla, die mit einer Hand in die Hüfte gestützt in der Tür stand. „Ich kann mich jetzt nicht auch noch mit deinen Problemen befassen, Layla. Was immer du mir sagen willst, es muss bis später warten."

„Ich bin nicht hier, um dich mit weiteren Problemen zu belasten. Vielmehr will ich dir helfen, das derzeitige in den Griff zu bekommen.“ Sie kam auf ihn zu, rückte seine Krawatte zurecht, packte ihn an den Schultern und sah ihn eindringlich an. „Du bist hier der Boss. Also sieh zu, dass du deine Leute aus dem Loch holst, in das sie durch den Auftritt der Cops und Adams Festnahme gefallen sind. Nicht einer von ihnen ist heute in der Lage, eine annähernd zufriedenstellende Probe hinzubekommen.“

„Ich soll sie alle nach Hause schicken?“

„Nein. Ich denke, es wäre eine viel bessere Idee, sie alle in eine andere Umgebung zu bringen und dort mit ihnen über die Geschehnisse zu sprechen. Raus aus dem Club. Das wird ihnen helfen, die Vorkommnisse zu verarbeiten. Allein zu Hause würden sie nur noch mehr grübeln.“

Viktor nickte bedächtig, als er verstand, worauf Layla hinaus wollte. Eine Art Gruppentherapie, aber eben eine der anderen Art. Und ihm kam auch schon eine Idee, wo sie sich gemeinsam zurückziehen konnten. Ein alter Freund besaß ein Restaurant in der Nähe. Dort konnten sie fernab vom Ort des Geschehens miteinander reden.

„Vanessa …“, rief Viktor und lief an Layla vorbei zur Tür, „… wir nehmen uns heute alle einen Tag frei. Keine Proben, nichts. Dafür möchte ich alle bei Maurice sehen. Und sag Maurice Bescheid, dass wir gleich bei ihm sind. Er soll den kleinen Saal für uns reservieren.“

„Wird erledigt, Boss. Einen Tag frei können wir sicher gut gebrauchen.“

„*Das* ist der Clubbesitzer, wie ich ihn kenne und liebe“, sagte Layla mit einem theatralischen Seufzen und stöckelte fröhlich kichernd an ihm vorbei.

„Und du …“, er verpasste ihr spielerisch einen Klaps auf den Hintern, „… wirst dafür sorgen, dass die Mädchen sich umziehen. Raus aus den Kostümen und rein in bequeme Straßenkleidung.“

„Schon auf dem Weg.“ Im Marilyn Monroe-Style warf sie ihm einen Luftkuss zu und verschwand eilig aus dem Büro.

* * *

Blicklos starrte Kathryn in die Tasse mit der kleinen Pfütze des Tee-Whisky Mixes. Ob man Adam entlasten konnte? Auch wenn es nicht für ihn sprach, wie er sich Bridget gegenüber verhalten hatte, sie wollte nicht glauben, dass er für ihren Tod und den des ungeborenen Babys verantwortlich war. War er tatsächlich so selbstsüchtig? Sollte sie ihn grundsätzlich falsch eingeschätzt und Layla richtig gelegen haben?

Wenn sie doch nur wüsste, was Tony herausgefunden hatte und ob er etwas bewirken konnte. Sie warf einen Blick auf ihre Uhr und presste die Lippen zu einem dünnen Strich zusammen. Er war schon über eine Stunde fort und hatte sich noch nicht bei ihr gemeldet. Und wenn er es doch getan hatte?

Kathryn zog ihre Tasche zu sich und fing an, darin nach ihrem Handy herumzukramen, als ihr einfiel, dass sie es ja im Hotel liegenlassen haben musste. Tony würde sicherlich bei Tyson oder Viktor anrufen, sobald er etwas herausgefunden hatte, oder? Die Unsicherheit und nicht zu wissen, was gerade geschah, brachte sie schier um. Sie brauchte Gewissheit.

Als Kathryn sah, wie Layla die Tänzerinnen von der Bühne und in die Garderobe scheuchte, fasste sie einen Entschluss. Wie es schien, wollte Layla die zerstreuten und verunsicherten Tänzerinnen in irgendeiner Weise aufmuntern. Die Proben würden also auf später verschoben werden. Das verschaffte ihr ausreichend Zeit, ihr Handy aus dem Hotel zu holen. Damit wäre sie für Tony sofort erreichbar. Außerdem würde es sie für kurze Zeit beschäftigen, dass sie nicht mehr Nägel kauend hier herumsitzen musste. Entschlossen schnappte sie sich ihre Tasche, rutschte vom Hocker und eilte zum Ausgang.

* * *

Tony stierte mit vor der Brust verschränkten Armen durch die einseitig verspiegelte Glasfront, die ihn vom Verhörzimmer trennte. Adam saß ihm gegenüber locker zurückgelehnt auf einem Stuhl und starrte seinerseits hasserfüllt in den Spiegel, als würde er wissen, dass Tony sich dahinter befand. Sein Gesicht, besonders der Bereich um die Nase, die von einem breiten Pflaster bedeckt war, schillerte noch immer blau und rot. Kurz betrachtete Tony seine rechte Hand, ballte sie zur Faust und zuckte mit den Schultern. Der Kerl war und blieb ein Arschloch und hatte nichts anderes als einen wohlplatzierten Schlag verdient.

Als die Tür des Verhörzimmers sich öffnete und Sam mit einem anderen Mann, der anhand seines steifen Auftretens nur ein Anwalt sein konnte, eintrat, straffte Tony sich und wartete ab, was gleich geschehen würde. Dass Adam auf einen Rechtsanwalt bestanden hatte, war sein gutes Recht.

Vor einer Stunde hatte Sam noch nicht einmal die Akte auf den Tisch gelegt, als Adam auch schon nach einem Rechtsanwalt verlangt hatte. Was nicht unbedingt darauf schließen lassen musste, dass er sich einer Schuld bewusst war. Vielleicht war er einfach nur vorsichtig und wollte nicht in eine Falle tappen.

„Ihr Rechtsanwalt ist ja nun anwesend, Mr. Hale. Sind Sie jetzt bereit, eine Aussage zu machen?“, fragte Lawson und setzte sich Adam und dessen Rechtsanwalt gegenüber.

„Ich wüsste nicht, wozu ich eine Aussage machen sollte“, schnarrte Adam und ließ seine Augen erneut zur Spiegelfläche hinter Sam wandern. „Dass ich Bridget gefickt habe? Ist ja inzwischen der Nachweis erbracht worden, dass es so war.“

„Ich denke, Sie sind sich sehr wohl bewusst, worum es hier eigentlich geht. Nicht um Ihre erwiesene Vaterschaft, sondern um den Tod der Frau, die mit Ihrem Kind schwanger war.“

„Damit habe ich nichts zu tun. Vielleicht sollten Sie lieber die Jungs anquatschen, die für die Beleuchtung im Club zuständig sind. Ich habe mit den Scheinwerfern und den Traversen, an denen sie hängen, nichts zu schaffen.“

Tony sah, wie Sam die Schultern rollte und konnte sich ein Grinsen nicht verkneifen. Dass Lawson überhaupt noch so ruhig war, wunderte ihn. Sehr lange würde er sich wohl nicht mehr zurückhalten, bevor er den *Bad Cop* herauskehrte.

„Man muss nicht unweigerlich etwas mit der Beleuchtung zu tun haben, um die Sicherungsseile manipulieren zu können, Mr. Hale. Das kann jeder kleine Wichser mit dem Hirn einer zurückgebliebenen Ameise. Also auch Sie.“

„Detective Lawson!“, fuhr der Anwalt auf. „Diesen Ton verbitte ich mir. Sie haben meinen Mandanten nicht auf diese Weise zu beleidigen.“

„Das habe ich nicht getan. Oder glauben *Sie* etwa, dass Mr. Hale ein kleiner Wichser mit dem Hirn einer zurückgebliebenen Ameise ist?“ Er wandte sich Adam wieder zu und wies mit dem Kopf auf dessen Anwalt. „Das würde ich mir mit diesem Anzugträger gut überlegen, Hale. Wenn er so von Ihnen denkt.“

Adam warf seinem Anwalt einen vernichtenden Blick zu und verschränkte die Arme vor der Brust.

„Ich kann Ihnen bei den Ermittlungen nicht weiterhelfen, Detective. Weder habe ich etwas mit manipulierten Sicherungsseilen zu tun noch mit sonstigen Unfällen, die in den letzten Wochen im Club immer wieder an der Tagesordnung waren.“

„Ist Ihnen also auch aufgefallen, dass es zu übermäßig vielen Unfällen im Showclub gekommen ist, Hale?“

„Wem nicht. Aber es hat mich ja nicht persönlich betroffen.“

„Wollen Sie damit sagen, es ist und war Ihnen egal, wenn eine Ihrer Kolleginnen verletzt wurde, dass eine sogar umkam?“

Als Adam mit den Schultern zuckte, wäre Tony am liebsten in das Verhörzimmer gestürmt und hätte diesem Scheißkerl gleich noch einmal die Nase gebrochen. Wie konnte man nur so abgebrüht und gefühllos sein?

„Nur mal interessehalber, mit wie vielen Ihrer Kolleginnen haben Sie sexuellen Kontakt gehabt?“

„Einigen.“

„Welche war die Letzte?“

„Kathryn.“

Tony biss die Kiefer zusammen und richtete seinen Blick auf Sam. Es war ihm zuwider, Adam noch weiter ansehen zu müssen. Lawson neigte den Kopf zur Seite und Tony schien es, als würde er sein Gegenüber wie ein Insekt unter dem Mikroskop betrachten. „Ihrem Tonfall nach zu urteilen, würde ich denken, dass es mit Miss Dearing etwas anderes war als mit den anderen Frauen.“

„Das geht Sie einen Scheißdreck an, Detective.“

„Also stimmt es. Muss für Sie ein herber Schlag gewesen sein, als ihr Ex-Verlobter auf der Bildfläche aufgetaucht ist und sie Ihnen vor der Nase weggeschnappt hat.“

„Wie ich schon sagte, es geht Sie einen Scheißdreck an, Detective.“

„Gut möglich. Aber ich frage mich, ob nicht vielleicht das der Grund war, warum Sie Bridget aus dem Weg haben wollten. Ihre Chancen wären möglicherweise gen Null gegangen, wenn Miss Dearing aus Las Vegas zurück nach New York kommt und feststellen muss, dass ihr Lover eine andere geschwängert hat. Wenn das kein Grund ist, eine Beziehung – so locker die auch gewesen sein mochte – umgehend aufzulösen. Also mussten Sie das Übel aus der Welt schaffen, um die Frau halten zu können, die Sie eigentlich wollten.“

Wutentbrannt sprang Adam von seinem Stuhl auf, dass der nach hinten umkippte, und brüllte: „Ich habe Bridget nicht umgebracht. Geht das in Ihr beschissenes Hirn nicht rein? Ich habe sie nur gevögelt, mehr nicht.“

„Setzen Sie sich, Hale“, knurrte Lawson, der ebenfalls aufgesprungen war, und wies auf den Stuhl am Boden. „Wenn Sie sich keiner Schuld bewusst sind, warum haben Sie dann versucht, sich einer Festnahme zu entziehen? Außer Sie waren sich darüber im Klaren, dass wir Ihnen auf die Spur gekommen sind.“

„Herrgott nochmal!“ Adam fuhr sich mit den Fingern durchs Haar, riss den Stuhl vom Boden hoch und setzte sich wieder neben seinen Rechtsanwalt. Mit verkniffenem Gesicht wandte er den Kopf ab und starrte auf den Boden. „Ich wollte abhauen, weil ich dachte, ihr wärt wegen Charlott in den Club gekommen“, presste er widerwillig hervor.

„Charlott?“

„Meine Nachbarin. Oder besser, die Tochter meiner Nachbarin.“ Adam presste die Lippen zusammen und sah den Detective wieder an. „Ich hatte keine Ahnung, dass sie noch minderjährig und erst 16 ist. So reif, wie sie aussieht und sich gegeben hat, hat sie viel älter auf mich gewirkt.“

„Sie haben sich nicht nur quer durch den Club gefickt, sondern nicht mal vor einer Minderjährigen Halt gemacht?“

„Weil ich es nicht wusste. Fragen Sie jedes Mal nach der ID, um zu prüfen, ob Sie mit einer Frau ins Bett steigen können?“

Lawson erhob sich von seinem Stuhl und nickte dem Rechtsanwalt zu. Adam erntete von ihm stattdessen einen vernichtenden Blick. „Entschuldigen Sie mich, die Herren. Ich muss nur mal kurz raus, sonst kotze ich hier gleich auf den Tisch.“

Tony wandte sich der Tür zu und erwartete jeden Augenblick, Sam zu sehen. Als sich die Tür öffnete, sah er abwartend zu seinem Ex-Kollegen. „Was meinst du? Ist das eine Ausrede mit dieser Charlott?“

„Könnte sein. Vielleicht aber auch nicht. Ich werde auf alle Fälle die Kollegen informieren, dass sie sich der Sache annehmen. Was Bridget angeht, schaltet er bisher auf stur. Aber das hast du ja selbst schon mitbekommen.“

„Du bleibst aber dran?“

„Selbstredend. Einen anderen Verdächtigen haben wir bisher nicht, also beiße ich mich erst einmal an

Adam Hales Arsch fest. Und wenn er es tatsächlich nicht war, brauche ich bei ihm nicht mal ein schlechtes Gewissen haben, ihn nicht mit Samthandschuhen angefasst zu haben.“ Lawson fuhr sich mit einer Hand über die Glatze und schüttelte den Kopf. „Möchte nicht wissen, was ich bei dem Schwein noch zutage befördere, wenn ich weiterbohre. Mit einer Minderjährigen ins Bett gestiegen. So ein verdammter Wichser.“

Tony nickte zustimmend und beobachtete, wie Sam zurück in den Verhörraum ging. Wenn sich am Ende herausstellte, dass Adam mit den Anschlägen nichts zu tun hatte, wer kam dann in Frage?

## 22. Kapitel

Kathryn bezahlte den Taxifahrer und stieg nach einer kurzen Verabschiedung aus dem Wagen. Nachdem sie den Club betreten hatte, blieb sie bei der Bar stehen und sah sich irritiert um. Nirgends war jemand zu sehen - kein Barkeeper, keine Tänzer auf der Bühne, niemand von der Technik oder der Security. Angestrengt horchte sie in den Club hinein und lief dann den Gang zum Büro entlang und an den Garderoben vorbei. Die Eingangstür war nicht verschlossen gewesen, also *musste* jemand hier sein.

Sie klopfte kurz an der Tür des Büros und betrat nach Vanessas freundlichem „Herein“ das Zimmer. „Alle ausgeflogen?“, wollte sie wissen und lugte an Vanessas Schreibtisch vorbei in Viktors verlassenes Büro.

„Sie sind bei Maurice. Viktor hat für heute alle Proben abgesagt und die komplette Truppe ins Restaurant beordert.“

„Und dich hat er zurückgelassen? Kein feiner Zug von ihm.“ Kathryn lachte leise und stellte ihre Handtasche auf dem Schreibtisch ab.

„Ich habe in der letzten Stunde versucht, dich zu erreichen. Damit du nicht allein hier im Club stehst und dich fragst, wohin alle verschwunden sind.“

Kathryn strich sich eine Haarsträhne aus der Stirn und seufzte. „Der Akku meines Handys ist leer. Ich hatte es im Hotel vergessen und war dort, um es zu holen. Tut mir leid, dass du meinetwegen hier ausharren musstest.“

„Du warst im Hotel? Und wieso habe ich dich über die Durchwahl der Suite dann nicht erreichen können?“, wunderte sich Vanessa und runzelte die Stirn.

„Ich war nicht in der Suite. Das Handy lag an der Rezeption. Nach der Reinigung der Suite wurde es dort hinterlegt.“

„Reinigung?“

„Ja, weil ich ausgezogen bin.“

Vanessa nahm einen Stift und einen Zettel zur Hand und sah sie erwartungsvoll an. „Ich wusste gar nicht, dass du eine Wohnung gefunden hast. Wo kann ich dich dann jetzt erreichen und unter welcher Nummer? Nur für den Fall, dass deinem Handy mal wieder der Saft ausgeht.“

Kathryn lachte leise und wühlte in ihrer Handtasche herum. „Ich bin vorgestern zu Tony nach Elizabeth gezogen. Keine Ahnung, wie die Nummer seines Festnetzanschlusses lautet. Aber die steht sicherlich auf seiner Karte. Wenn ich sie denn in der Rumpelkammer meiner Tasche erst einmal gefunden habe.“

„Zu Tony?“

Irritiert sah sie kurz auf, weil Vanessa so fassungslos geklungen hatte. „Ja, Tony. Anthony Cunningham von *Cunningham Protection*.“ Dann richtete sie ihren Blick wieder in ihre Tasche und zog aus der kleinen Seitentasche seine Karte heraus. „Hier ist sie ja.“

„Du miese Schlampe“, schrie Vanessa hasserfüllt. Erschrocken schaute Kathryn hoch, sah nur noch eine schnelle Bewegung, ehe etwas gegen ihre Schläfe knallte und in ihrem Kopf ein unbeschreiblicher Schmerz explodierte. Ihr Schrei erstarb noch auf den Lippen, gnadenlose Dunkelheit hüllte sie ein und sie sackte lautlos in sich zusammen.

* * *

Adams Verhör hatte nichts gebracht. Jedenfalls nichts in Bezug auf die Anschläge im Club. Auch wenn sich ganz andere Abgründe vor Tony aufgetan hatten, von denen er Kathryn nichts erzählen wollte. Einzig, dass Adam scheinbar nichts mit Bridgets Tod zu tun hatte, würde er ihr sagen.

Tony stellte seinen Wagen auf dem Parkplatz ab und lief mit großen Schritten zum Eingang. Denn es regnete inzwischen in Strömen. Als er die Tür aufstieß, hörte er hinter sich einen Wagen scharf abbremsen und drehte sich um.

„Ist sie bei dir?“, verlangte Tyson zu wissen, nachdem er aus seinem Wagen gestiegen und Rusty über den Fahrersitz auf die Straße gesprungen war. Er knallte die Tür wieder zu und kam eilig auf ihn zugelaufen. Innerhalb von Sekunden war Tyson nass bis auf die Haut. Ungeduldig wischte er sich das Regenwasser aus dem Gesicht und sah ihn fragend an. „Ist Kathryn bei dir?“

Tony schüttelte den Kopf. Kathryn war verschwunden? Er war kaum in der Lage, einen klaren Gedanken zu fassen. Angst kroch seinen Rücken hoch, senkte sich in seinen Körper und bildete einen festen Klumpen in seinem Magen. „Sie müsste doch eigentlich bei euch sein“, sagte er mit rauer Stimme.

„Scheiße.“ Tyson fuhr sich mit einer Hand durchs Haar und presste die Lippen zusammen. „Ich habe sie vorhin mit Layla an der Bar sitzen sehen, mich dann mit Rob um den Check des Equipments gekümmert und als ich zurückkam, hieß es, es würde wegen der Vorkommnisse ein gemeinsames Essen auswärts geben mit der gesamten Belegschaft.“

„Und da ist dir nicht aufgefallen, dass Kathryn nicht dabei ist?“ Tony riss die Tür auf, rannte in den Club hinein und weiter in ihre Garderobe. Nichts. „Kathryn?“, rief er in den bis auf ihn und Tyson menschenleeren Club hinein, erhielt jedoch keine Antwort.

Tyson lief im Laufschritt neben ihm her zum Büro. „Ich bin als Letzter hier raus mit Rusty und dachte, sie wäre schon mit Layla zum Restaurant gefahren. Aber als ich da eben ankam, war sie nirgends zu finden. Viktor meinte dann, Vanessa wäre auch noch im Club, also wäre Kathryn auf keinen Fall alleine.“

Tony stieß die Tür zum Vorzimmer des Büros auf und sah sich um. Wieder nichts. Verzweifelt fuhr er sich durchs Haar und überlegte, wo sie sein könnte. War sie des Wartens müde geworden und ihm zum Revier gefolgt, um herauszufinden, was mit Adam war? Und dann hatten sie sich verfehlt?

Er zog sein Handy aus der Jackeninnentasche und scrollte sich durch das Nummernverzeichnis. Sam meldete sich gleich nach dem zweiten Klingeln.

„Lawson.“

„Ist Kathryn auf dem Revier?“

„Nein.“

„Verfluchter Mist!“

„Was ist passiert?“ Lawsons Stimme klang so angespannt, wie er sich fühlte.

„Keine Ahnung. Kathryn ist plötzlich wie vom Erdboden verschluckt und nicht aufzufinden.“ Rusty drängte sich an ihm vorbei in das Büro, lief hinter den Schreibtisch und richtete sich auf, indem er seine Vorderpfoten auf die Tischplatte stützte. Wild schnüffelnd durchwühlte er die Papiere auf dem Schreibtisch, konzentrierte sich dann auf einen Briefbeschwerer, richtete seinen Blick auf ihn und bellte einmal.

„Was ist da, mein Junge?“, fragte Tyson, sah sich kurz in der kleinen Küche um, die zum Vorzimmer gehörte, und schnappte sich einen Spender mit Frischhaltefolie vom Küchenboard. Er riss ein großes Stück von der Rolle, legte es über den Messingbriefbeschwerer in Form einer Meerjungfrau, die auf einem großen Felsen saß, und hob ihn vorsichtig an. Als unter dem Briefbeschwerer auf dem Tisch ein roter Fleck sichtbar wurde, zischte er einen Fluch. „Sag Lawson, wir brauchen hier jemanden von der Spurensicherung."

„Ich habe es schon gehört. Schicke ein Team raus und bin auch gleich da."

Nachdem er das Gespräch beendet hatte, lief Tony unruhig auf und ab, bis ihm etwas einfiel. „Du hast vorhin etwas davon gesagt, Viktor hätte gemeint, Kathryn wäre auf keinen Fall allein, weil diese Vanessa auch hier wäre. Wer zur Hölle ist Vanessa?"

„Seine Assistentin."

„Ist das nicht Layla?", wunderte Tony sich. Wann immer er in das Büro gekommen war, war entweder das Vorzimmer verlassen gewesen oder Layla hatte am Schreibtisch gesessen.

„Layla ist das Mädchen für alles. Den Schreibtischjob übernimmt sie nur, wenn die Assistentin verhindert ist."

„Du kennst sie?"

„Habe sie nur einmal kurz gesehen - braune Haare, blaue Augen, ungefähr 1,70 Meter groß."

Noch einmal scrollte er sich durch sein Nummernverzeichnis und rief Viktor an. „Wo hast du in dem ganzen Durcheinander in den Aktenschränken die Personalakte deiner Assistentin abgelegt, Viktor?"

„Unter „J" wie Justice."

„In der Rumpelkammer suchen wir uns dämlich", wandte Tyson ein. „Wir haben keine Zeit."

„Oder ihr geht an meinen Computer. Ich habe alle Personalakten auf dem PC, gleiches Ablagesystem, nur in abgespeckter Version. Was ist mit Vanessa? Ist ihr etwas passiert?“, erkundigte er sich besorgt.

Tony ging nicht auf seine Frage ein, lief in Viktors Büro und fuhr den Computer hoch. „Passwort?“

„Godess. Alles groß, das „O“ ist eine Null und das „E“ eine Drei.“

„Hab’s.“ Tony klickte den Ordner mit den Personalakten an, scrollte den Balken ein Stück runter zum „J“ und klickte die Akte von Vanessa Justice an. Kaum dass sich der Ordner geöffnet hatte, zuckte Tony beim Anblick des Fotos zurück und fluchte lautstark. „Shit, das ist Erin.“

„Wer ist Erin?“

„Erin Carter, meine Ex.“

* * *

Ein stechender Schmerz zuckte durch ihren Kopf, als Kathryn blinzelnd die Augen öffnete. Ihre Sicht war verschwommen, dass sie mehrfach zwinkern musste, um ihre Umgebung besser erkennen zu können. Ihr Schädel fühlte sich an, als wäre er mit einem Vorschlaghammer bearbeitet worden. Womit Vanessa sie auch immer niedergeschlagen hatte, es musste etwas ähnlich Massives gewesen sein. Vorsichtig drehte Kathryn den Kopf und sah sich um. Sie saß auf einem Stuhl in einem schwach beleuchteten großen Schuppen oder einer Garage, in der allerlei Gerätschaften an den Wänden hingen und auf dem Boden standen – verschiedene Werkzeuge, Schaufeln, Besen, ein Rasenmäher und ein Laubbläser.

Kathryn versuchte, einen Arm zu bewegen, um sich die Haare aus dem Gesicht zu streichen, die unangenehm an ihrer Haut festklebten. Aber es war unmöglich. Ihre Arme waren hinter ihrem Rücken fest mit der

Stuhllehne verschnürt, so dass sie sie keinen Millimeter bewegen konnte. Ihren Beinen wurde ebenso wenig Spielraum gelassen. Seile waren straff um ihre Knöchel gespannt und schnitten in ihre Haut.

Wo hatte Vanessa sie hingebracht und vor allem, warum? Angst kroch ihren Körper hinauf und drohte sie zu ersticken, als sie an den hasserfüllten Blick dachte, mit dem Vanessa sie angesehen hatte, kurz bevor sie sie niederschlug. Sie konnte sich nicht erklären, aus welchem Grund Viktors Assistentin einen solchen Hass auf sie entwickelt hatte. Von einer Sekunde zur nächsten hatte sie sich verändert. War von der freundlichen und hilfsbereiten Frau zu einer wilden, keifenden Furie geworden.

„Überlegst du gerade, warum ich dich hier hergebracht habe, Kiki?“, wurde sie spöttisch von der Seite her angesprochen. Kathryn wandte den Kopf und sah Vanessa entgegen, die durch eine unscheinbare Tür den Raum betrat und inzwischen nicht mehr brünett, sondern blond war. Ob Vanessa überhaupt ihr richtiger Name war?

Offensichtlich wartete Vanessa nur darauf, sich ihr erklären zu können, also tat Kathryn ihr den Gefallen und fragte mit krächzender Stimme: „Warum bin ich hier?“

„Du hast keinen blassen Schimmer, oder?“ Vanessa kam gemächlich näher und betrachtete sie mit schief gelegtem Kopf. „Wie solltest du auch? Du warst immer nur an dir selbst interessiert. Dass du die Leben anderer Menschen damit zerstörst, hat dich in keiner Weise berührt.“

Fassungslosigkeit mischte sich mit der Angst, die sich wie ein lebendiges Wesen durch ihr Inneres schlängelte. „Ich habe niemals das Leben irgendeines Menschen zerstört. Wie kommst du nur darauf? Was habe ich dir getan, dass du mich so hasst?“

„Ich habe so gehofft, dass Tony endlich aufwacht, wenn du nach New York zurückkommst. Aber was passiert? Statt sich wie erwartet von dir fernzuhalten, weil er hasst, was du tust, rennt er dir hinterher wie ein kleiner Schoßhund.“

„Was hat Tony damit zu tun?“

„Kannst du es dir nicht denken? Ich bin deine Nachfolgerin gewesen. Durfte die kümmerlichen Reste auffegen, die *du* von ihm übriggelassen hast, nachdem du gegangen bist. Für mich war Tony der perfekte Mann, den ich heiraten und mit dem ich Kinder wollte. Nur kam er nicht von dir los und hat deswegen *mich* abserviert.“

„Die Unfälle im Club …“ Tränen stiegen Kathryn in die Augen, als sie an Bridget und ihr ungeborenes Kind dachte. Es hatte sie also tatsächlich getroffen, weil sie ihr als ihre Zweitbesetzung so ähnlich gesehen hatte.

Vanessa seufzte und zog eine Grimasse. „Bridget war ein bedauerlicher Unfall gewesen. Ich hatte nichts gegen sie persönlich, nur gegen das, wofür sie stand. Für das Gleiche, wofür du stehst. Ihr billigen Stripperinnen verdreht anständigen Männern den Kopf, dass sie für alle Zeiten verdorben und nicht fähig sind, eine Beziehung mit einer anderen Frau zu führen.“ Sie schüttelte den Kopf und Trauer überschattete ihre feinen Gesichtszüge. „Es sollte niemand sterben. Ich wollte, dass sie Angst bekommen und von sich aus die Show verlassen.“

„Ich soll die Stadt verlassen? Ist es das, was du willst?“ Kathryn hoffte, Vanessa zum Einlenken zu bringen, indem sie ihr versprach, das Feld zu räumen. Wenn sie sie überzeugen könnte …

„Das hätte keinen Sinn, Kiki. Tony wird auf diese Weise niemals von dir loskommen. Aber ich kann dafür sorgen, dass er es endlich schafft.“ Vanessa schlenderte zu einer Werkbank, zog einen Karton näher zu sich und holte eine zusammengefaltete Plane heraus, die sie auf dem Boden ausbreitete und fein säuberlich die Kanten glättete.

Die Angst, die Kathryn die ganze Zeit über nicht losgelassen hatte, wandelte sich in schiere Panik. Vanessa hatte vor, sie umzubringen. Und dieses Mal wäre es kein Unfall, sondern eine ihrem Wahn entsprungene „gute Tat“.

Kathryn zerrte an der Fessel, die ihre Arme auf dem Rücken hielt und schluchzte, weil sie rein gar nichts bewirkte. Außer, dass die Fesseln schmerzhaft in ihre Handgelenke schnitten. Ihre Hände waren von der festen Verschnürung inzwischen fast taub, trotzdem spürte sie, wie warmes Blut von ihren Handgelenken über ihre Handflächen lief.

Vanessa kam näher und musterte sie neugierig von oben bis unten, als würde sie überlegen, was sie als Nächstes tun sollte. Oder welche die richtige Art wäre, sie umzubringen. Kathryns Puls beschleunigte sich, bis er raste und ihr das Blut in den Ohren rauschte. Sie wollte nicht sterben. Nicht jetzt, nicht hier und vor allem nicht, ohne die Chance bekommen zu haben, Tony zu sagen, dass er niemals allein gewesen war mit seinen Gefühlen.

„Vanessa, noch hast du die Möglichkeit, das Richtige zu tun“, redete sie auf die andere Frau ein, die sich einer der Wände zuwandte und die Werkzeuge studierte, die daran aufgereiht hingen. „Mach mich los und lass mich frei.“

Sie entschied sich für einen Hammer und löste ihn aus der Aufhängung. Ihr Gesicht war bar jeglicher Emotion, als sie sich zu ihr umdrehte und sich ihr erneut näherte. Neben ihr blieb sie stehen, sah auf sie herab und holte zum Schlag aus.

Tränen liefen über Kathryns Wangen, während sie den Kopf schüttelte und flehentlich bat: „Tu das nicht. Lass mich frei, bevor es kein Zurück mehr gibt."

„Für mich gab es niemals ein Zurück, Kiki. Und es gibt nur einen, den ich befreien werde. Und das ist Tony. Ich werde ihn von dir befreien."

„Nein, Erin."

Kathryns Herz machte einen Satz, als sie seine Stimme hörte. Erleichterung flutete durch ihren Körper, allein, weil er bei ihr war, und ließ die Tränen noch heftiger strömen. Während er sich ihnen langsam näherte, hielt Tony begütigend beide Hände in die Höhe. Um Erin in Sicherheit zu wiegen und zu zeigen, dass er unbewaffnet war.

„Du musst mich nicht von Kathryn befreien, Erin. Das will ich nicht. Ich habe es niemals gewollt."

„Sie muss gehen, damit du für *mich* frei bist." Erin klopfte sich mit der freien Hand gegen die Brust. „Sie hat dich nie geliebt, sonst hätte sie sich nicht gegen dich und für diese dämliche Tanzerei entschieden. Das würde ich niemals tun."

„Ich war daran schuld, dass sie mich verlassen hat. Niemand anderes. Es hatte nichts damit zu tun, dass sie mich nicht geliebt hätte. Was du tun willst, ist falsch, Erin."

Die Hand, in der sie den Hammer hielt, begann zu zittern und senkte sich leicht. Aber Erin war offensichtlich noch nicht bereit, aufzugeben. Ihr Blick wanderte von Tony zu ihr. Sie schien zu überlegen, blinzelte mehrfach und runzelte die Stirn. Dann sah sie erneut zu Tony.

„Du bist nicht nur nicht von ihr losgekommen, du liebst sie noch immer, hast nie damit aufgehört. Ich hatte niemals eine Chance, nicht wahr?“

„Es tut mir leid, Erin. Ich wollte dir niemals wehtun.“

„Aber das hast du getan“, kreischte sie, dass Kathryn zusammenzuckte. „Sag mir, hast du dir jedes Mal, wenn du mich gefickt hast, etwa vorgestellt, dass *sie* es wäre?“

„Erin …“ Tony machte einen weiteren Schritt auf sie zu, hielt aber inne, als sie den Griff des Hammers fester fasste und den Arm höher hob. „Tu das nicht. Du darfst deine Wut nicht an Kathryn auslassen, weil ich dich enttäuscht und dir Schmerzen zugefügt habe.“

„Schmerzen?“ Ihr wütendes Kreischen wurde noch schriller und sorgte dafür, dass Kathryn ein eiskalter Schauer über den Rücken lief. „Du hast doch keine Ahnung, was Schmerzen sind! Aber ich werde sie dir zeigen. Du wirst den gleichen Schmerz spüren, wie er mich seit Monaten auffrisst. Und du wirst ihn niemals vergessen.“ Wild entschlossen holte sie aus. Kathryn wandte den Kopf zur Seite, kniff die Augen zu und erwartete den tödlichen Schlag. Es war vorbei. Nur noch Augenblicke trennten sie von ihrem unausweichlichen Ende. Die Sekunden wurden zur quälenden Ewigkeit, zehrten an ihren Nerven. Dann hörte sie ein Klappen, laute Schreie, von denen sie nicht wusste, ob sie es war, die sie ausstieß. Ein Knall ertönte, ehe sich beängstigende Stille über den Raum senkte. Kathryns Herzschlag hallte laut in ihrem Inneren wider, sie saugte hektisch Luft in ihre Lunge und wagte nicht, die Augen zu öffnen. Aus Angst, dass es in eben jenem Moment geschah, der Hammer auf sie niedersausen würde.

„Kathryn, sieh mich an, Liebling.“ Das war Tony, der sie da ansprach. Trotzdem schüttelte sie den Kopf und hielt ihre Augen ängstlich geschlossen. Seine Hände umfassten behutsam ihr Gesicht, hoben es an und dann spürte sie seine sanften Lippen auf ihrem Mund. „Es ist alles gut. Du bist jetzt in Sicherheit. Also sieh mich an.“

War sie das wirklich? Warum war sie noch festgebunden, wenn sie in Sicherheit war? Noch immer spürte sie die Seile, die ihre Glieder unbeweglich hielten und in ihre Haut schnitten.

„Verdammt, Tyson. Beeil dich gefälligst“, fluchte Tony und holte sie damit zurück in die Wirklichkeit. Wenn Tyson hier war, konnten Tonys Worte keine Wunschvorstellung sein. Flatternd öffneten sich ihre Lider und Kathryn sah ihn aus tränenüberströmten Augen an.

„So ist es gut, Süße. Sieh mich an.“ Als sie sich nach Vanessa … nein, Erin umsehen wollte, schüttelte Tony den Kopf. „Sieh einfach nur mich an.“

Kathryns Blick wanderte über seine Schulter hinweg zu Lawson, der sie ruhig ansah und seine Waffe zurück ins Holster steckte. Das war der Knall gewesen? Er hatte Erin erschossen? Ein Zittern überlief ihren Körper, dann verzog sie vor Schmerz das Gesicht und stöhnte leise, weil ihre Arme plötzlich wieder frei waren und das Blut in ihnen deutlich besser zirkulieren konnte. Nachdem Tyson auch die Fesseln um ihre Knöchel entfernt hatte, hob Tony sie auf die Arme und sie schmiegte ihre Wange an seine Brust.

„Bring mich nach Hause“, murmelte Kathryn leise und schloss erschöpft die Augen, während er sie aus ihrem Gefängnis trug.

„Morgen, Liebes. Heute Nacht wirst du im Krankenhaus bleiben müssen.“

Ihre Finger krallten sich in seinem Shirt fest und ließen es auch nicht los, als er sie vorsichtig auf einer Trage ablegte.

„Bleib bei mir“, bat sie flehentlich, während erneut Tränen über ihre Wangen strömten. „Bleib bitte bei mir.“

„Das werde ich, keine Sorge. Ich bleibe bei dir, so lange du mich willst.“

Tony machte etwas Platz für die Sanitäter und ergriff ihre Hand, die sie nach ihm ausstreckte. Beruhigend strich er mit dem Daumen über ihren Handrücken. Selbst, als die Sanitäter die Trage in den Rettungswagen schoben, ließ er sie nicht los, stieg mit in den Wagen und setzte sich neben sie. Liebevoll strich er ihr die Haare aus dem Gesicht und lächelte leicht.

„Ich hoffe, du kommst damit klar, künftig einen Ex-Cop … nein, zwei Ex-Cops um dich zu haben, von denen dir zumindest einer hin und wieder den letzten Nerv raubt.“

Müde erwiderte sie sein Lächeln und verschlang ihre Finger mit seinen. „Das wäre wundervoll und ist genau das, was ich mir wünsche.“

Tony hob ihre Hand an seinen Mund und hauchte einen Kuss auf ihren Handrücken. „So, wie ich es mir wünsche. Dieses Mal schaffen wir es, Liebes“, hörte sie seine leise gemurmelten Worte, ehe sie die Augen schloss und kaum merklich nickte. Ja, dieses Mal würden sie es schaffen …

## Epilog

3 Monate später

Kathryn stieg die kleine Treppe des Seitenaufgangs hinab und lief eilig zu ihrer Garderobe. Als sie die Tür aufstieß, schlangen sich zwei kräftige Arme von hinten um ihren Körper und hielten sie fest.

„Du warst wundervoll, Süße“, murmelte Tony an ihrem Ohr und küsste sie seitlich auf den Hals. „Und dein Outfit war der Hammer.“

Leise lachend wandte sie sich in seiner Umarmung zu ihm um, schlang ihre Arme um seinen Nacken und bot ihm ihre Lippen dar. Nach einem tiefen Kuss fragte sie neugierig: „Welches Outfit eigentlich? Ich habe nur herzförmige rotglitzernde Nippel Cover und einen winzigen Slip am Leib.“

„Exakt das meine ich. Ein Outfit, das mich jeden Abend aufs Neue umhaut.“

„Bekommst du keine Probleme mit deinen Leuten, wenn du dir für meine Shows ständig frei nimmst?“

„Ich bin der Boss und kann tun und lassen, was ich will.“ Ein schelmisches Grinsen verzog seine Lippen. „Außerdem halte ich für Ty als Ausrede her, dass er ebenfalls ins *Godess* kann.“

„Weil er Giselle nachsteigt?“

„Du hast es also schon gemerkt, was zwischen den beiden läuft?“

„Natürlich. Was hält eigentlich Lawson davon, dass Ty hinter der Tochter seines Ex-Partners her ist?“ Der Detective tauchte in den letzten Wochen und Monaten immer wieder im Club auf, um nach dem Rechten zu sehen. Zumindest behauptete er das. Aber Kathryn vermutete, dass der bärbeißige Cop nur versuchte, ein Auge auf Giselle zu haben, für die er sich verantwortlich fühlte.

„Er ist überhaupt nicht begeistert. Hat ihm seine Marke vors Gesicht gehalten und gemeint, er würde davon und auch von seiner Waffe Gebrauch machen, wenn er Giselle nicht anständig behandelt. Als Alternative hat er ihm eine möglichst schmerzhafte Kastration ohne Narkose angeboten."

Kathryn lachte leise bei der Vorstellung, dass Ty durch sein Interesse an Giselle die unerwünschte Aufmerksamkeit des raubeinigen Cops auf sich gezogen hatte. Sie zog Tonys Kopf zu sich herunter, küsste ihn verlangend und strich mit einer Hand über seine breite Brust.

„Wenn du so weiter machst, lasse ich dich erst wieder auf die Bühne, wenn ich eine Privatvorstellung bekommen habe", stieß er keuchend hervor.

„Eine, die mit einem sehr intensiven Lap Dance endet?"

„Mindestens."

„Ach Gott, ihr zwei schon wieder." Layla tauchte hinter Tony auf und verdrehte gespielt genervt die Augen. Dann verpasste sie ihm einen kräftigen Schubs, dass sie zusammen in die Garderobe stolperten. „Ihr habt 15 Minuten und keine Minute länger. Ansonsten zerre ich ihn persönlich von dir runter, Kiki." Sie schloss die Tür, öffnete sie dann noch einmal, schaute auf ihre Uhr und sagte: „Jetzt sind es gleich nur noch 14 Minuten. Also beeilt euch. Und vergesst nicht abzuschließen."

„Schaffst du das?", wollte Kathryn wissen und blickte ihn mit großen Augen an, nachdem Tony die Tür verschlossen hatte und sich wieder zu ihr umwandte.

„Willst du mich etwa herausfordern, Süße?“

„Ich will dich nur nicht überfordern.“

Wie eine Raubkatze schlich er auf sie zu, ohne sie aus den Augen zu lassen, und hob dabei einen Finger. „Erstens: Du bist so gut wie nackt. Das macht es besonders einfach.“ Er streckte einen weiteren Finger aus. „Zweitens: Wir haben es sogar schon in neun Minuten geschafft. Zwar nur knapp, aber wir haben es geschafft. Und Drittens: Inzwischen haben wir so viel Übung, dass wir in der gleichen Zeit sicherlich bald zwei Nummern schieben können.“

Kathryn verschränkte die Arme vor der Brust, schürzte die Lippen und sah demonstrativ auf die Uhr an der Wand. „Du hast jetzt nicht einmal mehr elf Minuten.“

„Fuck!“ Eilig zerrte er am Reißverschluss seiner Hose und drängte sie gleichzeitig rückwärts in Richtung der Couch. Sie kam ihm zu Hilfe und zerrte ihm das Shirt über den Kopf. Dann hakte sie ihre Finger unter den Bund seiner Jeans und zog ihn näher zu sich.

„Nur noch knapp zehn Minuten.“

„Das ist ausreichend Zeit“, erwiderte er siegessicher mit einem frechen Grinsen, zog sie in seine Arme und sank mit ihr auf die Couch.

* * *

## Danksagung

Ich möchte mich ganz herzlich für die Zusammenarbeit und Unterstützung meines Buchprojekts bei THE SINDERELLAS sowie SCHUBERT MUSIC AGENCY und WARNER MUSIC GERMANY bedanken, wodurch „New York City Days“ erst zu etwas ganz Besonderem wurde.

Herzlichst
Gillian Hunter

Verwendung mit freundlicher Genehmigung von
SCHUBERT MUSIC AGENCY

**“Let there be Sin” - Die neue Revue im Delphi Showpalast Hamburg ab Februar 2015**

Die charismatische Nathalie Tineo, Stimme und Mittelpunkt von THE SINDERELLAS, versammelt erneut talentierte Sängerinnen und Tänzerinnen um sich.
Nach dem großen Erfolg der ersten THE SINDERELLAS Show "Secrets and Sins" auf der Reeperbahn, Hamburgs sündiger Meile, geht die Revue jetzt im Delphi-Showpalast in die zweite Runde.

Seien Sie dabei, wenn THE SINDERELLAS zusammen mit ihrer Live Band den Delphi Showpalast in einen verrucht-glamourösen Club verwandeln, wie Sie ihn in Hamburg noch nicht erlebt haben.

Lassen Sie sich verführen zu einer sündigen Reise für alle Sinne mit atemberaubender Akrobatik, wunderschönen Balladen, rockendem Swing und knisternden Burlesque Performances, die ihresgleichen suchen.

**New York City Nights**

ISBN: 978-3-943308-51-8

**New York City Nights**

von Gillian Hunter

Claire Louise Sparrow hat es nicht immer leicht gehabt. Als Teenager dürr und ungelenk wurde sie von ihren Mitschülern verspottet und vom verhassten Stiefvater drangsaliert. Bis aus dem hässlichen, gequälten Entlein ein wunderschöner, selbstbewusster Schwan wurde. Jetzt liegen ihr die Männer reihenweise zu Füßen und Claire kann unter ihnen auswählen. Kaum jemand weiß, dass die Halbtagsstelle als Bibliothekarin in der *New York Public Library* ihr nur als seriöse Fassade dient. Ihr wahres Ich zeigt sie ausschließlich nachts, wenn sie als Escort-Lady „Rose" gut betuchten Männern Gesellschaft leistet. Stimmt die Chemie, gesteht Claire ihren Kunden hin und wieder auch mal mehr als nur ihre Begleitung zu.

Bei einem ihrer Aufträge lernt sie den geheimnisvollen, texanischen Geschäftsmann Chase Richards kennen, der wie ein Orkan über sie hinweg fegt und in ihr eine nie gekannte Leidenschaft weckt. Er ist dominant, fordernd und ganz und gar nicht gewillt, Claire mit anderen Männern zu teilen. Immer mehr gerät Claire unter Druck, denn nicht nur Chase verfolgt sie erbarmungslos, sondern auch Sam Lawson - leitender Ermittler der Mordkommission. Der Detective hält sie für schuldig, zwei ihrer ehemaligen Kunden ermordet und grausam verstümmelt zu haben …

## New York City Nights
## (Leseprobe)

### 1. Kapitel

Claire stand auf dem Balkon und drehte gedankenverloren ein Glas Rotwein zwischen den Fingern. Sie sah in die hereinbrechende Nacht und hinunter auf den Central Park. Immer mehr Laternen flackerten auf, so dass der eine oder andere Tourist, Jogger, Hundebesitzer und verliebte Pärchen ihren Weg durch den Park fanden. In spätestens zwei Stunden würde der Park fast menschenleer sein. Bis auf das Rauschen der Blätter, das Plätschern des Wassers und leises Rascheln, das von im Park lebenden oder sträunenden Tieren verursacht wurde, wäre es dann vollkommen ruhig. Eine Ruhe, wie Claire sie sich für ihr eigenes Leben wünschte. Sie war sich sicher, irgendwann käme der Tag, an dem sie ihre Ziele erreicht haben würde. Aber bis dahin würde sie sich weiterhin mehrmals in der Woche in *Rose* verwandeln müssen – charmante Begleiterin, unwiderstehliche Verführerin … eine Escort-Lady.

Claire wandte den Blick vom Central Park, drehte sich um und lehnte sich mit dem Rücken gegen das Geländer des Balkons. Neugierig beobachtete sie ihren Kunden, der sich gerade in einem Telefongespräch befand, und leerte dabei ihr Glas. Daniel Bloom hatte sie für diesen Abend als seine Begleitung für ein Geschäftsessen gebucht, das sich am Ende als überaus erfolgreich herausstellte. Sie hatte sich auf Anhieb mit der Frau seines möglichen Investors verstanden, der scheinbar sehr viel Wert auf die Meinung seiner Frau legte. So konnte Daniel schlussendlich das Geschäft fürs Erste per Handschlag besiegeln.

Und jetzt befand sie sich mit ihm in seiner Hotelsuite und wartete darauf, dass er ihr erneut seine Aufmerksamkeit zuwandte, um den Abend auf die eine oder andere Weise ausklingen zu lassen.

Claire betrachtete sich in der spiegelnden Glasscheibe der Balkontür und ein leichtes Lächeln umspielte ihre kirschrot geschminkten Lippen. In dem kleinen Schwarzen, das ihre weiblichen Kurven und ihre langen schlanken Beine perfekt zur Geltung brachte, sah sie aus wie die geborene Verführerin. Ihr kastanienbraunes Haar hatte sie locker hochgesteckt und einzelne Locken ringelten sich um ihr schmales Gesicht. Und wie immer trug sie ihr Markenzeichen – eine weiße Rose, die sie in ihrem Haar festgesteckt hatte.

Sie war alles andere als eitel, aber Claire wusste, welche Wirkung sie auf Männer hatte. Vor zehn Jahren war das noch ganz anders gewesen. Aber diese Zeit hatte sie hinter sich gelassen, auch wenn sie sie niemals würde vergessen können.

Und wie es schien, konnte Daniel sich ihrer Ausstrahlung ebenfalls nicht entziehen. Er beendete das Telefongespräch und kam mit der Flasche Rotwein und einem weiteren Glas in den Händen in ihre Richtung. Nachdem er den Balkon betreten und ihres und sein eigenes Glas gefüllt hatte, lockerte er seine Krawatte und schenkte ihr ein leichtes Lächeln.

„Vielen Dank, Rose! Ohne dich hätte ich den Investor wohl nicht an Land ziehen können.“ Er prostete ihr zu und musterte sie eindringlich mit seinen blaugrauen Augen, während er einen Schluck trank.

„Das gehört zu meinem Job, Daniel. Es ist also kein Dank nötig.“

Er lachte leise, die Lachfältchen um seine Augen traten deutlicher hervor und ließen ihn noch anziehender erscheinen. „Es gehört zu deinen Aufgaben, die Frau eines eventuellen Geschäftspartners und Investors mit Charme einzuwickeln, dass sie dir genauso verfällt wie jeder Mann in deiner Nähe?“

„Wenn es für meinen Kunden von Nutzen ist. Warum nicht?“

„Ich hätte keine bessere Wahl treffen können, als ich dich bei *Sweet Escape* als meine Begleitung für diesen Abend ausgesucht habe.“

„Danke.“ Claire nippte an ihrem Glas und stellte es auf dem kleinen runden Tisch ab, der in einer Ecke des Balkons stand. Dann wandte sie sich Daniel wieder zu und blickte ihn abwartend an.

„Überschreite ich eine Grenze, wenn ich darauf hoffe, dass ich von dir mehr als die reine Begleitung zu einem Geschäftsessen bekommen kann, Rose?“

„Wenn du mich über die Webseite gebucht hast, dann solltest du wissen, dass du noch mehr von mir bekommen kannst. Dort steht nicht umsonst: *Unsere Ladies erfüllen Ihnen jeglichen Wunsch*.“

Mit einem wortlosen Nicken stellte Daniel sein Glas auf dem Geländer des Balkons ab, griff in die Innentasche seines Jacketts und zog seine Brieftasche heraus. Als er sie öffnen wollte, legte Claire ihm eine Hand auf den Arm und schüttelte leicht den Kopf.

„Du hast bereits für meine Begleitung bezahlt. Ich nehme kein zusätzliches Geld dafür, dass ich mit dir schlafe. Den Sex gibt es von mir … gratis.“

Verwirrt sah er sie an. „Warum? Weil er verpflichtend dazugehört und du es tun musst?“

„Nein.“ Kurz ließ sie ihren Blick über den inzwischen wie ausgestorbenen Central Park schweifen, ehe sie sich ihm wieder zuwandte. „Weil ich mir auf diese Weise jeden Morgen im Spiegel ins Gesicht sehen und mich ohne Gewissensbisse belügen kann, dass ich keine Hure bin. Und dass ich mit einem Kunden ins Bett gestiegen bin, weil ich es so wollte."

Daniel steckte die Brieftasche wieder in seine Jackentasche und betrachtete sie nachdenklich. „Gehst du mit jedem Kunden ins Bett, der dich als Begleitung bucht?"

„Nein. Ich schlafe nicht mit jedem Kunden, egal ob er mir dafür Geld anbietet oder nicht."

„Du machst also deine eigenen Regeln?"

„Ja, so könnte man es nennen."

„Das gefällt mir." Er schaute auf seine Armbanduhr, hob den Kopf und schmunzelte. „Es ist 21:32 Uhr. Dein Termin mit mir ist hiermit beendet und ich bin offiziell nicht mehr dein Kunde. Ich würde mich jedoch freuen, wenn du mir weiterhin Gesellschaft leisten würdest."

Claire lachte leise und strich sich mit den Fingerspitzen eine Haarsträhne aus dem Gesicht. „Versuchst du, mich mit Charme herumzubekommen?"

„Wirkt es denn?"

Sie trat einen Schritt näher, nahm sein Weinglas vom Geländer und stellte es neben ihres auf den Tisch. Dann wandte sie sich ihm wieder zu, fuhr mit einer Hand über sein Revers und legte sie ihm in den Nacken. Für einen Augenblick spielte sie mit ihren Fingern in seinem etwas zu langen dunkelblonden Haar, bevor sie seinen Kopf zu sich herabzog. „Wie wäre es, wenn ich es dir zeige?", flüsterte sie an seinem Mund und drängte Daniel ihren Körper entgegen.

Mit einem Aufstöhnen schlang er einen Arm um ihren Leib, zog sie noch näher und presste seinen Mund auf ihre Lippen. Eine Hand an ihrem Hinterkopf vertiefte er den Kuss, schob seine Zunge zwischen ihre

Lippen und erforschte das samtige Innere ihrer Mundhöhle.

Claire schlang beide Arme um seinen Nacken, rieb ihren Unterleib an seiner spürbaren Erektion und genoss, welche Lust sie in ihm auszulösen vermochte. Wilde Leidenschaft flammte zwischen ihnen auf und entfachte ein Feuer in ihrem Inneren, das sie zu verbrennen drohte. Ihr Körper reagierte mit heißem Verlangen auf seine Nähe und kribbelte voller Vorfreude. Daniel war einer jener Männer, mit denen sie liebend gern ins Bett steigen wollte. Und in dem Moment, wo sie sich dies eingestand, war er für sie kein Kunde mehr, sondern wurde zu ihrem Liebhaber für eine Nacht.

Schwer atmend zog sie den Kopf zurück und erwiderte seinen lustverhangenen Blick. „War das Antwort genug?“

„Mehr als genug“, stieß er abgehackt hervor, hob sie auf seine Arme, trug sie zurück in die Suite und ins Schlafzimmer. Neben dem Bett stellte er sie wieder auf die Füße und schüttelte sich eilig das Jackett von den Schultern. Achtlos ließ er es auf den Boden fallen und zerrte an seiner Krawatte, während er Claire mit gierigen Augen verschlang.

„Sorry, Rose. Aber ich glaube, das wird eine schnelle Nummer werden - zumindest die erste.“

Claire lachte kehlig und begann, die Knöpfe an seinem Hemd zu öffnen. Offensichtlich benötigte sie seiner Meinung nach dafür zu lange, denn er riss sich mit einer raschen Bewegung das Hemd vom Leib. Die letzten geschlossenen Knöpfe platzten ab und flogen ziellos durch das Schlafzimmer. Kaum hatte Claire den schmalen seitlichen Reißverschluss ihres Kleides geöffnet, zog er es ihr eilig über den Kopf und warf es achtlos beiseite. Sein Blick blieb kurz an der sanften Wölbung ihres Busens haften, ehe er hart schluckte und ihr ins Gesicht sah. Ohne den Blick von ihr zu wenden, zerrte er am Gürtel seiner Hose.

„Ich hoffe, du hast kein Problem damit, wenn ich gleich wie ein Irrer über dich herfalle. Aber ich kann mich kaum noch beherrschen.“ Daniels Gesichtsausdruck wirkte für einen Augenblick verwirrt. Ganz so, als könne er selbst nicht fassen, was gerade geschah. Dass er dabei war, die Kontrolle zu verlieren.

Er fischte aus dem Nachtschrank neben dem Bett eine goldene Packung, warf sie auf das Kopfkissen und schob sich die Hose von den Hüften. Als er den Kopf hob und sah, wie sie mit beiden Händen über ihre Brüste an ihrem Körper entlang nach unten strich und ihre Finger sich unter den schwarzen Spitzenslip und zwischen ihre Beine schoben, weiteten sich seine Augen vor lustvoller Gier.

„Scheiße, Rose. Hast du überhaupt eine Ahnung, was du mit mir anstellst?“

Ein sinnliches Lächeln umspielte ihren Mund, während sie ihre Hand langsam aus ihrem Slip herauszog. Seine Nasenflügel bebten wie bei einem Tier, das Witterung aufgenommen hatte, als er ihre vor Nässe glänzenden Finger sah. „Ich habe eine recht gute Vorstellung.“

„Vergiss das Bett“, knurrte er und drehte sie Richtung Nachtschrank. „Stütz deine Hände darauf ab, ich will dich von hinten, direkt neben dem Spiegel.“

Claire folgte seiner Anweisung, stützte sich mit den Handflächen auf dem Nachtschrank ab und reckte ihm ihren von hauchzarter Spitze bedeckten Hintern entgegen. Über den Spiegel beobachtete sie, wie er hinter sie trat und mit einem fast schon ehrfürchtigen Gesichtsausdruck seine Hände über ihren Rücken gleiten ließ. Er öffnete den Verschluss ihres BHs, schob die Träger über ihre Schultern und umfasste von hinten ihre Brüste. Seine Finger kneteten ihr weiches Fleisch und rieben über die verhärteten Brustwarzen. Dann beugte er sich über ihren Rücken, presste seinen Mund auf ihre Schulter und knabberte sanft an ihrem Hals, dass herrliche Schauer ihren Körper durchliefen und sich in ihrer Körpermitte sammelten. Das Kribbeln in ihrem Lustzentrum nahm weiter zu und sie vermochte es nicht, ein leises Stöhnen zu unterdrücken.

„Du machst mich verrückt“, stieß er schwer atmend hervor, fuhr mit einer Hand ihren Körper hinab und zwischen ihre leicht gespreizten Beine. Der dünne Stoff ihres Slips war feucht von ihrer Nässe und ließ ihn vollends die Kontrolle verlieren. Er riss ihr den Slip vom Leib und versenkte mit einem Stöhnen zwei Finger in ihrer Hitze. „Du bist so feucht, als könntest du es selbst nicht mehr erwarten. Und du willst es wirklich?“

Sie suchte über ihre Schulter hinweg seinen Blick und nickte. „Ja, und ob ich es will, dich will. Und zwar genau jetzt“, schnurrte sie leise, drückte ihren Hintern gegen seine Härte und zerstreute damit den letzten kümmerlichen Rest seiner Zweifel.

Daniel schnappte sich das Päckchen vom Kissen, riss es auf und streifte das Kondom über. Dann drängte er ihre Beine weiter auseinander, packte mit einer Hand ihre Hüfte und der anderen seinen Schwanz. Mit einem kräftigen Stoß versenkte er sich in ihr und sie stöhnten gemeinsam auf.

Claire krallte sich an den Kanten des Nachttisches fest, wandte den Kopf und starrte in den Spiegel des Kleiderschranks. Fasziniert beobachtete sie das Spiel seiner Muskeln unter der glatten und leicht gebräunten Haut. Daniel, wie er zwischen ihren gespreizten Beinen stand, ihre Hüften mit beiden Händen gepackt hielt und sein Becken in einem drängenden Rhythmus vor und zurück bewegte. Dabei wechselte sein Blick immer wieder kurz vom Spiegel auf seinen Penis, den er mit kräftigen Stößen und in immer schnellerer Folge in sie hineintrieb. Ihre Blicke trafen sich im Spiegel und seine Augen nahmen die Farbe eines stürmisch grauen Gewitterhimmels an, als er sah, wie sie sich vor Lust stöhnend auf die Unterlippe biss. Seine Finger packten ihre Hüften fester und seine Stöße wurden härter und hektischer. Fast schon brutal pumpte er in sie hinein, um sich Erleichterung zu verschaffen. Claire kam ihm entgegen, fing seine Stöße auf und stöhnte bei jedem Mal, das ihre Leiber mit einem Klatschen aufeinandertrafen. Das Prickeln in ihrem Unterleib verstärkte sich und wurde zu einem süßen Ziehen. Ein Ziehen, das sich in einen brennenden Feuerball unwiderstehlicher Lust wandelte. Lust, die in gewaltigen Wellen über sie hinwegschwappte. Laut stöhnte Claire auf, als sich der Höhepunkt in ihr entlud und ihre Muskeln sich unwillkürlich um seine Härte zusammenzogen.

„Fuck … Rose!“, stöhnte er gequält von seinem eigenen Verlangen nach Befriedigung. Er vergrub eine Hand in ihrem Haar, ballte sie zur Faust und rammte seinen Schwanz ein letztes Mal tief in sie hinein. Von einem langgezogenen Stöhnen begleitet überlief ihn ein Zittern, als der Orgasmus ihn mit sich riss.

Erschöpft beugte er sich über ihren Rücken, schlang einen Arm um ihren Leib und stützte sich mit einer Hand auf dem Nachttisch ab, während er sich langsam aus ihr zurückzog. Sein warmer Atem strich über ihre schweißnasse Haut, als er mit abgehacktem Atem murmelte: „Das war Himmel und Hölle zugleich. Und es war fantastisch.“

Selbst noch außer Atem lachte sie leise, ließ sich von ihm in eine aufrechte Haltung ziehen und wandte sich in seinen Armen um. „Wenn du noch mehr willst, ich bin zu jeder Schandtat bereit."

„Und ob ich mehr will." Daniel presste seine Lippen in einem kurzen harten Kuss auf ihren Mund, ehe er sich zurückzog und in das angrenzende Badezimmer verschwand.

Der Gedanke, dass es vielleicht besser wäre zu gehen, tauchte für den Bruchteil einer Sekunde in ihrem Kopf auf. Doch so schnell, wie er da war, war er auch schon wieder verschwunden. Daniel bot ihr unverbindlichen Sex, der rein gar nichts mit ihrem Job zu tun hatte. Er sah in ihr keine käufliche Hure, sondern eine Gespielin für eine Nacht. Und das war etwas, womit sie sehr gut leben konnte.

Claire setzte sich auf das Bett und streifte die schwarzen Riemchen High Heels von ihren Füßen. Als sie sich wieder aufrichtete, stand Daniel vor ihr und grinste spitzbübisch auf sie herab.

„Ich hoffe, du hast heute nichts weiter vor." Seine betonte Unschuldsmiene ließ sie fragend die Stirn runzeln. „Denn die hier …", er hob einen Arm, ließ eine Kette von fünf Kondomverpackungen sich vor ihren Augen entrollen, bis sie zwischen seinem Daumen und Zeigefinger hin und her schwang, „… wollen heute Nacht alle noch zum Einsatz kommen."

Mit einem leisen Lachen schnappte Claire sich die Kondomkette aus seiner Hand, riss eine Verpackung an der Perforation ab und hielt sie zwischen Zeige- und Mittelfinger geklemmt hoch. „Das sollte erst einmal reichen. Es soll schon Männer gegeben haben, die zu viel Sex ins Grab gebracht hat."

„Ich kann mir keinen schöneren Tod vorstellen“, murmelte er mit rauer Stimme, drückte sie rücklings auf das Bett und schob sich über ihren Körper ...

*Ihnen hat die Leseprobe gefallen? „New York City Nights“ von Gillian Hunter ist als eBook und Taschenbuch erhältlich.*